해후

두 번째 이야기

해후 두 번째 이야기

지은이 | 이서윤
펴낸이 | 이형기
펴낸곳 | 도서출판 가하

초판인쇄 | 2010년 8월 12일
1판 3쇄 | 2011년 6월 22일
출판등록 | 2008년 10월 15일 제318-2008-00100호

주 소 | 서울 영등포구 당산동5가 33-1 한강포스빌 1209호
전 화 | (02) 2631-2846
팩 스 | (02) 2631-1846
www.gahabooks.com

ISBN 978-89-93883-30-5
ISBN 978-89-93883-28-2 (세트)
값 9,000원

두 번째 이야기

이서윤

장편소설

해후

가하

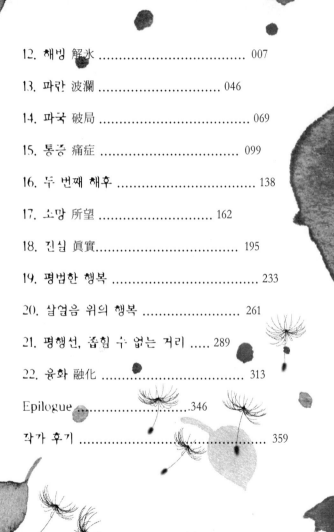

12. 해빙 解氷

문득 눈을 뜬 이연은 자신이 누워 있는 곳이 어디인지 당장 떠오르지 않을 정도로 머릿속이 멍한 것을 느꼈다.

음.

돌아누우려던 그녀가 짧게 목을 울렸다. 조금도 움직일 수 없는 기분 좋은 답답함. 고개를 살짝 돌리니 온몸을 팔과 다리로 얽듯이 잠을 자고 있는 남자의 얼굴이 보였다. 그녀의 입가에 자동적으로 희미한 미소가 떠올랐다. 어제 일본에서 돌아와 지석의 집으로 함께 들어온 일도 조심스레 깨달았다.

"입덧 때문에 깬 건가? 마실 거라도 갖다줄까?"

예민한 남자. 그녀의 사소한 움직임 하나에도 민감하다. 이연은 대답 대신 고개를 저었다.

"참을 만해요."

"그럼 더 자."

"교수님, 오늘 오전 수업 있잖아요."

이연은 어깨에 걸쳐진 그의 팔을 살짝 치우고 몸을 일으켰다.

"이리 와."

"밥하려고요."

겉보기와 달리 지석은 까다로운 식성이 아니었다. 가리는 반찬도 없고 국과 찌개 중 하나만 있으면 한 끼가 거뜬하다. 적어도 이연이 보기에는 그랬다.

"밥 냄새, 맡을 수 있나?"

지석 또한 일어나 앉으며 물었다. 스륵 흘러내린 이부자락 아래로 단단한 가슴 근육이 드러났다.

"괜찮아요. 정 못 견디면 마스크라도 쓰고……."

"마스크……? 그런 농담도 할 줄 아니?"

피식, 어이없다는 웃음을 흘린 지석을 보며 이연이 입술을 삐죽 내밀었다. 그러자 지석은 그를 올려다보는 그녀의 머리를 쓱쓱 쓰다듬었다. 그의 그늘 아래 들어온 아이라도 된 듯 마음이 이상해진다.

"죽 끓여놓을 테니 조금이라도 먹어."

당분간 아무것도 하지 말라는 의사와 지석의 엄명이 떨어졌다. 이연은 시무룩한 표정으로 앉아 밖으로 나가는 남자의 등을 바라보았다. 그와 둘만 있던 시간은 며칠뿐인데, 벌써 익숙해진 것인지 하루 종일 혼자 있을 생각에 마음이 허전해졌다. 아니, 이제는 특별히 할 일이 없는 탓일 것이다. 아직은 하고 싶은 일도 없고, 무엇을 해야 할지도 생각해보지 않았다.

"밥 혼자 먹기 싫으면 나오든가. 전화해."

그런데 나가려던 지석이 우뚝 멈추고 돌아섰다. 지나가듯 무심하게 말을 던졌다. 아무 의미도 담기지 않았다는 듯. 이연의 입가에 희미한 미소가 서렸다.

"아뇨. 괜찮아요. 정리할 게 좀 있어요."

더 이상 말하지 않고 밖으로 나가는 지석의 얼굴에서 표정이 가셨다. 호의를 거절당해 기분이 살짝 상했다는 뜻이라는 것을 이연은 알고 있다. 그리고 그 기분은 출근하는 지석의 넥타이를 매어주는 것으로 보상했다.

"아빠 출근하실 때, 항상 이렇게 매드렸어요."

동시에 떠오른 것은 지난 가을의 광경. 같은 자리, 그리고 같은 모양. 하지만 상황이 바뀌었다.

"아버지 매드렸을 것 같다더니, 기억을 잃어도 그 느낌은 살아 있었던가 보다."

지석의 목소리가 따뜻하게 들렸다. 이연은 경련이 일 것 같은 입가에 꾹 힘을 주었다.

"어머니가 이런 거 잘 못하셨어요."

"새어머니 말인가?"

넥타이 모양을 바로잡고 있던 이연이 문득 시선을 들었다.

그녀의 하는 양을 보고 있던 지석의 시선과 정확히 맞닿았다. 검고 깊은 빛에 심장 쪽이 알싸하다. 잠시 멈칫거렸던 이연은 다시 손놀림을 시작했다.

"알고 있었어요?"

"음."

지석의 목울림 소리가 듣기 좋았다. 이연의 한쪽 입가에 씁쓸함이 서렸다.

"아버진 오랫동안 기계를 다루셨어요. 우리끼리 하는 말로 기곗밥 먹는다고 하죠. 새어머니는 아버지 회사 초창기부터 회계 일을 해 오셨는데, 두 분 다 상처하고 합치셨어요."

이연이 담담히 지난 일을 얘기했다. 바라보는 지석이 어떤 마음인지는 상상도 하지 못했다. 미묘하게 균열을 일으키는 그의 표정을 보지 못했던 것이다. 심장 쪽이 저릿해지는 기묘한 경험을 하는 그를.

"친어머니는 언제 돌아가셨지?"

"열 살 때요."

그가 알기로 이연 아버지의 재혼은 이연이 스무 살 때였다. 그동안 그녀와 동생들은 할머니의 손에서 컸다는 얘기가 된다.

"할머니가 고생 많이 하셨겠다."

"……네."

그래서 더욱 할머니에 대한 애착과 그리움이 클 것이다. 아

해후 두 번째 이야기

침부터 다시 할머니 생각을 떠올리게 한 것이 미안해져, 지석은 이연의 볼을 손끝으로 부드럽게 쓰다듬었다.

"나가야겠다."

지석이 흘끔 손목시계를 보고 입을 열었다. 그녀를 지나쳐 드레스룸을 나가려다 문득 다시 몸을 돌렸다. 팔을 뻗어 머뭇대지도 않고 이연의 아랫배 쪽에 손바닥을 올렸다. 그녀가 흠칫 놀라 뒤로 주춤 물러나자 다른 손으로 허리를 잡았다.

"말썽피우지 마."

아직 세 달도 못 채운 뱃속 아기가 무슨 말썽을 피우겠나. 어이가 없어진 이연이 피식 웃었다.

"유진 씨가 아이한테 인사하라고 시켰어요?"

지석의 눈매가 살짝 일그러졌다. 그것이 사실이라 해도, 매번 남의 말을 듣고 그대로 따라하는 스스로가 못마땅하다는 듯.

"아니야."

볼멘소리를 하는 지석이 오늘 따라 귀여워 보였다. 이연의 입가에 미소가 잡혔다. 참지 못한 지석이 그녀의 입술을 깊게 훔쳤다. 강하고 빠르게. 그럼에도 아쉬운 듯 지석이 머뭇거렸다.

"다녀오세요."

"그래."

현관으로 나가는 지석의 너른 등을 이연은 한참 동안 넋을 잃은 듯 바라보았다.

그와의 거리가 훌쩍 가까워진 것 같다. 하지만 느낌뿐인지, 그녀는 확신할 수 없었다.

한 번쯤 욕심을 부려도 될까. 나…… 당신한테 손 내밀어도 돼요?

씁쓸함이 감도는 이연의 얼굴에 아침 햇살이 아롱거렸다.

───◆───

공대 교수동 연구실에는 오후의 햇살이 쏟아져 들어오고 있었다. 늦봄과 초여름에 걸쳐 있는 햇살이 비교적 강렬했다. 교정에는 지금 이름 모를 화려한 꽃들이 한창이었고, 이제는 대학생 티가 나는 신입생들의 밝은 웃음소리가 가득했다.

나른함이 감도는 오후. 지석의 연구실은 조용했다. 그가 수업이 있던 실기실에서 돌아온 것도 이미 한참 전이건만, 의자에 깊숙이 몸을 기댄 그는 여전히 휴대전화 폴더를 열었다 닫았다를 계속하며 그것만 뚫어지게 바라보고 있었다. 흘끔 시간을 보니 이미 3시도 훌쩍 지났다. 지석의 이마가 희미하게 일그러졌다.

- 끝나고 이쪽으로 와. -

다시 문자 창을 띄웠다. 꾹꾹 눌러 완성한 내용을 전송하기만 하면 되는데, 지석은 쉽게 전송 버튼을 누르지 못했다.

해후 두 번째 이야기

"하!"

스스로의 행동이 마음에 들지 않아 지석은 거칠게 앞머리를 쓸어 올리며 자리에서 일어섰다. 애꿎은 책상만 쿵 소리 나게 주먹으로 내려쳤다. 얼얼한 기운이 손등에서 전해졌지만 별 의미가 없다. 팔짱을 낀 채, 눈부시게 햇살이 쏟아지는 교정의 잔디밭만 그는 죽일 듯 쏘아보았다.

이연이 학교에 와 있다는 것은 그가 다른 동료 교수와 이른 점심을 먹고 들어오던 때 알게 되었다. 진 교수와 함께 교수동을 나가는 여자의 뒷모습을 스치듯 보고도 이연인 것을 알 수 있었다. 학교로 오라 했던 그의 제안을 거절했던 이연을 이곳에서 본다? 아주 사소한 그 일이 오후 내내 그의 기분을 알 수 없게 만들었다. 불쾌한 것 같기도 하고, 조금은 들뜬 것 같기도 한……, 그로서는 규정할 수 없는 느낌.

이연의 지도교수였던 진 교수가 그녀를 부른 것은 그다지 새로울 것이 없다. 아르바이트 건일 수도 있고, 할머니가 돌아가신 것을 뒤늦게 알고 부른 것일 수도 있었다. 중요한 것은 지금 이 순간, 정이연이 같은 건물, 같은 층에 존재한다는 사실. 그에게 어떤 언급 한 마디 없이 왔다는 것이 못내 신경 쓰이고 불안해서 안절부절못하는 자기 자신에게 지석은 화를 내고 있었다.

제길!

이렇게까지 망설여본 적은 없다. 진 교수와의 만남이 끝난

후 이리로 오라 하면 될 것을, 무얼 멍청하게 망설이고 있는
지. 언제나 무엇이든 생각대로 해왔는데, 그렇게 하지 못하니
죽을 맛이다.

지석이 손바닥으로 얼굴을 쓸어내리며 돌아설 때였다. 똑
똑 문소리가 나더니 누군가가 문을 열고 들어왔다. 조교를 맡
고 있는 대학원 학생이었다.

"교수님, 1학년 과제물 어디에 둘까요?"

"거기."

지석이 눈짓으로 소파 앞에 놓인 테이블을 가리켰다. 한아
름 과제물을 안고 있던 조교가 테이블에 내려놓더니 주뼛거
리며 인사를 하고 나가려 했다. 그에게도 지석은 바늘 들어갈
틈도 없이 어려운 사람이다.

"진 교수님, 아직 손님과 계신가?"

"예?"

그러다 갑작스런 그의 질문에 놀라 흠칫 눈을 크게 떴다.
잘못한 것도 없는데 괜스레 오금이 저렸다.

"진 교수님 안 계신데요."

가까스로 대답은 했지만, 일순 험악해진 지석의 표정에 조
교는 잔뜩 얼었다.

화…… 내는 거야? 왜?

그래도, 설마 하며 스스로를 다독였다. 표정 변화 없기로 유
명한 한지석인데, 화가 난 표정이라고? 자신이 잘못 본 것이

틀림없다.

"언제부터?"

"모르겠습니다. 저, 그럼……."

"가봐."

줄행랑을 치듯 조교가 문을 닫고 나간 후, 지석의 표정은 완전히 일그러졌다. 진 교수가 교수실을 비웠다면 이연이 돌아갔다는 의미이다. 그가 문자 하나 날리지 못해 고민하고 있던 것이 무색해지는 순간이었다. 지석은 당장이라도 쫓아갈 듯, 던져두었던 휴대전화를 집어 들었다. 가늘어진 눈초리로 액정을 노려보며 막 이연의 전화번호를 누르던 순간이었다.

똑똑.

신경질적이 되어버린 그가 누구냐고 묻기도 전이었다. 분명 닫혀 있던 연구실 문이 조용히 열렸다. 선 채로 휴대전화를 들고 있던 지석과 문을 연 여자, 이연의 시선이 정확히 마주쳤다. 동시에 지석의 시선이 미세하게 움찔거렸다. 무엇을 들고 있는지도 잊은 채 그대로 굳었다.

"바쁘세요?"

문 밖에서 이연이 물었다. 티셔츠에 청바지, 질끈 하나로 묶은 머리, 어깨에 멘 가방. 처음 봤을 때부터 그녀의 외모는 지금껏 변함이 없다. 말간 시선, 그 눈을 뚫어질 듯 바라보던 지석의 목소리가 건조하게 흘러나왔다.

"학교에는 무슨 일이지?"

"진 교수님께서 잠시 보자고 하셔서 왔었어요."

지석의 표정이 너무 경직되어 있어서 이연은 머뭇거렸다. 그의 연구실 앞에서 서성거린 것도 아주 오래였건만.

"지금 뵙고 가려는 길인데……."

"들어와."

지석은 이연의 말을 끝까지 듣지 않았다. 휴대전화를 책상위에 아무렇게나 던져놓고 문까지 성큼 걸어가서, 빤히 그를 올려다볼 뿐 들어오지 않는 이연의 허리를 강한 힘으로 끌어안았다. 복도에 누가 지나가든 상관하지 않았다.

"교수님!"

지석이 놀란 이연을 끌어당겨 제 품 안에 두고 그대로 문을 닫았다. 그날의 날씨만큼 따뜻하고 가는 몸이 그에게 안겼다. 영문을 모르는 이연의 눈이 급하게 커졌다. 그리고 갑작스런 그의 행동만큼, 뜨거운 입술도 갑작스레 다가왔다.

"흡!"

지석은 굶주린 야수 같았다. 강하게 덮쳐 그녀의 입술을 폭풍처럼 빨아들였다. 그녀의 입 안으로 미끄러져 들어간 혀가 여린 모든 곳을 빨아들이고 애무했다. 성마른 손길이 이연의 티셔츠를 들추고 매끄러운 살결 위에 닿았다. 웃! 펄쩍 튕긴 허리. 뜨거운 기운을 이기지 못한 그녀가 숨을 할딱거리며 허리를 비틀었다.

"교수님, 지금은……."

해후 두 번째 이야기

이연은 겨우 지석의 입술에서 벗어났다. 가쁘게 숨을 몰아쉬며 가까스로 입을 열었다. 호흡은 가빠지고 머리까지 어질어질한 그녀와 달리 그는 숨결 하나 흐트러지지 않은 채였다. 남자다운 입술이 그녀의 타액으로 젖어 매끄럽게 빛났다.

"그 호칭은 언제쯤 바꿀 거냐."

그가 웃음기 하나 없는 목소리로 말해도, 이제는 그다지 어렵지 않다. 그것이 그와 조금 더 가까워진 증거 같아 긴장했던 마음이 풀렸다. 이연은 자신을 안고 있는 지석을 올려다보았다. 잠깐 보고 갈 거라 생각했는데, 보자마자 안아버린 그에게 당황하긴 했다. 볼을 쓰다듬는 지석의 손길을 따라 목 뒤부터 자르르 솜털이 돋았다. 그 느낌을 누르고 이연은 손을 뻗어 지석의 입술에 묻은 물기를 닦아 냈다. 그러자, 지석이 그 손끝을 입술로 물었다.

음, 소름이 돋을 만큼의 전율이 온몸으로 흐른다. 황급히 손을 거둬들였지만, 화끈화끈 얼굴이 달아올랐다.

"지석 씨라 부르기가…… 이상해요."

"그렇게 불러."

난처하다는 표정을 짓는 이연에게 지석이 단호하게 잘라 말했다. 또다시 미간이 일그러지려 하는 그녀를 번쩍 안아 들고 소파로 가서 앉았다. 그녀를 무릎에 앉히고 뒷목을 끌어당겨 가슴에 안았다. 그리고 손끝으로 천천히 이연의 머리와 목덜미를 쓰다듬었다.

"밥은…… 먹고 나온 건가?"

이미 오후 늦은 시각. 이연은 입덧이 심해 제대로 먹지 못한다. 조금이라도 먹으면 바로 토해버린다. 그나마 먹고 있는 것은 달달한 과일류. 문득 무언가 생각이 난 듯 그녀를 소파에 앉히고 지석이 몸을 일으켰다. 다류가 놓인 테이블로 가더니, 냉장고에서 생수를 꺼내 무선주전자에 물을 끓이기 시작했다.

"뭐 하세요?"

"잠시 있어."

지석이 제대로 대답하지 않자 머쓱해진 그녀는 괜스레 테이블 위에 놓인 학생들의 과제 리포트를 눈으로 훑었다. 기분이 묘해졌다. 학생 신분을 보류한 상태였지만 여전히 학생 같은 기분이 들었다. 그러다가도 시선은 또다시 지석을 향했다. 차분한 손놀림의 지석을 물끄러미 바라보았다. 보고 있는 것만으로도 시간 가는 줄 모르고 있다. 가슴속에서 몽글몽글 피어나는 무언가가 온몸을 나른하게 한다. 알 수 없는 기쁨. 은근히 입가에 미소가 퍼졌다.

"구경하는 것, 재미있나?"

문득 시선을 느낀 지석이 고개를 돌렸다. 눈빛이 마주치자 이연은 배시시 웃었다.

"뭐 하세요? 차 안 마셔도 되는데."

"기다려봐."

해후 두 번째 이야기

그리고 잠시 후, 지석이 찻주전자와 잔이 놓인 쟁반을 들고 왔다. 그녀의 곁에 앉아 주전자의 차를 잔에 따랐다. 톡 쏘는 향이 코끝에서 은은히 맴돌았다.

"입덧을 줄여준다던가?"

지석이 적당히 식은 잔을 내밀었다. 그의 얼굴과 잔을 든 손을 바라보던 이연이 희미하게 웃었다.

"어디에서 구했어요?"

지석이 즐기는 것은 언제나 진한 에스프레소였다. 그와의 입맞춤에서 남는 것은 쌉쓸한 커피향. 그런 그의 연구실에 허브차가 준비되어 있으리라고는 생각도 못 했다. 한 모금 입에 머금으니 싸한 박하향이 울렁거리는 속을 조금은 진정시켰다.

"유진이가 오전에 여기로 보냈어. 집에 가져다 둘게."

"유진 씨가요? 교수님이 부탁하셨어요?"

"아니. 알아서 보내준 거야."

지석이 딱딱하게 대답을 하자 이연이 슬쩍 입술을 내밀었다. 이 남자, 참 자신을 내세우지 못한다. 자신이 준비한 거라 해둬도 될 텐데, 굳이 표정 없는 얼굴로 이렇게 말할 게 뭐람.

"정말 좀 진정이 되나?"

그의 질문에는 궁금함이 가득 담겼다. 그 모습이 조금은 귀여워 보여서 고개를 끄덕이던 이연은 충동적으로 지석의 넥타이를 잡아당겨 그의 얼굴 가까이로 다가갔다.

"어!"

또 한 가지를 지금 알았다. 이 남자는 당황하면 화난 것처럼 얼굴이 굳는다. 슬쩍 입꼬리를 올린 이연이 살며시 닿은 입술 새로 자신이 머금고 있던 차 한 모금을 흘려 넣었다. 조금씩, 이내 완전히 입술이 밀착되었다. 곧바로 으르렁대는 그의 신음소리가 들려왔다. 그리고 다음 순간.

헉. 이연이 급한 숨을 들이켰다. 그녀가 들고 있던 잔을 빼앗듯이 받아 테이블에 놓은 지석이 소파로 그녀를 밀친 것이다. 단단하고 육중한 몸을 그녀의 몸 위로 겹쳤다.

"인정해."

무얼? 하는 눈빛으로 이연이 물었다. 자연스럽게 그의 어깨 위로 팔을 올렸다. 딱딱하게 굳은 어깨를 부드럽게 어루만졌다.

"이건 네가 먼저 한 도발이야."

가까이 다가온 입술이 닿았다. 보일 듯 말 듯 희미한 웃음이 동시에 떠올라 맞닿은 입술이 보기 좋게 늘어났다.

하아. 이연의 어깨를 거쳐 내려온 손이 조심스레 가슴을 움켜쥐었다. 웃. 강한 떨림이 이연의 전신을 훑었다.

"1분만…… 해요, 키스."

"누구 맘대로."

"이러다가 캠퍼스 풍기문란으로 쫓겨나세요. 한 교수님 체면도 있잖아요."

"흥."

코웃음을 치는 지석에게 이연이 엄중히 경고했다.

"45초 남았어요."

"야박하군. 후후."

지석의 웃음이 막혔다. 먼저 입술을 맞대고 이연의 혀가 입술 새로 미끄러져 들어왔기 때문이다. 당장이라도 연구실 문이 열려 낯선 타인이라도 들어올 것 같은 불안감이 그 순간 눈 녹듯 사라졌다.

"최 기사, 잠깐 서봐."

공대 교수동 앞 주차장이었다. 대학본부에서 총장을 만나고 내려오는 길이던 숙현은 차를 세우게 한 다음, 들고 있던 휴대전화에서 지석의 번호를 꾹 눌렀다.

이사회의 일원이었지만, 지석이 이 학교로 온 이후, 은연중에 숙현은 지석과 관련된 장소에 모습을 드러내는 것은 자중하고 있었다. 아들의 결벽증을 누구보다 잘 알고 있는 그녀이다. 재단과 관련이 있다는 소문이라도 나는 날에는 지석의 성격상 난리가 날 터였다. 해외에 그대로 뿌리를 박겠다는 것을 어떻게 데리고 들어왔는데, 다시 먼 곳으로 나가게 둘 수는 없는 일이다.

하지만 오늘은 기왕 학교까지 온 길. 이제는 지석도, 지석이 데려온다는 여자도 기다리는 인내에 한계가 왔다. 가능하면 오늘 지석을 닦달하여서라도 기어코 결혼하겠다는 여자를 한 번 봐야겠다는 생각뿐이었다.

"지석이니? 엄마야."

- 듣고 있습니다.

언제나 무뚝뚝하고 정 없는 녀석의 목소리가 수화기를 타고 흘렀다.

"일본에서 돌아왔다면서 연락도 안 해? 지금 어디니?"

- 학교예요. 바쁩니다. 이번 주말에 집으로 갈게요.

통화가 뚝 끊겼다. 지석의 강의시간표를 확인하여 지금은 연구실에 있다는 것을 알고 왔는데, 언제나처럼 정 없이 구는 아들이 야속하기만 하다. 적어도 십몇 년쯤 전, 아들이 스무 살이 될 때까지는 괜찮은 모자지간이라고 자부했다. 유년기에는 병치레가 잦아 항상 그녀를 노심초사하게 만들었지만 이후로 아들은 너무나도 듬직하게 자라줬으니까. 언제나 엄마인 숙현의 자랑이 되어주었으니까.

상황이 변한 모든 원인은 여자였다. 세상에 대해 아무것도 모르는 지석을 꾀어냈던 그 여우 같은 계집 때문이었다. 있는 집 자식이라는 사실을 안 순간부터 거머리처럼 들러붙어 떨어지지 않았고, 심장병을 갖고 있다는 사실조차 지석에게 숨겼었다. 짧은 열병처럼 왔다 간 첫사랑이건만, 그 여자가 죽었

해후 두 번째 이야기

기에 일이 뒤틀린 것이다. 지석은 지금껏 엄마가 그녀를 받아들이지 않아서라며 탓을 하고 있지만, 이 모든 것은 마지막까지 아들을 놓아주지 않았던 그 여자 탓이다.

"최 기사는 여기에서 기다려."

교수동을 노려보던 숙현은 유리창이 짙게 선팅된 차에서 내렸다. 교수동 입구의 배치도를 확인한 그녀는 2층으로 올라가는 계단으로 향했다. 그리고 바로 어렵지 않게 '기계공학과 한지석'이라고 이름 붙은 연구실 앞에 섰다.

"한지석 교수."

불러봐도 어감이 참 좋다. 흐뭇한 미소를 머금고 그 이름을 한참 동안 바라보던 숙현은 노크를 하려다 이내 마음을 접었다. 문손잡이를 미니 잠기지 않은 문이 슬쩍 소리도 없이 열렸다. 환한 오후 햇살이 들어찬 연구실의 전경이 그녀의 눈에 들어왔다.

어머!

비명을 속으로 지른 숙현은 제자리에 우뚝 섰다. 제일 먼저 든 생각은 자신이 연구실을 잘못 찾았나 하는 것이었다. 민망하고 황당해서 바로 돌아서서 나오려고 했는데, 숙현의 눈에 문득 힘이 들어가더니 번쩍 커졌다. 아들……?

"이, 이게…….."

숙현의 입이 떡 벌어졌다. 차마 목소리도 나오지 않고 숨도 쉬어지지 않아, 잠시 동안 자신의 눈을 의심했다. 못 볼 것을 본 듯해서 당장이라도 시선을 돌리려던 조금 전과는 완전 마음이 달라졌다.

소파 등받이에 가려지고 입구를 등진 상태라 상대는 보이지 않지만, 옆모습으로 보이는 남자는 분명 그녀 자신의 아들이다. 그 아이가 한 여자의 얼굴을 부여잡고 그녀의 이마에 입술을 부딪치더니 짧고도 깊게 여자의 입술을 머금었다. 그 장면을 딱 목격한 숙현의 입은 다물어질 줄 몰랐다.

"너……."

저 아이가, 아니, 저 남자가 방금 전 바쁘다면서 그녀의 전화를 매몰차게 끊었던 아들이 맞는 것일까. 세상을 다 가졌다면 저런 표정일 수 있을까. 숙현의 머릿속이 텅 비어 멍해졌다. 아찔한 나머지, 순간 몸이 휘청거렸다. 그러다 퍼뜩 정신이 들어 연구실 앞을 지나는 누군가가 볼까 두려워서 서둘러 문을 닫고 들어섰다.

"한지석, 지금 이게 뭐 하는 짓이니? 여기 네 연구실 아니니?"

지그시 어금니를 물어 목소리가 커지려는 것을 숙현은 겨우 참았다. 지석이, 결혼 후 5년 만에 얻은 귀한 아들이, 바깥으로 돌던 남편 대신 그녀의 공허한 마음을 채워주던 아들이, 태어날 때에는 병약하여 그녀의 마음을 부단히도 끓이게 했던 아들이, 공들이고 정성을 다해서 이제 번듯하게 교수님 소리 듣게 키워놓은 그녀의 대단한 아들이 대낮부터 연구실에 여자나 불러들여 이러고 있다는 사실이 믿기지 않았다. 아마 전해들은 얘기라면 믿지 않았을 것이다. 어쩌면 명예훼손으로 상대를 고소했을 수도 있었다. 그만큼 지석은, 그녀의 아들은 지금껏 그녀의 기대를 저버린 적이 없었다. 단 한 번, 스무 살을 갓 넘겼던 그때의 여자 문제를 제외하고는.

"이게 대체……."

창백해진 얼굴로 숙현은 이성을 지키려 기를 썼다. 문소리에 정신이 든 듯, 번쩍 고개를 돌린 지석과 정확히 시선이 마주쳤다. 어머니인 숙현을 알아보아도 그는 어떠한 일말의 동요도 없었다. 귀찮다는 듯이 미간을 살짝 일그러뜨렸을 뿐이었다. 놀라 제자리에 굳은 상대 여자를 안심시키려는 듯 어깨를 꽉 잡더니 천천히 일어섰다.

"어쩐 일이세요. 바쁘다고 말씀드렸을 텐데요."

"바빠? 지금? 이게 바쁜 거라고 엄마한테 말하는 거니? 넌 어떻게 연구실에서 이러고 있어!"

아들을 탓하는 숙현의 목소리가 조금씩 격앙되어갔다. 지석이 조금이라도 부끄러워하거나 미안해했다면 그녀도 참을 수 있던 문제였다. 아무리 뭐라 해도 그녀의 아들이었으니까. 이런 장면을 다른 이가 아닌 차라리 자신이 보아서 다행으로 여겼을 것이다. 하지만 지석은 그녀의 방문에 전혀 영향을 받은 것이 없는 듯했다. 오히려 귀찮다는 표정이 역력하다.

"여기는 제 연구실입니다. 노크도 없이 들어온 건 어머니십니다."

젠장.

지석은 거칠게 터지려는 숨을 겨우 억눌렀다. 이곳이 학생들이 자주 드나드는 연구실이라는 사실을 찰나 잊었다. 언제나 문이 열린 곳답게 이연이 왔어도 잠그지 않거나, 이연의 경고를 우습게 여긴 것은 전적으로 자신의 불찰이었다. 하지만 치밀하다 정평이 난 한지석조차 정이연을 보면 나사 하나가 빠진 듯 헐거워진다. 본연의 모습을 잃은 사실을 어떤 말로나 수치상으로 설명할 수 있을까. 스스로 생각해도 마치 발정 난 짐승처럼 그녀에게는 수컷의 본능만 앞세워왔다.

그나마 다행인 것은 어머니 숙현의 전화를 받는 순간 조금은 이성이 돌아왔다는 것. 그가 전화를 받는 동안에 이연 또한 그에게서 몸을 빼려 했고, 끝내 놓지 못한 그가 다시 키스를 하던 찰나 어머니가 들어온 것이다.

"한지석."

숙현의 목소리가 한 톤 낮아졌다. 무척 화가 났다는 뜻이지만, 지석의 눈에는 당황해서 잔뜩 얼어 있는 이연만이 보였다. 그녀의 팔을 잡고서 낮게 속삭였다.

"괜찮아. 일어나."

"넌 엄마 말이 말 같이 안 들리니?"

지석과는 얘기가 어렵다고 판단한 숙현은 그제까지 정물인 듯 고개를 숙인 채 서 있는 여자를 똑바로 보았다.

해후 두 번째 이야기

"이봐요, 아가씨. 막 자란 것처럼 이 무슨 해괴한 짓이죠? 여긴 교수연구실이라는 사실, 아가씨는 몰라요?"

"결혼할 여자입니다. 그녀와 제가 무슨 일을 하든 어머니가 상관하실 일이 아니세요."

"뭐?"

반박할 여지도 없이 지석이 숙현의 말을 끊었다. 기가 막힌 숙현이 하, 짧은 숨을 내쉬던 그때였다. 창백한 안색으로 돌아선 여자의 얼굴이 눈에 익었다. 가뜩이나 충격을 받았던 숙현의 심장이 덜컥 내려앉았다. 부릅뜬 두 눈에 경악의 빛이 서렸다.

"너……."

말은 나오지 않고 입만 벙긋거렸다. 문득 고개를 든 상대도 그녀를 알아봤는지, 커다란 두 눈이 더욱 크게 뜨였다. 차마 서로가 서로를 안다는 말은 못 한 채, 숨을 죽이고 서로를 노려보았다.

"인사 간다고 말씀드린 여자입니다."

흡, 숙현이 급히 숨을 들이켰다. 말을 꺼내는 그녀의 입술이 덜덜 떨렸다.

"너 정말……, 이 아가씨와 결혼하려 한다고?"

"네. 이 사람과 결혼합니다."

"두 사람, 어, 언제부터 알았고?"

"어머니!"

지석의 눈빛이 살벌해졌다. 당황스러운 상황에서 숙현과 맞닥뜨린 이연이 난처하다고 판단한 그는 서둘러 흐름을 잘랐다.

"제가 따로 말씀드리겠습니다. 오늘은 이쯤 하시죠."

"말해! 언제부터 안 거야?"

숙현의 말소리가 점점 더 커졌다. 이것만은 꼭 알아야겠다는 의지가 담겨 있었다.

"지난해부터요."

"너 들어오고 바로?"

"네."

"호오, 그래?"

숙현의 눈이 반짝 빛났다. 이 맹랑한 아이 좀 봐라? 하는 눈빛으로 이연을 머리끝에서 발끝까지 훑어보았다. 처음 봤을 때와 비슷한 느낌의 정이연이 그곳에 서 있었다. 남자를 홀리는 말간 얼굴. '나는 아무것도 몰라요'라는 듯 가증스런 겉껍질을 한 겹 둘러쓰고 있다. 하지만 이것은 여자에게 정신이 팔린 지석의 앞에서 따질 일은 아닌 듯싶다. 숙현은 꿀꺽 마른침을 삼켰다.

"궁금한 것 아셨으니 오늘은 돌아가세요."

"언제쯤 정식으로 인사 올 테냐?"

숙현이 비교적 차분한 목소리로 물었다. 활화산처럼 끓어오르는 감정은 누르고 또 눌렀다.

"이번 주말이라고 말씀드렸습니다. 그러니 오늘은 그냥 가세요."

지석은 우선 숙현을 내보내려 했다. 잡은 손목에서 전해지는 이연의 떨림이 예사롭지 않았다.

"그래. 그럼 기다리지."

숙현의 차가운 눈빛이 이연을 훑었다. 차마 이연은 숙현을 바라보지 못한 채 고개를 숙이고 있었다.

"미안하게 됐어요, 아가씨. 하지만 언제나 상황은 좀 가려야 되겠죠?"

그녀의 목소리에는 비아냥거림이 듬뿍 묻어나 있었다. 마음에 들지 않는다는 시선이 이연의 온몸에 가시처럼 꽂혔다.

"제대로 된 교육을 받은 아가씨라면 말이야."

말을 마친 숙현이 도도하게 고개를 쳐들고는 연구실 문을 열고 나갔다. 뒷모습에서조차 쌩 하는 날 선 바람소리가 날 듯싶었다.

숙현이 나가는 것을 확인한 지석은 잡고 있던 이연의 손목을 끌어 그대로 품에 안았다. 머리를 쓰다듬고, 등을 쓰다듬어 주었다. 가련하게 떨고 있는 그녀가 안쓰럽고, 왠지 이런 상황을 만든 것이 미안해졌다.

"괜찮아. 집에 데려다 줄게."

"어머님이……."

이연은 지석의 시선을 피했다. 비교적 담담하려 안간힘을 썼지만, 저도 모르게 떠오르는 기억은 그녀의 몸을 떨게 했다. 지욱의 집을 뛰쳐나오던 날, 그 집 근처에서 당했던 사고. 아아, 그랬구나.

따지고 보면 그 일 때문에 이 남자를 만나게 된 것일 수도 있지만, 너무도 공교롭다. 그렇기에 소름이 끼쳤다. 하아. 숨이 쉬어지질 않았다.

"마음에 담지 마. 책잡힐 일 아니야."

지석이 단정 짓듯 말하자, 이연은 흔들리는 눈빛으로 그를 올려다보았다.

혹시, 동생이…… 있어요?

묻고 싶었지만 입이 떨어지지 않았다. 지석의 입으로 확인하지 않아도 상황은 확실해졌으니까. 모든 것은 자신의 잘못. 서로를 모르고 이렇게 얽힌 잘못. 결혼을 해야 했지만, 그의 가족이 궁금하지 않았고, 자신을 드러내고 싶지 않았다. 그와 결혼한다는 현실이 와 닿지 않아서였을 수도 있고, 자신이 처한 현실이 더 버거워서일 수도 있었다. 이제야 조금씩 안정을 찾고 있었는데.

냉정해질 수밖에 없다. 아무리 덮으려 해도 그에게서 돈을 받았다는 사실은 사라지지 않는다. 무어라 포장해도 그들은 돈으로 얽힌 관계일 뿐.

이연의 몸이 부르르 떨렸다. 진절머리 나는 현실에 속이 울렁거렸다. 당장이라도 토악질이 쏟아질 것 같은 시궁창에 머리를 들이민 듯하다.

"혼자 갈게요."

"쓸데없는 고집 부리지 마."

지석이 의자에 걸쳐 두었던 겉옷을 집어 들고 그녀의 팔을 잡았다.

"가끔은……."

이연이 그의 팔을 뿌리쳤다. 지석을 바라보는 눈이 어느새 뻑뻑해졌다. 답답함, 그리고 먹먹함. 통곡이라도 하고 싶은데 지금은 울음조차 배어나오지 않는다. 울컥 내뱉은 말의 뒤를 태연스럽게 이었다.

"내 의견도 존중해줘요. 내가 교수님…… 인형은 아니잖아요. 저도 당황해서 그래요."

이제는 목소리도 담담했다. 머릿속은 복잡한데 점점 더 이성을 찾아가니, 못마땅한 듯 바라보던 지석조차 어쩔 수 없이 손을 놓았다.

"아파트로 가."

돌아서던 이연의 이마가 움찔거렸다. 강압적인 그의 어조에 심장이 덜컹 내려앉았다. 마치 그녀가 집으로 가지 않을 것을 예상이라도 한 듯 그는 명령조로 말했다.

"네."

순순히 대답하는 마음이 울 것 같다. 어쩌면 변한 것이 없을지도 모른다. 조금은 그와의 관계에 변화가 생겼다고 생각한 것은 분명 자신의 착오였으리라. 그분이 지석의 어머니라는 사실을 안 순간, 언제나 열기가 가득했던 머릿속이 차츰 냉정해지는 느낌이었다.

이연은 담담한 표정으로 돌아섰다. 마치 모든 것을 포기한 사람처럼 구름 위를 걷는 것 같다. 그렇게 그녀는 지석의 연구실을 나섰다.

하!

기사가 기다리는 차에 타도 숙현의 분은 쉽사리 풀리지 않았다. 으득으득 이를 갈고 밭은 숨을 내쉬어보아도 두방망이질치는 심장은 가라앉지 않았다. 기만당하고 모욕당했다는 생각으로 얼굴에는 열이 확확 올랐다.

"사모님, 어디 아프세요?"

기다리다 못한 기사가 묻자, 그제야 숙현은 문득 정신을 차렸다.

"기가 막혀서⋯⋯."

혀를 끌끌 차며 고개를 돌리는 찰나, 그녀는 교수동에서 가방을 메고 나오는 이연의 모습을 확인했다. 봄바람에 날리는 긴 머리채가 문득 누군가를 떠오르게 했다.

너 이 녀석⋯⋯.

해후 두 번째 이야기

그 여자이다. 멀리서 보니 영락없이 지석이 잊지 못하는 그 여자와 닮은꼴이다. 그렇게 잊지 못하더니, 결국은 이렇게 일이 꼬여버렸다. 여자에 대해서는 숙맥과 다름없는 아들이니 저 초보적 수법에도 넘어갈 수밖에.

어디 내 아들에게!

숙현의 입가에 비릿한 웃음이 스몄다. 휴대전화를 꺼내 든 그녀는 둘째아들, 지욱의 번호를 길게 눌렀다.

"지욱이니? 어디니?"

- 어디긴요. 학원이지.

올해엔 꼭 붙어야겠다는 결심과 함께 올해 초 지욱은 스파르타식 기숙학원을 스스로 선택해 들어갔다. 한 달에 한 번밖에 나오지 못하는 그곳에서 나름대로 열심히 공부하고 있다고 숙현도 믿고 있는 상태였다.

- 엄마 아들, 정신 차렸어요. 이렇게 감시 안 해도 이번엔 공부 열심히 하고 있어. 창피한 학교 갈 성적이면, 엄마 소원대로 유학 갈 테니까 걱정 말아요.

"누가 뭐래, 아들? 공부 잘 되나, 부족한 건 없나 그냥 궁금해서 한 거야."

숙현은 시야에서 사라지는 이연의 모습을 계속해서 눈으로 좇으며 살짝 한 옥타브 높은 소리를 냈다.

"지욱아, 너, 작년에 과외했던 학생, 연락처 갖고 있니?"

- 누구?

"여름에 한 달 과외한 여자 있잖아."

- 왜요, 엄마! 다 지난 일인데, 또 뭐라 그러시려고요?

대뜸 거부반응부터 일으키는 지욱의 반응에 숙현의 이마가 잔뜩 일그러졌다.

독한 계집. 그때 지욱이한테 안 되니 그새 지석이를 꾀어?

전혀 예상치 못하던 일이다. 지석이 가게 될 학교와 같다는 생각은 처음 이연이 과외선생으로 왔을 때 언뜻 떠올렸지만, 그때는 대수로이 여기지 않았다. 이렇게 연결시킬 만한 어떤 실마리도 이연에겐 없었다. 그런데 지금에야 아차 싶었다. 정이연이라는 여자의 분위기는 그때 그 여자와 닮았다. 파리한 얼굴빛까지 비슷하니, 정말이지 마음에 들지 않았다. 언제나 그녀가 집으로 오면 기분이 좋지 않았던 사실이 함께 떠올라 불쾌감이 이루 말할 수 없었다.

"엄마 지금 이사회 때문에 학교에 왔어. 그 학생이 여기 다녔던 것이 갑자기 생각나네. 혹시 만날 수 있으면 이제라도 사과할까 해. 너, 과외선생 연락처 갖고 있지?"

숙현의 눈매가 가늘어졌다. 날카로운 눈빛으로 이연이 사라진 길 끝을 노려보았다.

⟐

학교 정문을 터벅터벅 나선 이연은 버스정류장 벤치에 기운 없이 앉았다. 머릿속이 복잡한데, 어떤 생각도 떠오르지 않는 멍한 상태였다. 정류장 광고 패널에 뜬 사진에 의미 없는 시선을 두다가 그 중 한 아기의 얼굴에 시선이 고정되었다. 선명한 하늘빛의 귀여운 옷을 입고 있는 외국 여자아이는 티하나 없이 맑게 웃고 있었다. 깨물어주고 싶을 만큼 앙증맞았다. 문득 이연의 표정이 아프게 일그러졌다. 지속적으로 자신의 존재를 알리는 아이가 태어나면 저 아이처럼 맑게 웃을 수 있을까.

이런 나도 엄마 될 자격이 있는 거야?

이연은 피가 나도록 입술을 깨물었다. 지석의 모친을 만난 후, 어쩔 수 없이 계속 떠오르는 것은 지난 기억. 몽둥이로 뒤통수를 강하게 맞은 듯 정신을 차릴 수 없다. 원죄처럼, 올가미처럼, 낙인처럼 찍힌 기억들. 그와는 돈으로 얽힌 관계. 어쩔 수 없다고 변명해봐도 자신의 행동들이 부끄럽고 수치스럽다. 다시 지석의 얼굴을 보고 싶지 않을 만큼.

그녀가 지석의 전화를 받은 것은 그때였다. 손에 들고 있던 휴대전화의 진동이 아니었다면 전화가 오는 것도 모를 뻔했다. 휴대전화 액정에 뜨는 그의 번호가 낯설기도 하고 반갑기도 하다. 복잡한 기분을 꾹 누르며 이연은 지석의 전화를 받았다.

- 버스 아직 안 탔지? 기다려. 지금 갈 거야.

아무 생각 없이 머릿속이 멍멍했는데, 그의 목소리를 듣자

설움이 왈칵 밀려들었다. 지금 그를 본다면 무슨 일이 있었는지, 얼마나 속상했는지, 얼마나 힘들었는지, 속속들이 모두 털어놓을 것 같았다. 아니, 그가 아닌 누구라도 눈앞에 나타난다면 수다쟁이가 될 수 있을 것 같았다.

"그러지 말아요. 버스 기다리기 힘들어서 택시 탔어요."

자연스럽게 거짓말이 흘러나왔다. 지석의 서늘한 눈매가 흐릿하게 찌푸려지는 것이 손에 잡힐 듯 눈앞에 그려진다.

- 집으로 가고 있지?

"네."

분명 그녀는 집으로 가고 있었다. 그와 그녀가 생각하는 집이 다를 뿐이다.

- 알았어. 가서 좀 쉬어.

지석의 전화를 끊었다. 그리고 나서도 이연은 한참동안 휴대전화 폴더를 접지 못한 채 멍하니 화면을 들여다보았다.

지석의 어머니, 지석의 동생……, 그리고 그녀를 어둔 거리로 내몰았던 그 집. 모든 것이 한꺼번에 떠올라 시야를 어지럽혔다. 어떻게 해야 할까. 다 말해버릴까. 우린 결혼할 수 없다고. 그의 고집이 아니었다면, 결혼이라는 것은 생각도 하지 않았을 것이니……

생각이 꼬리를 이었다. 그때 또다시 휴대전화 진동이 울리지 않았다면, 이연은 방금 도착한 집으로 가는 버스를 타지 못했을 것이다.

해후 두 번째 이야기

- 언니, 어디야?

동생 이진이었다. 할머니 삼우제 이후 처음이었다.

"학교."

무거운 머릿속, 기운은 빠졌지만 이연은 되도록 티를 내지 않으려 노력했다.

- 형부네 집 아니고? 언니, 주말에 연락 안 되던데? 형부가 전화도 못 받게 해?

이연의 이마가 살짝 일그러졌다. 이진이 서슴없이 입에 올리는 형부라는 단어가 은근히 낯설었다. 상을 함께 치른 이진이 그에 대해 모를 수는 없었다. 하지만 자세히 설명한 적은 없고, 그저 결혼할 사이라는 결과만 알고 있다.

"아니. 배터리 충전하는 걸 잊었어."

그에 대한 이진의 관심이 부담스럽다. 둘러대는 이연의 대답을 어떤 의미로 받아들였는지는 알 수 없지만, 이진의 말은 계속 이어졌다.

- 오늘도 그 집에 있을 거야?

"그게 왜 궁금한데?"

이연의 말이 저도 모르게 날카로워졌다. 그녀를 둘러싼 상황들이 힘겨워지기 시작한 탓일 것이다.

- 물어볼 수도 있지.

화가 났는지 이진의 어조가 단숨에 딱딱해졌다. 이연은 상대 모르게 작은 한숨을 내쉬었다. 부루퉁한 음성으로 이진이 말을 이었다.

－집에 언제 오는데? 나, 집 근처야. 혼자 쓸쓸해서 같이 삼겹살이라도 구워 먹으려고 왔어. 남자 있다고 동생 따위는 필요 없는 거야?

"그런 소리가 어딨어. 바로 갈 거야. 조금만 기다려."

－얼른 와. 삼겹살이랑 술은 사왔는데 상추를 잊어먹었어. 집에 없지?

"응. 갈 때 사가지고 갈게."

집으로 가야 할 이유가 또 한 가지 생겼다. 어머니가 돌아가신 후, 남겨진 자신과 두 동생. 어쩌면 이진의 이기적인 성격은 그녀로부터 기인한 것일 수도 있다. 어린 동생이 그저 안쓰러워 원하는 것은 거의 들어주고 봤으니까. 그녀가 먼저 양보하고 무조건 동생의 기분에 맞춰주었으니까. 그러니 지금에 와서 이진만을 탓할 수는 없는 일이다.

이연은 휴대전화를 열어 천천히 문자 메시지를 찍었다.

－동생이 와서 집으로 가요. 연락할게요. －

망설이지 않고 전송을 눌렀다. 험악하게 굳은 지석의 표정이 떠올랐지만 어쩔 수 없다. 지금 그녀는 생각할 시간이 필요했다.

～❖～

이연이 숙현의 전화를 받은 것은 집으로 올라가는 길 앞의

해후 두 번째 이야기

정류장에서 버스를 내린 직후였다. 모르는 번호가 떴을 때, 그녀는 직감적으로 지석의 어머니를 떠올렸다. 받아야 할까. 조금의 망설임 끝에 통화버튼을 눌렀다.

"여보세요?"

- 정이연 씨?

예감이 맞았다. 가슴이 철렁거릴 정도로 정확한 음성. 집을 향해 걷던 이연의 발걸음이 뚝 멈췄다. 지나는 차에 쓸린 바람에서 물기가 묻어난다. 오늘 저녁부터 비가 온다고 했는데, 날이 맑아 느끼지 못하고 있었다. 이제 비가 올 준비를 하나 봐. 우습게도 그 순간 이연이 떠올린 생각이었다.

"아, 안녕하세요?"

이연은 저도 모르게 인사를 했다. 피식거리는 상대의 비웃음이 들린 듯해 심장이 놀이기구를 탄 듯 쿵쿵거리기 시작했다.

- 오랜만에 이렇게 만나니 기가 막혀서. 우리 좀 만나야 되지 않아요?

이연은 모질게 입술을 씹었다. 최대한 냉정을 가장한 채 입을 열었다.

"지석 씨와 함께 찾아뵐게요."

- 왜 내 아들 뒤로 숨으려 하지?

"…… 그런 일 없습니다."

한참 뒤에야 이연이 무겁게 입을 열었다.

- 뭐, 보기 싫다는 사람 억지로 만나야 될 일은 없어.

숙현의 목소리가 조금은 가볍게 들렸다.

- 그런데 정 선생도 참 그렇다. 젊은 사람이 좀 애교 있게 먼저 전화하면 안 돼? 꼭 어른이 먼저 이렇게 예전 일 좀 풀자고 전화해야 돼?

이연의 눈빛이 움찔거렸다. 상대의 의도가 안개에 갇힌 듯 보이지 않는다.

- 밥 한 끼 함께 해. 그래야 정 선생도 마음이 가벼워질 것 같은데……. 나만 그렇게 생각하나? 불편하면 내가 그쪽으로 가고.

"아닙니다."

기어이 약속을 정했지만, 마음이 가볍지 않은 것은 드러내지 못하는 것들 때문이리라. 시간이 갈수록 이연의 마음은 무거워지기만 했다.

~~❦~~

"언니, 어디 안 좋아? 표정이 왜 그래?"

오랜만에 이진과 단둘이 밥상 앞에 앉았다. 가스레인지에 프라이팬을 올려놓고 지글지글 삼겹살을 구워 온 이진이 이연을 보며 한 마디 했다. 작은 집 가득 들어찬 고기 냄새. 울렁거리며 뒤집어지려는 속을 억지로 참던 이연은 저녁이 되어 닫아둔 창문과 현관문 등을 모두 열어젖혔다. 투둑투둑 떨어

해후 _{두 번째 이야기}

지기 시작한 빗방울 소리가 집 안으로 밀려들었다. 물기 묻은 바람이 이연의 땀 찬 이마를 훑고 지나갔다. 그를 바라보던 이진의 고개가 갸우뚱거렸다.

"언니 프라이버시라 못 물어봤는데……, 혹시 임신했어?"

이진에게 등을 돌리고 있던 이연의 두 눈이 흠칫 크게 떠졌다.

"무슨 소리야?"

잠시 망설인 이연이 돌아서서 아무렇지도 않은 듯 대꾸했다. 엄한 사람 잡지 말라는 듯. 아무것도 결정 못 한 지금, 더 알려져서 좋을 것은 없다.

"할머니 상 치를 때도 그렇고, 지금도 그렇고. 좀 이상해서."

"너야말로 이상한 소리 하지 마. 무리해서 위에 염증이 좀 생겼대. 그래서 요즘 소화도 안 되고 잘 먹지도 못 해."

이연이 딱 잘라 말하니 이진도 수긍하는 눈치였다.

"하긴. 할머니 입원하시고 언니가 고생 많이 했지."

오랜만에 이진이 공치사를 했다.

"언니도 병원 잘 다녀. 나도 요즘 아침마다 속이 좀 쓰려서 걱정이 되긴 해."

"밥 잘 챙겨 먹어. 속병 나지 말고."

이연이 밥상머리로 다가앉으며 말했다. 그녀보다는 솜씨가 나은 이진이 끓인 된장찌개도 오른 조촐한 밥상이다.

"언니, 나도 공부하지 말고 결혼이나 할까?"

이연은 억지로라도 한 숟가락 떠보려 들었던 수저를 놓았다. 미간이 굳은 이연과 달리 이진은 아무렇지도 않은 표정으로 삼겹살 한 점을 집어 맛있게 냠냠거렸다.

"무슨 소리야?"

"요즘 그런 생각이 들어서. 이렇게 고생해서 공부하면 뭐해. 돈 많은 남자 잡아서 시집이나 갈까, 언니 보니까 그런 생각도 들고. 어디 돈 많고 명 짧은 남자 없나."

마치 빈정거림처럼 들린다. 이연의 눈가가 순식간에 찌푸려졌다.

"정이진, 쓸데없는 소리 할래? 넌 꿈이 있었잖아."

"꿈이야 여유 있을 때나 꾸는 거고. 요즘 그런 생각 좀 해. 형부는 돈 많아 보이던데……."

이진의 눈이 은근히 빛났다. 이연은 그녀의 관심을 외면하고 대꾸하지 않았다.

"솔직히 언니가 남자 사귄다고 해서 놀란 거 알지? 계속 사귀던 사람이야?"

그렇게 좋다고 곁에서 지키던 상휘의 마음도 몇 년 동안 눈치 못 챘던 이연이다. 상휘 외에도, 공대를 다닌 이연에게는 좋다고 따라다니던 남자들이 꽤 있었다. 하지만 눈길조차 주지 않을 정도로 이연은 이성에 관심이 없었으니, 지금 남자가 있다는 사실도 이진에게는 약간 충격적이었던 모양이다.

"형부도 우리 집 쫄딱 망한 거 알아? 그래도 좋대?"

해후 두 번째 이야기

"이진아, 다 식으니까 그만 얘기하고 밥 먹어."

지석에 대해서 이진과 계속 얘기를 나누어야 한다는 것이 내키지 않았다. 안 그래도 심란한 마음과 울렁거리는 속을 참을 수 없어 결국 이연은 상에서 물러나 앉았다. 싱크대가 있는 주방과 문으로 분리된 방으로 들어가 장에 잘 개어둔 요를 내렸다.

"나 좀 누울게."

"많이 안 좋아? 병원 가 볼래? 아님……, 형부 불러줘?"

이진의 눈빛에 은근 기대감이 서렸다. 이연은 천천히 고개를 저었다.

"됐어. 한잠 자면 돼. 혼자 먹게 해서 미안해."

"상관없어. 혼자 먹는 거 이제 익숙해졌어. 그래도 오늘은 혼자 먹기 싫어서 왔는데, 좀 그렇긴 하다."

자리를 깔고 누운 이연은 미안함이 가득 담긴 얼굴로 희미하게 웃었다.

"계속 얘기해. 누워서 들을 테니까."

"형부는 어떻게 만났어? 완전 한칼 하고 돈도 많아 보이던데. 집안은 괜찮아? 부모님은 뭐 하셔? 인사는 갔어? 나도 정식으로 인사 좀 시켜주지."

이진의 질문이 쏟아졌다. 노골적인 그녀의 관심을 뭐라 할 수는 없지만 대답은 할 수 없었다. 그저 웃고 말았다.

"언니, 정말 걱정돼서 하는 말인데, 결혼식 올리고 같이 살

때까지 피임 잘 해. 덜컥 아이부터 생겨서 결혼한다고 나서면 남자들 안 좋아해. 남자란 놈들은 백이면 백 책임지고 싶어 하지 않아. 당장 지우라고 펄펄 뛰다가 헤어지자 할지도 몰라."

이진이 충고한다는 듯 하는 말에 이연은 입을 열지 않았다. 똑 부러지게 앞가림을 하지 못한 스스로에 대한 희미한 절망, 그리고 그 앞에서는 항상 무릎 꿇게 한 시퍼렇게 살아 숨 쉬는 강렬한 욕망, 모든 것이 그녀의 발언권을 막았다. 어쩌면 이진의 말은 냉정해도 사실일지 모른다. 아이를 원하는 지석이 유별난지도 모르겠다.

"형부 인상이 너무 차갑더라. 언니한테는 잘 하는 것 같지만……."

이진의 얼굴이 가물가물 보이고 그녀의 말이 드문드문 들렸다. 간헐적으로 눈을 치켜뜨려던 이연의 노력에도 불구하고 그녀는 까무룩 잠이 들었다.

"언니."

이진이 이연을 살며시 불렀다. 그녀가 잠든 것을 확인한 후, 작게 한숨지었다.

"되게 있어 보이던데. 평범한 사람 좀 만나지 그랬어. 아, 짜증나. 나도 언니 행복했음 좋겠단 말이야."

언뜻 며칠 전 받았던 전화를 떠올렸다. 은근히 불쾌감을 주던 상대지만, 이진 또한 두려운 것은 사실이었다. 그리고 다음 순간, 이연의 휴대전화가 진동하자 이진은 입술을 삐죽 내밀었다.

"형부였음 좋겠다. 언니한테는 미안하지만."

이연 대신 그녀가 슬쩍 전화를 받았다. 눈빛이 또렷해졌다.

13. 파란 波瀾

　김 여사가 약속 장소로 정한 곳은 시내에 있지만 이연 혼자 찾아가기에는 힘들 정도로 몇 번의 신분 확인을 거쳐야 했던 클럽의 레스토랑이었다. 로비의 높은 천장에 달린 화려한 샹들리에가 번쩍번쩍 빛을 내며 들어선 사람들을 압도했다.

　"이쪽으로 오십시오."

　은은한 조명이 켜지고 두툼한 카펫이 깔린 복도를 지나 가장 안쪽 룸으로 안내받은 그녀는 들어서기 전 또다시 울린 휴대전화의 액정 화면을 바라보며 약한 한숨을 내쉬었다.

　지석이다. 오늘 하루 종일 그의 전화를 받지 않고 있었다. 수십 통의 부재중 전화로 찍힌 그의 번호를 보면 저도 모르게 두려워졌다. 그 앞에서 당당할 수 없어 더욱 움츠러드는지도 모른다. 그녀는 슬그머니 휴대전화의 전원을 껐다. 그리고 룸의 입구에 들어서자마자 자신을 바라보는 김 여사의 눈빛에 마른침을 꿀꺽 삼켰다. 붉은빛 커튼과 멋들어지게 장식된 샹들리에 불빛 밑에서 김 여사는 마치 여왕과도 같은 도도한 눈빛으로 그녀를 바라보았다.

"어서 와."

"안녕하세요."

지배인이 빼주는 자리에 앉기 전, 이연은 비교적 담담히 김 여사를 바라보며 인사를 했다. 김 여사가 보낸 기사를 따라오며 미리 다짐했었다. 결코 어떤 말을 듣더라도 기죽지 않고 당당하리라. 다시 얼굴을 마주한 그녀가 상대의 기를 꺾기 위해 하대를 하기 시작한 것도 어느 정도 예견한 일이었다.

"말 놓아도 괜찮지?"

"네. 편한 대로 하세요."

어제 김 여사를 만난 후, 이연은 나름대로 많은 정리를 했다고 자부했다. 김 여사가 오해하는 일에 대해서는 스스로 당당했으니 그녀의 오해를 풀 수 있을지도 모른다. 하지만 지석에 대해서는……, 여전히 할 말이 없다. 어떻게 말해야 할지 이연 스스로도 결정하지 못했다.

"한 번쯤 정 선생 만나고 싶긴 했지만, 솔직히 놀랐어. 이런 식으로 다시 만나게 될 줄 누가 생각이나 했을까?"

들고 있던 찻잔을 내려놓고 김 여사가 맞은편에 앉은 이연에게 함박웃음을 지었다. 얼굴로는 웃고 있는데 목소리는 얼음장처럼 싸늘했다. 미묘한 이질감이 이연의 등골을 서늘하게 했다.

"저도 놀랐습니다. 지석 씨 어머님일 거라는 생각은…….."

"생각했으면 이런 짓 못 벌이지."

이연의 눈이 크게 뜨였다. 퍼뜩 고개를 들자 마주친 눈빛. 김 여사가 웃고 있었다.

"더구나 우리 지석이는 한동안 외국에 있었는데……. 그것도 재주라면 재주네."

마지막 말은 혼잣말처럼 흐릿하게 중얼거렸지만, 다소곳이 앉아 있던 이연의 눈썹은 움찔거렸다. 상대가 자신을 어떻게 생각하고 있는지 모든 것이 손에 잡힐 듯 명확해졌다. 빗방울이 투두투둑 떨어지던 날, 매몰차게 자신의 얼굴을 내리치고 독한 말을 퍼붓던 김 여사의 눈빛이 여전히 생생하게 눈에 밟혔다. 그날, 지욱의 집 앞을 배회하다 지석의 차에 부딪친 것은 우연이었을까, 악연이었을까.

"어머님께서 지난 일 정리하자고 하셔서 좋은 마음으로 나온 자리입니다."

이연이 표정을 굳히고 정색을 했다. 싫은 소리 듣고 있을 이유는 없다.

"정리한다고 해서 있던 일이 없던 일 되는 건 아니지. 그리고 상황은 정확히 봐야 하고. 정말 우연이니?"

김 여사가 싱긋 웃었다. 그 웃음이 이연의 등골을 더욱 오싹하게 만들었다.

"어머니 뵙고 놀란 건 저 또한 마찬가지예요. 정말 우연이었어요. 한 교수님은……."

"한 교수? 아, 참. 지석이 제자였지?"

김 여사가 생긋 웃으며 그녀의 말을 제지했다. 주문하기를 기다리던 지배인에게 잠시 기다려달라고 눈짓을 했다.

"어쨌든 좋아. 난 이번 주말에 인사 온다는 아가씨가 궁금했고, 그 김에 밥 한 끼 먹자고 부른 거니까. 우리 지석이가 여자한테 도통 관심이 있었어야 말이지."

김 여사가 우아한 손길로 가죽으로 두툼하게 마련된 메뉴판을 넘기기 시작했다. 그녀의 눈빛이 일순 독하게 반짝거렸다.

"그럼 정 선생은 지석이한테는 제자가 되고, 지욱이한테는 선생이 되나?"

지욱의 이름이 나오자 이연의 눈빛이 흐릿해졌다. 내려다보고 있는 테이블의 잔잔한 꽃무늬가 살아 있는 듯 흩날려 눈앞을 어지럽게 했다. 꾹 눌러놓았던 울렁거림이 되살아나 불편해졌다.

"지욱이는…… 잘 있죠?"

이연은 애써 그때의 기억을 지웠다. 정말 아무렇지도 않다는 듯, 아무 일도 없었다는 듯 용기를 냈다. 어찌 되었든 이것은 해결을 봐야 하는 문제. 그녀가 아무리 아무 일도 없었다고, 자신이 먼저 그런 것이 아니라고 무죄를 주장해도 김 여사는 믿지 않을 것이다. 열쇠는 아마 지욱이 갖고 있을 터.

"지욱이?"

이연의 생각과 달리 김 여사는 순간 치미는 감정을 참지 못해 피식 헛웃음을 토했다. 아들의 안부를 묻는 이연의 **뻔뻔함**에 심장이 떨렸다. 앞에 놓인 찻잔의 찻물이라도 이연에게 끼얹고 싶은 것을 용케 참았다. 지배인이 보고 있었다. 그녀는 교양이라는 이름 아래, 사람 좋은 미소를 꾸몄다.

"잘 있지. 지금은 기숙학원에 가 있어."

"아…….."

일단은 참아야 한다. 진실을 알기 위해서는. 그 생각을 다시 떠올린 후, 은은한 미소를 머금은 김 여사는 이연의 일거수일투족을 세심히 살폈다.

"정 선생을 지석이 연구실에서 보고 나도 얼마나 당황했는지 알아? 그때 일도 늘 마음을 불편하게 했는데 말이야. 오해한 게 있다면 풀긴 풀어야지. 지석이가 몰라야 하는 부분도 분명 있으니까."

그때? 분명 지욱과의 그 일이리라. 이연의 이마가 희미하게 일그러졌다. 혼란스러운 탓이었다. 비교적 부드러운 김 여사의 어조는 조금 의외였다. 어쩌면 자신이 김 여사를 오해하고 있지 않을까 하는 섣부른 생각이 와락 밀려들었다.

"주문부터 하고 얘기해."

이연을 향해 싱긋 웃던 김 여사가 지배인을 향해 물었다.

"송 지배인, 오늘 셰프 추천 요리가 뭐지?"

"사모님, 오늘은 에르미타주 와인소스를 곁들여 그릴에 구운 송아지 안심이나 흑마늘소스를 뿌린 대구는 어떠실까요?"

지배인이 김 여사와 이연을 바라보며 요리를 추천하자, 음식에 대해서는 아무 생각이 없던 이연의 얼굴에 근심이 스쳤다. 아무것이나 받아들이지 못하는 자신의 비위가 걱정이 되었다.

"난 생선은 별로. 정 선생은 어때?"

"전……."

"우리 지석이가 생선 비린내 정말 싫어해. 생선회도 갓 잡은 거 아니면 손도 못 대는데……."

생선 소리만으로도 역한 비린내가 올라올 듯하다. 그리고 그 소리에 커졌던 이연의 눈이 조금씩 빛을 잃었다. 김 여사의 말에 뭐라 함께 말할 내용이 없었다.

"아이가 입맛이 많이 까다로운 편이야."

지석이 그랬던가? 그녀가 아는 지석은 특별히 음식을 가리지 않는 사람이다.

"밥도 새로 지은 밥 아니면 잘 먹지 않아. 반찬도 늘 까다롭지."

처음 듣는 소리였다. 음식은 그녀보다 지석이 더 잘 했으니 이연은 그런 점을 특별히 느끼지 못했다. 아니다. 이건 스스로를 위안하는 꼴밖에 되지 않는다. 자신은 그에 대해 아는 것이 거의 없다. 문득 밖의 음식이 입에 안 맞아 되도록 집에서 해 먹는다던 지석의 말이 떠올랐다. 그럼 그녀의 앞에서는 까다로운 입맛을 숨기고 있었다는 뜻인가? 왜……? 이연은 혼란스러웠다.

"생선 말고 다른 건?"

김 여사가 지배인에게 안 되겠다는 투로 물었다.

"그럼 허브향 소스 양갈비는 어떠세요? 원하신다면 소스는 그린페퍼콘으로 바꾸실 수 있습니다."

"아, 그래. 양갈비가 좋겠어. 정 선생, 여기 양갈비 잘해. 냄새도 안 나고 참 맛나지. 그걸로 할게요. 정 선생도 같은 거 해. 그때보다 더 마른 것 같아? 지석이한테 맛있는 것 좀 사달라 하지 그랬어?"

주문을 마친 김 여사가 이연을 바라보았다. 음식 소리에 움찔거린 이연의 손끝을 유심히 살폈다. 주문하라는 듯 입가에 빙그레 웃음을 띠었다.

"저는…… 차 마시겠습니다."

"왜? 같이 들어. 저녁이잖아. 설마 저녁 약속하고서 먹고 온 건 아니지? 혼자 앉아 밥 먹는 거, 나는 정말 싫더라."

이연은 애써 표정을 지웠다. 날이 갈수록 입덧이 심해지고 있다. 아마 날이 더워져서 그럴지도 모른다. 오늘은 비가 와서 상황이 좀 나았는데, 지금 김 여사가 입에 올린 '생선 비린내', '양고기' 등의 단어에 비위가 확 상했다. 그녀도 예상치 못한 일이라 당황감을 숨기느라 기를 쓰니 더욱 상황이 나빠져서 꽉 쥔 주먹은 진땀으로 흥건해졌다.

이런 지금 김 여사와 무언가를 먹는 것은 곤란했다. 어떻게 해야 할지 판단이 서질 않았다. 아이를 가졌다는 사실을 지석이 집에 알렸는지는 모르겠지만, 지금 김 여사의 태도로 봐서는 모르고 있는 게 확실했다. 지석이 얘기하기 전이라도 자신이 먼저 알려야 되는 것일까. 그럼 결혼은? 이연의 한쪽 머리가 쿡쿡 쑤시기 시작했다.

"그럼…… 저는…….."

"같은 걸로 줘요."

이연이 말을 하기 전, 김 여사가 말허리를 끊고 바로 주문을 넣었다. 이연은 당황스럽고 난감한 표정을 지우기 위해 흠흠, 헛기침을 했다.

"참, 와인은?"

"아뇨. 술은 마시지 않습니다."

"공대 다니잖아? 남자친구들이 대부분일 텐데 술 많이 안 마셔? 와인이 무슨 술이라고."

김 여사가 예리한 눈빛으로 그녀를 살폈다. 이연은 비교적 덤덤한 표정을 짓기 위해 손가락 사이를 누르며 안간힘을 썼다. 그렇게 김 여사가 시키는 아페리티프 와인 또한 묵묵히 받아들여야 했다. 목이 긴 투명한 글라스에 담기는 연한 빛 액체를 물끄러미 바라보았다.

그런데 역시 무리였다. 매니저가 나간 뒤로 차례로 들어오는 접시에 그나마 참고 있던 속이 울렁거렸다. 작고 예쁜 모양의 과자들이 나오고, 아뮤즈 부쉬(Amuse Bouche)로 향이 강한 식재료가 나왔을 때만 해도 입에 댔다 떼긴 했지만 억지로 참을 수 있었다.

"왜? 입에 안 맞아?"

나온 음식에 이연이 거의 손을 대지 못하자, 김 여사가 의아하다는 눈빛으로 채근했다.

"아니에요. 배가 그다지 고프지 않아서 그렇습니다."

그렇게 말했지만, 결국 메인 요리가 나왔을 때, 이연은 기어이 참지 못하고 자리에서 일어서야 했다. 서빙하는 사람이 룸으로 들어오자마자 솔솔 올라오는 음식 냄새에 속이 뒤집혔다.

"잠시 실례 좀……."

말도 제대로 마치지 못한 그녀는 문을 열고 뛰어나갔다. 화장실이 어디인지 모르지만, 들어왔던 기억을 살려 입구 쪽으로 뛰어갔다. 이연은 지나가는 웨이터를 붙들고 겨우 화장실을 찾아갈 수 있었다.

───◆───

이연이 룸으로 돌아온 것은 한참 후였다. 후우, 긴 한숨이 저절로 터졌다. 무어라 말해야 할까. 어머님이 알고 계신지, 그 사람한테 전화를 먼저 해봐야 할까. 이미 상황은 벌어진 것을. 복잡한 머릿속, 돌아가고 싶지 않은 그곳으로 들어가는 이연의 발걸음이 천 근을 단 듯 무겁기만 했다.

"몇 주니?"

다 먹은 건지, 아니면 음식을 물린 건지, 김 여사와 그녀의 앞에는 예쁘장한 디저트 접시와 찻잔만이 놓여 있었다. 차라리 다행이라 생각하며 이연이 물잔을 들어 입에 댔을 때였다. 묵묵히 앉아 디저트를 뒤적이던 김 여사가 그녀를 바라보며 물었다. 입가에 살짝 미소까지 서려 있어 더욱 심장이 떨려왔다. 절대 부인할 수 없도록, 김 여사의 질문은 단정적이다.

"8주…… 되어가요."

김 여사의 턱이 오만하게 들렸다. 그럼 그렇지 하는 눈빛. 그리고 입가에는 싸늘한 미소가 순식간에 서렸다. 임신을 했을지도 모른다는 자신의 예감이 맞은 셈이다.

어디에서 수작을? 아이를 가졌다고 우리 지석이 발목을 잡았단 말이지?

얕은 숨을 들이마신 김 여사가 가벼운 목소리로 입을 열었다.

"내 아들이 그런 것 단속 못 할 성격은 아닌데."

이연의 얼굴에 확 뜨거운 기운이 몰렸다. 작정하고 그런 것 아니냐는 비난이 깔려 있다.

"아는 사람은?"

"지석 씨뿐이에요."

무슨 얘기를 들을지 몰라 현호와 유진을 뺐다. 그녀의 말에 이어 김 여사가 고개를 끄덕였다.

"그나마 다행이네."

환영받지 못할 줄은 알았지만, 이렇게 냉정한 소리까지 들을 줄 몰랐다.

"결혼 전에 아이 지워. 정 혼자 못 하겠으면 내가 아는 병원 소개시켜주고."

순간, 이연은 자신의 귀를 의심했다. 눈 하나 까딱하지 않고, 마치 이 디저트는 입맛에 맞다, 안 맞는다는 종류의 말을 하듯 김 여사의 말은 가볍고 평이했다. 아찔해서 눈앞이 휘청 거렸던 이연이 입술을 지그시 깨물었다.

"결혼을 할 텐데, 왜 아이를 지우라 하시죠?"

사뭇 도전적으로 물어보는 이연에게 김 여사가 빙긋 웃었다.

"나는 지석이가 너 사랑해서 결혼한다고 생각하지 않거든."

심장을 꿰뚫는 차갑고 직선적인 말. 이연의 얼굴빛이 백짓 장처럼 창백해졌다. 사실이 아니라고 말하지 못하는 입술이 달달 떨렸다.

"하지만 한지석의 고집 또한 엄마인 나는 알고 있어. 왜 네 게 집착하는지도 알고 있으니, 꺾으려 할수록 지석이 녀석은 밖으로 튕길 거야."

해후 두 번째 이야기

다른 것은 필요 없었다. 집착의 이유를 알고 있다는 김 여사의 말만이 바윗덩이가 되어 이연의 심장을 묵직하게 눌렀다.

"그러니 결혼은 시킬 거다. 내 아들을 잃고 싶진 않거든."

지금 이 순간, 이연의 의견은 철저히 배제되고 무시되었다. 슬프게도 그것이 현실이라는 것을 이연은 확실히 알고 있었다.

"하지만 아이는 안 돼. 네게 선택의 여지는 없어. 우리 지석이……, 앞으로 총장도 해야 하고 정계까지 나가야 할 아이야. 혼전임신? 아무리 세상이 바뀌었다 해도, 그런 거, 우리 집안은 용납할 수 없어."

두 눈 똑바로 뜨고 김 여사는 이연을 바라보았다. 차마 입을 열지 못한 채 이연은 입술만을 달싹거렸다.

"어머님 손자는 잃어도 되고요?"

이연이 꿀꺽 침을 삼켰다. 자신이 무슨 말을 한다 해도 김 여사의 귀에 지금 들어가기나 할까. 바위를 향해 계란을 던지는 막막함이 엄습했다.

"내 손자라고 누가 그러니? 난 인정한다고 말 안 했는데."

김 여사의 팽팽한 얼굴에 생긋 미소가 걸렸다. 순간, 사냥감을 앞에 둔 사냥개같이 눈빛이 번뜩였다. 이연의 얼굴빛이 창백하게 질렸다.

"할 얘기 있으면 해. 없니? 목적이 있어 다 알고 접근했을 테니, 더 궁금한 게 있을까?"

"그런 거 아닙니다!"

"그래도 지석이 만나 도움 받은 건 맞잖니. 얼마 전 할머니 돌아가셨다지? 오랜 투병 끝에. 그 병원비 누가 댔니? 동생이 사고 쳤다면서? 그건?"

이연의 눈앞이 캄캄해졌다. 만 하루 동안 김 여사는 많은 것을 알고 온 것이 분명했다.

"지석 씨와 상관없어요."

"정 선생 그렇게 안 봤는데, 무슨 그런 거짓말을 해. 어젯밤 네 동생한테서 다 들은 건데."

동생? 이진이? 오늘 아침까지 함께 있다가 다시 고시원으로 돌아간 그녀는 특별한 내색을 하지 않았다. 이연의 얼굴빛이 점점 더 어두워졌다.

"잘못 아셨어요. 제 동생은 아무것도 몰라요."

"손바닥으로 하늘을 가린다고 그게 가려져? 정 선생 돈 없어서 병원에서 쫓겨나게 됐다 해서 지욱이 선생으로 받아들인 건데."

허. 결코 넘을 수 없는 높은 장벽 앞에 선 듯 이연은 숨이 턱턱 막히는 것을 느꼈다. 누군가가 목을 조르는 것 같아 당장이라도 비명이 터질 것 같았다.

"좀 어이없네. 돈 받고 몸뚱이 내어줬으면 그걸로 만족할 것이지, 아이 핑계로 남자 발목까지 붙잡니? 뻔뻔하게."

경멸의 눈빛이 쏟아졌다. 이연은 질끈 눈을 감았다 떴다. 숨도 제대로 못 쉬는 가슴이 크게 들썩거렸다.

"그 아이, 우리 지석이 아이는 확실하니?"

이연의 얼굴이 확 일그러졌다. 이런 말까지 들어야 하는 자신에게 화가 났다. 김 여사는 미소까지 짓고 있건만, 그 아름다움은 어느 때보다 추악해 보였다. 얼굴에서 핏기가 사라진 이연은 덜덜 떨고 있는 심장을 안간힘으로 눌렀다.

"아드님께 물어보세요. 아니면, 그 귀하고 똑똑하신 아드님을 어머니는 믿지 못하시나 봅니다."

한동안 다소곳하던 이연이 차분하지만 단단한 표정으로 입을 여니 김 여사도 내심 놀란 듯했다. 잘 다듬은 눈썹이 뭐? 라고 묻는 듯 치켜 올라갔다.

"앞으로 아이에 대해 궁금하시면 아드님을 통해 알아보세요. 제가 하는 말은 어떤 것도 믿지 않으실 테고, 전 알려드릴 생각도 없습니다."

"훗."

냉랭한 이연의 말이 끝나자마자, 김 여사의 가벼운 코웃음 소리가 들렸다. 이연의 이마가 움찔거렸다. 당장이라도 뛰쳐나가고 싶은 충동을 가까스로 눌렀다.

"너무 예민하게 받아들이지 마, 정 선생. 하지만 정 선생도 입장 바꿔서 한 번 생각해봐요."

"무얼 말씀이시죠?"

이연이 되물었지만, 김 여사는 당장 알려줄 생각이 없는 듯 천천히 디저트 스푼을 놀리며 시간을 끌었다. 입가에 은은한 미소가 떠올랐다.

"너무 빠르지 않아?"

김 여사의 질문을 듣는 순간, 이연은 누군가가 심장을 꽉 쥔 듯 숨을 쉴 수가 없었다.

"정말 헤픈 여자나 의도가 있지 않고서야, 난 왜 정 선생의 그런 면만 보게 되는 거야?"

김 여사의 얼굴에 비웃음이 스쳐갔다. 이연은 어금니를 악물어 버렸다.

"알지 모르겠지만, 우리 지석인 여자에 관심이 없어. 그 녀석이 그 학교를 이번 학기부터 나갔으니 이제 5월, 그런데……, 그새 임신? 너무 빠르지. 혹시 전에 만나던 남자 없나, 그게 궁금한 거야. 지욱이하고 그런 일 있던 것도 기분 더럽고."

웃는 얼굴에 침 뱉을 수 없다는 말은 누가 했을까. 김 여사는 화를 내기보다 웃고 있었다. 그러니 이연은 더 이상 듣고 있을 수가 없었다. 그녀가 호의를 가장하여 자신을 부른 이유도 이제는 확실해졌다. 확인하고 싶었으리라. 왜 한지석이, 그 귀한 아드님께서 갑작스럽게 결혼을 서두르는지.

"다시 한 번 말씀드리지만, 지욱이와 그런 일, 없었습니다. 그리고…… 어머니……."

이연이 차갑고 냉랭한 눈빛으로 그녀를 바라보았다. 긴장하

여 욱신 죄어들던 몸이 조금씩 풀려갔다. 대신 심장이 조여들었다.

"그렇게 말씀하셔도 결혼은 할 거 같아요. 이 결혼, 제가 아닌 지석 씨가 원한 것 모르셨나요?"

지금껏 힘이 들어 고통스런 빛마저 감돌던 이연의 눈이 반짝 빛났다. 한쪽 입가가 슬쩍 들렸다. 그 남자가 보여주기 시작한, 그래서 그녀가 기대고 싶어졌던 따뜻함을 이 순간 잠시 믿었다.

"지석 씨가 여자를 모른다고요?"

이연이 훗, 짧게 웃었다. 불시의 일격을 당한 김 여사의 얼굴에 경련이 파르르 지나갔다.

"어머님은 아드님을 모르셔도 정말 모르셨어요. 아이를 원한 쪽은 한지석 씨입니다."

김 여사의 눈매가 가늘어져 빛이 났다. 이연의 표정을 가늠하듯 뚫어지게 바라보았다. 그러다 안 되겠다는 듯 약하게 고개를 저었다.

"정 선생도 참 딱하네. 없으면 자존심이라도 좀 있던지. 나도 여자지만, 남자들 말 그대로 다 믿는 것만큼 바보 같은 짓이 없어. 지석이가 무슨 약속이라도 한 거니?"

이연의 말이 막혔다. 약속 같은 것, 해본 적 없다. 거래로 시작되었던 관계라는 것은 그녀 스스로가 더 잘 알고 있다.

"당연히 없을 거야. 난 걔 집착을 알아. 왜 그런지, 정 선생한테 왜 관심 가졌는지, 지석이가 그런 말은 했니?"

이연의 눈매가 가늘어졌다. 한숨을 쉬듯 긴 숨을 내쉬었다.

"그런 말 할 이유도 없었고, 저도 궁금치 않아요. 중요한 것은 저희 서로 원하고 있다는 겁니다."

"맞아. 지석이는 정 선생 껍데기를 원하고, 정 선생은 우리 지석이 돈을 원해. 당연하겠지. 그러니 걔가 왜 그런지 정 선생은 궁금할 이유도 없고. 안 그래?"

충격으로 물든 이연의 눈동자를 김 여사가 꿰뚫을 듯 바라보았다. 심장까지 전해진 냉기에 그녀는 덜덜 떨었다.

"지석이가 좋아하던 여자 얘기 들은 적 없지?"

그는 그런 얘기를 할 사람이 아니다. 조금씩 커지는 이연의 눈을 보며 김 여사가 날카롭게 미소 지었다.

"정말 좋아해서 죽고 못 산다는 건 그런 걸 말하는 거야. 그런데 영화에서처럼 그 애가 죽었어. 한참 펄펄 뛰던 스무 살 때 얘기야."

이연의 머릿속에서 수만 개의 종이 한꺼번에 울렸다. 그의 옛 여자에 대한 얘기에 왜 이렇게 심장이 미친 듯이 뛰는지 모르겠다. 눈앞이 어질어질해서 숨을 쉴 수 없었다.

"옛 여자 얘기는 듣지 않겠습니다."

"싫어도 듣는 게 나을 텐데?"

김 여사가 또다시 빙긋 웃자 이연의 등골을 타고 찬기운이 흘러내렸다. 손발까지 뻣뻣해졌다.

"그 아이와 정 선생, 닮았어. 묘하게 분위기마저 비슷해. 그러니 마음이 끌렸겠지. 껍데기라도 잡으려 결혼까지 생각했겠지. 그리고 나는 그 사실까지 마음에 안 들어. 아니?"

김 여사가 정확히 선언했다. 웃음기 가신 눈빛으로 똑바로 이연을 바라보았다.

"내 아들이 원하니 결혼해. 말리지 않아. 내가 너희들, 이혼 하나 못 시키겠니?"

이연의 눈앞이 하얗게 변해갔다. 심장이 멎은 듯 숨을 쉴 수 없었다. 부들부들 떨리는 손으로 가방을 잡고 일어섰다.

"먼저 가보겠습니다."

"그러니 언제나 상처받는 건 정 선생이야. 돈으로 참는 것도 한계가 있거든? 껍데기만 원하는 남자랑 어떻게 사니? 뒤 봐 줄 테니 사라져."

쉴 틈을 주지 않는다. 두근대는 그녀의 심장을 김 여사는 말로 꿰뚫었다. 이연의 몸이 흠칫 놀라 멈췄고, 잠시 후 경악한 눈빛이 김 여사에게로 향했다. 심장이 수천만 개의 조각으로 갈라져 허공에 뿌려진 듯했다. 그녀는 저도 모르게 털썩 자리에 주저앉았다.

~~❀~~

청담동의 한 술집이었다. 손님 테이블이 놓인 어둑한 안쪽,

테이블에 기댄 팔로 이마를 받친 채, 지석이 눈을 감고 있었다. 가끔 들이쉬는 숨으로 어깨가 들썩이는 것만 빼면 그는 지금 자고 있는 듯이 보였다.

아주 오랜만의 술자리. 부동산 처분에 문제가 있다면서 연락을 해온 현호와 저녁 자리 겸 술자리를 가졌는데, 자리가 길어졌다.

"아무래도 어르신께서 막고 있는 느낌이야."

이미 오래전에 지석 앞으로 상속이 된 재산이었다. 강남 노른자 위치에 있는 건물이 임자가 나서지 않는 것이 이상했다. 불과 얼마 전까지만 해도 팔라고 사정하던 사람들이 종종 찾아왔건만. 그예 현호가 조심스럽게 자신의 뜻을 내비쳤다. 외조부에 대한 절대적 신뢰를 지니고 있는 지석에게 어떻게 들릴지는 모르겠지만.

"할아버지? 그럴 이유가 없다."

역시 지석은 조부에 대한 신뢰를 무너뜨리지 않았다.

지석아, 가장 무서운 분은 네 조부님일지도 몰라.

현호는 하고 싶던 말을 하지 못한 채 꿀꺽 침만 삼켰다. 어렴풋이 알고만 있는 그 자신도 어르신인 철훈의 존재가 두려운 탓이다.

"헐값으로 그냥 처분해. 사려는 사람, 분명 있어."

"꼭 그렇게 해야 하니? 어르신께서는 네 결혼 받아주시는 거 아니야? 고모님께 그냥 이연 씨 사실대로 알리고 결혼 허

락 받아. 혼수야 네 돈으로 한다 치지만, 언제까지 집안 어른
들 눈 속일 수 있어? 너 그렇게 이연 씨 좋아하면서……."

지석이 피식 웃다가 문득 표정을 굳혔다. 현호를 미심쩍다
는 눈빛으로 쏘아보았다.

좋아해? 누가? 내가? 누구를? 퍼뜩 떠오른 사실이 심장을
예리하게 갈랐다. 지석의 칼 같은 목소리가 낮게 울려 퍼졌
다.

"난 그 여자 좋다고 한 적 없다."

"이 고집불통아. 너, 이연 씨 많이 좋아해. 알고 있으면서 딴
소리야."

지석은 더 이상 입을 열지 않았다. 분명 인정할 수 없는 것
뿐이라고 현호는 생각했다. 그러다 갑자기 들린 낮은 신음소
리에 고개를 들고 지석을 바라보았다. 그의 미간이 일그러져
있었다.

"왜? 어디 아파?"

"젠장."

미치겠다. 이연을 떠올리는 동시에 심장이 미친 듯이 뛰기
시작했다. 지석은 거칠게 욕설을 내뱉으며 벌떡 자리에서 일
어섰다.

"왜 그러냐고, 한지석!"

현호가 재차 묻자 지석은 그를 빤히 바라보았다. 하, 짧은
탄식을 내뱉었다.

"정이연이 만 하루, 24시간이나 전화를 안 받아."

"못 받을 수도 있지. 야, 너 어디 가? 취했잖아."

급하게 일어서는 지석의 목소리는 깊게 가라앉아 있었다.

"취하지 않았어."

"똥고집."

현호는 끌끌 혀를 찼다. 지석이 비죽 웃었지만, 웃음 끝에 한기가 느껴져 눈을 가늘게 떴다.

"지금 가야 해."

"어딜? 아직 대리 안 왔어."

지석이 우뚝 제자리에서 일어섰다. 그러면서도 들고 있던 휴대전화를 다시 눌렀다. 이미 수십 번을 누른 번호. 이연과의 통화는 연결되지 않았다. 지금도 마찬가지였다. 결국 지석의 얼굴이 일그러졌다.

"계속 안 받아?"

지석은 가타부타 대답하지 않았다.

정이연, 거기 있어. 네 자리에. 날 자꾸 초조하게 하지 마. 사라지지 마. 이번에 사라지면 지구 끝까지라도 쫓아가 돌려놓을 테니까.

언제나 오만하던 그의 얼굴 위로 초조와 긴장의 기색이 역력히 드러났다. 그런 지석을 바라보는 현호의 얼굴에도 걱정이 가득했다. 친구의 이런 모습을 처음 본 탓이었다.

"이연이한테 가야겠어."

해후 두 번째 이야기

"어디 있는데?"

"집에."

"그럼 술이라도 조금 깨서 가."

"지금 봐야 해!"

지석이 애꿎은 현호에게 소리를 버럭 질렀다. 그의 심기가 지금 좋지 않다는 것쯤은 현호도 느끼고 있었다.

"한지석! 진정해. 너답지 않아."

"하! 그냥 혼자 보내는 게 아니었어. 당황했을 테니, 생각할 시간을 주자고 생각했을 뿐인데."

지석이 답답한 듯 앞머리를 거칠게 쓸어 올렸다. 어머니와 마주친 후 당황하던 그녀의 얼굴이 선뜩하니 떠올랐다.

"택시 좀 불러. 아니다. 됐어."

아는 바텐더에게 부탁을 하던 지석이 안 되겠는지 서둘러 겉옷을 챙겼다. 지하에 위치한 술집에서 뚜벅뚜벅 걸어 나가 지상으로 통하는 계단 앞에 섰다.

"지석아!"

서둘러 현호가 쫓아 나갔지만, 이미 지석은 성큼성큼 계단을 몇 개씩 뛰어오른 후였다. 바람처럼 달려간 그가 택시를 잡았고 그 뒷모습은 어느새 시야에서 사라졌다. 현호는 조용히 숨을 내쉬며 머리를 쓸어 올렸다.

좋지 않은 일이라도 생기려는 징조일까. 바람이 후텁지근했다. 당장 소낙비라도 퍼부을 듯 하늘이 잔뜩 찌푸려져 있었다.

아마 이 비가 내리면 봄꽃이 다 질 것이다.

　어딘가에서 날린 꽃잎 하나가 애처롭게 현호의 눈앞에서
춤을 추었다.

해후 두 번째 이야기

14. 파국 破局

　집으로 올라가는 골목길 어귀에서 택시를 내렸다. 보통은 전철역이나 버스 정류장에서 집까지 걸어오곤 하는데, 오늘은 도저히 그 거리조차 걸을 힘이 없었다. 당장이라도 주저앉을 것 같은 다리에 힘을 주고 걸음을 옮겼다.

　"정이연."

　그녀의 집으로 올라가는 대문 앞 가로등에 누군가가 기대어 서 있었다. 우뚝 선 그림자가 그녀를 바라보았다. 이미 조각난 심장이건만 다시 떨어지는 듯한 통증이 밀려들었다.

　"왜 거기 서 있어요?"

　이연의 목소리는 건조했다. 눈빛도 그만큼 메마른 채 지석을 바라보았다. 항상 메말랐던 그의 눈빛이 지금은 젖은 것 같은 착각이 들었다.

지석 씨, 지금 우리 사이는 어디쯤 와 있을까. 우린 서로에게 의미가 될 수 없는…… 그런 무미건조한 사이였잖아.

"어디 갔다 와?"

"어머니 만났어요."

담담한 목소리와 눈빛이 모든 것을 말해주고 있다. 눈매가 가늘어진 지석이 이연에게 성큼 다가서서 한 팔로 그녀의 허리를 낚아채 품에 안았다.

"너 혼자?"

술기운으로 몽롱한 머릿속에도 불안감이 치솟았다. 이제는 익숙하게 다가온 그녀의 체온이 어딘지 싸늘하게 느껴져 지석은 안은 팔에 더욱 힘을 주었다.

"네. 인사 오기 전에 밥 한 번 같이 먹자 하셔서요."

"왜 내게는 말도 안 했지? 왜 내 전화는 안 받고!"

알 수 없는 감정과 함께 화가 치밀었다. 지석은 저도 모르게 목소리가 높아질 것 같아 으득 이를 악물었다. 이연이 자신 아닌 다른 이에게 휘둘리는 것은 원치 않는다. 그 상대가 어머니일지라도.

"원래 남자 모르는 여자들만의 세계가 있어요. 맛있는 거 사주셔서 먹고 왔어요."

후, 지석이 알코올 기 묻은 숨을 힘들게 내쉬었다.

"어머니가 기다리신 건가? 연락처는 어떻게 아셨지?"

그가 이연의 귓가에 속삭였다. 가라앉은 목소리에 술기운이 섞여 드러났다. 슬금슬금 머릿속을 채우는 것은 두려움. 살아오며 한 번도 느껴본 적 없는 감정이 이 여자를 알고 난 이후에 종종 찾아오곤 한다. 아마 술이 들어가서 그럴 거라고 지석은 애써 부인했다.

"어제 정류장에서 잠깐 뵀어요."

이연의 자연스런 거짓말에 지석의 눈매가 천천히 가늘어졌다. 어머니가 이연을 본 것은 어제가 처음이었다. 그녀에 대해 무척 궁금해하고 있다는 것은 그도 알고 있었지만, 실질적으로 그분이 아는 내용은 없을 터였다. 그가 소개시키려던 여자가 이 여자라는 것을 그의 어머니는 어제 처음 알았으니까. 하지만 어머니의 성격을 알고 있는 그로서는 마냥 안심할 수도 없었다.

"무슨 얘기 하셨지?"

"별로……."

이연의 음색은 감정이 담기지 않았다. 가로등 아래, 지석의 불안한 시선이 허공을 맴돌았다.

"몇 가지 물어보셨지만 대답할 게 없던데요, 뭐……."

무거운 지석의 마음과 달리 이연의 말은 오히려 가벼웠다.

"어머니가 네게 안 좋은 얘기 하셨다면……."

이연은 잠자코 지석의 말을 듣고 있었다. 안 좋은 얘기? 아아……. 어느 정도 이해가 갔다. 그런데 그가 말하는 안 좋은 얘기는 어떤 종류일까, 궁금해졌다.

"듣지 않은 것으로 해."

"아뇨. 어머니 좋은 분이신 것 같아요. 친절하셨고, 다정하셨어요."

김 여사의 웃던 입매가 떠올라 이연은 저도 모르게 부르르 몸을 떨었다. 추위가 몰려와 지석의 품으로 파고들었다.

"어머니는 그다지 물어보시지 않았고, 나도 우리 집 애기……, 안 했어요. 아이 애기도……."

주저하면서도 이연은 몇 가지 거짓말을 했다. 만약 지석의 눈을 마주보았다면 결코 할 수 없었을 말들이 실낱같이 이어지며 흘러나왔다.

"그 아이와 정 선생, 닮았어. 묘하게 분위기마저 비슷해. 그러니 마음이 끌렸겠지. 껍데기라도 잡으려 결혼까지 생각했겠지. 그리고 나는 그 사실까지 마음에 안 들어. 아니?"

귓가를 울리는 것은 싸늘한 김 여사의 목소리뿐이었다. 이 남자, 한지석이 자신에게서 보고 있는 것이 무엇인지 확실해졌으니, 그리고 이제 그와 자신의 연결점은 없다고 생각하니 의외로 말은 쉬웠다.

"믿어야 하는 거냐?"

훅, 지석은 깊은 한숨을 내쉬었다. 확인할 수 없지만, 이연의 말에 긴장이 풀린 것도 사실이었다. 점점 더 그녀의 체향이 짙어져갔다. 동시에 마음은 구속하고 있던 무언가가 탁 터진 듯 허물어져가고, 머릿속에서 웅웅 소리가 나더니 눈앞이 어지러웠다. 이연을 안았던 그가 비틀거리자 그녀가 힘을 주어 지석을 부축했다.

"속 안 좋아요?"

"아니."

지석이 손끝으로 이연의 눈가를 어루만졌다. 심장이 걷잡을 수 없이 아픈데, 그 이유를 알 수가 없어서 답답하다. 무덤덤한 그녀의 표정이 왠지 모르게 마음에 걸렸다.

"집으로 가자."

지석이 이연의 손목을 잡아끌던 그때였다. 마음과 달리 그의 눈앞이 흐릿해졌다. 그녀가 힘들 것을 아는데도 자꾸만 몸이 휘청거리며 그녀 쪽으로 기울었다. 그리고 이연은 아무 말 없이 그를 안고 있었다.

~❖~

지석이 문득 눈을 떴을 때 보인 것은 반지하방의 창문으로 새어 들어오는 가로등 불빛과 그 빛에 드러난 빗줄기, 그리고 작게 웅크린 이연의 모습이었다. 그녀는 입었던 옷 그대로 작은 방의 아랫목에 깔린 이부자리 귀퉁이에 쓰러져 있었다. 한 자리 차지하고 누웠던 지석이 몸을 일으켰다. 저도 모르게 미간이 일그러졌다. 그녀의 손에 이끌려 정신없이 이 방에 들어왔던 기억이 떠오른 탓이다. 이연이 벗겼는지, 양복 상의는 그래도 벗겨져 있었다.

이연을 향해 몸을 굽힌 그가 그녀의 얼굴을 쓰다듬었다. 빗소리가 들리는 방 안은 서늘할 정도인데도 그녀는 온통 식은 땀에 젖어 있었다. 그녀의 땀을 훔쳐주던 지석의 손길이 문득 멎었다.

이연의 눈가까지 축축했다. 어쩌면 눈물일 거라는 생각이 들어 심장이 저릿해졌다. 지석은 그녀의 목과 무릎 뒤쪽으로 팔을 넣어 이연을 안아 올렸다. 품에 안을 때까지도 그녀는 눈을 뜨지 않았다.

"이연아……."

지석이 입술을 달싹이며 이연의 이름을 불렀다. 마치 처음 부르는 것처럼 심장이 뛴다. 그리고 알 수 없는 감정이 한꺼번에 터질 것 같다. 이상한 여자. 다 큰 어른을 울고 싶은 마음이 들게 한다. 그리고 안쓰러움과는 다른, 미칠 것 같은 감정에 휩싸이게 한다. 지석은 품에 안았던 그대로 그녀를 안고 누웠다. 팔 안에 완전히 들어온 작은 몸을 천천히 쓰다듬었다.

우린 어떤 관계예요?

그녀의 질문이 날 선 칼날처럼 심장을 쑤셨다. 그도 대답하

지 못하는 것. 감정이라는 것이 어떤 것인지도 잘 모르는데, 기억해낼 수도 없는데, 이 여자는 수시로 그곳을 들쑤셨다. 기억하지 못하면 다시 각인해서 기억해내라고. 정이연에 대해서는 정리할 수 없는 감정들. 그도 알 수 없는 감정. 가슴에 무언가 가득 채우기도 하고, 심장을 들끓게 하는 이 감정은 무엇일까. 세상이 이 여자 하나인 것처럼 다른 것은 안 보이도록 두 눈을 가린 이것은……. 지석은 띄엄띄엄 자신의 속마음을 읽었다. 점점 더 확신이 짙어질수록 한쪽 구석의 두려움이 커져갔다.

문득 이연을 쓰다듬던 지석의 손길이 멎었다. 어둠 속 한 곳에 꽂혔던 시선이 그녀의 얼굴로 내려왔다.

"정이연!"

지석이 이연의 턱을 살짝 붙들었다. 힘을 주어 억지로라도 그녀의 얼굴을 제 쪽으로 돌렸다. 이연의 눈물이 느껴진 것이다. 그녀의 얼굴과 닿은 가슴 쪽이 너무나도 뜨겁게 달궈졌다.

넌 매일 이렇게 혼자 운 건가?

심장이 울렁거렸다. 여자의 눈물은 쳐다보기도 싫었는데, 이 여자는 우는 것 자체가 싫다.

"왜 울어. 무슨 일 있었지?"

"특별한 일 없어요. 그냥 몸이 좀 힘들어서……."

목이 멘 이연의 목소리를 들었지만, 지석은 아무 말도 할 수 없었다.

"고집부리지 말고 다시 입원해. 입덧 심한 사람은 그렇게라도 한다더라."

"아뇨. 그 정도는 아니에요."

"당장 날 밝으면 집으로 가자."

지석의 어조는 명령에 가까웠다.

아주머니라도 불러야겠다. 가능하면 음식 솜씨 좋은 분으로 구해서 꼬박꼬박 밥을 먹을 수 있게 해줘야지. 안성댁 아주머니가 음식 잘 하시는데. 아니면 외할아버지댁 서천댁 아주머니라도 잠시 오시라 할까. 아니, 아니다. 매일 입맛에 맞는 음식을 찾아다니는 것도 좋을 것이다. 아이가 태어나면 당분간 움직이지도 못할 테니까. 지석이 이연의 마음을 미처 읽지 못하고 이런저런 생각을 떠올릴 때였다.

"언젠가 당신한테 물은 적이 있어요."

이연이 조용히 입을 열었다.

"무얼?"

"우린 어떤 관계냐고……."

지석의 눈썹이 꿈틀거렸다. 아직도 이 생각에 집착하는 이연이 마음에 들지 않았다.

"난 당신 돈을 받았고, 당신은 날……."

"아니."

지석은 이연의 말을 단호히 잘랐다. 안고 있던 그녀를 똑바로 눕히고, 두 팔로 상체를 지탱한 채로 이연을 내려다보았다.

희미한 어둠 속에서 물기 묻은 이연의 눈동자가 말갛게 빛이 났다.

"그런 건 이제 의미 없어. 나와는 상관없다. 우리 관계?"

지석의 손끝이 천천히 이연의 얼굴을 어루만졌다. 눈빛이 마주치자 깊이 그녀의 눈동자를 응시했다.

"시작은 욕망이었다고 인정하지."

이연의 눈빛이 움찔거리다 한 곳에 고정되었다. 그녀의 얼굴을 쓰다듬고 있던 지석의 손끝도 그대로 멈췄다. 시선이 흔들리고, 그와의 호흡이 엇갈려 섞였다. 시간이 멈춘 것일까. 찰나의 순간. 지석의 미간이 약간 일그러졌다. 후, 짧게 웃음 비슷한 숨결을 토해낸 그의 입술 끝이 살짝 말렸다.

"하지만 이제 상관없어. 내가 널 원하니까."

이연은 고개를 저었다. 욕망, 그리고 원한다는 것으로 그들이 하나가 될 수는 없다. 자신의 껍데기만 원하는 이 남자, 자신이 없다. 이연의 눈에 왈칵 뜨거움이 고였다.

"내 마음은……, 나는 교수님과 이런 관계를 원한 게 아니에요."

"네 마음 따위는 상관없어!"

그 순간이었다. 불안하게 흔들리던 이연의 눈동자가 타오르던 불꽃에 물이 쏟아져 사그라지듯 한순간에 멈췄다.

"내 마음 따위, 정말 상관없어요?"

아연해지는 눈빛. 이연은 이를 악물었다.

"말꼬리 잡지 마. 우리 관계는 내가 결정해. 내가 널 원하면 되는 거야!"

지석은 이연의 목소리에 섞인 두려움을 읽지 못했다. 변한 것 없이 자신의 감정에만 충실했다. 천성적으로 무뚝뚝하고 조금은 거친 그의 말이 이연의 귓속을 파고들었다.

"이렇게……."

달큼한 숨결이 쏟아지고, 그의 혀끝이 다정하게 귓가를 핥았다. 그리고 지석이 귓불을 살짝 깨물자 본능적으로 그녀의 몸이 바르르 떨렸다. 언제나 날카로운 욕망에 무너지는 것은 그가 아닌 자신. 이연은 모멸감에 입술을 짓깨물었다.

"이제 넌 그때처럼 웃어. 그것으로 충분해."

아마 그들이 함께한 이 짧은 며칠을 말하는 것이리라. 이연은 그 전에도, 이후에도 마음껏 웃어본 적이 없었으니까. 멍한 눈빛으로 그녀는 입맞춤하는 지석의 의도에 따라 입을 벌렸다.

"흐흡!"

깊숙이 들어와 단숨에 숨결을 빼앗는 그의 열기가 몸서리 쳐지게 뜨겁다. 그래서 거부할 수 없다. 그녀 쪽에서 먼저 지석의 목을 끌어안고 온몸을 펄떡이며 비틀었다. 당장 이대로 생을 끝낼 사람들처럼, 새벽의 빛을 밝혔다.

"왜 여기에서……."

이훈의 티셔츠와 트레이닝 바지를 빌려 입고, 심드렁한 어조로 투덜대는 지석의 입을 막은 것은 아이러니하게도 이연이 건넨 파란색 앞치마였다. 이건 뭐지? 하는 눈빛으로 지석이 이연을 바라보았다. 그녀의 입가에 감출 수 없는 희미한 웃음이 떠올랐다.

"한 번쯤은……."

그래, 한 번쯤이다. 내 아이에게 아빠의 이런 추억이 있는 것도 나쁘지는 않다. 이연은 꿀꺽 침을 삼킨 후 입을 열었다.

"이런 것도 해봐요."

지석이 이마를 찌푸릴 새도 없이 이연이 돌아섰다. 그녀는 주방 한쪽에 놓인 냉장고를 열고 이것저것 찬거리를 꺼냈다.

"아파트로 가자니까."

"장을 못 봐서 채소 종류가 없어요. 나, 자반고등어 구워주고 김치찌개 해줘요."

옹색한 주방이 부담스러운지 지석은 자꾸만 자신의 아파트를 주장했다. 하지만 이연은 줄기차게 그의 말을 무시했다.

"집으로 가. 네가 원하는 것 다 해줄 수 있어."

"아니. 지금요. 가는 도중 굶어 죽을지도 몰라."

이연이 냉장고에 있던 재료를 하나 둘 싱크대로 꺼냈다. 그동안 할머니 병간호로 병원에 있었으니 식재료가 제대로 있을 리 만무했다. 이진과 저녁을 먹으려고 장을 봐 온 게 다행이다. 그럭저럭 다 꺼내자 이연은 바닥에 털썩 앉았다. 그리고 지석은 진공포장 자반고등어를 집어 들고 이마를 잔뜩 찌푸렸다.

"참고로 말해주는데, 난 생선, 냄새 나면 못 먹어."

"처음 알았어요. 반찬 투정 안 해서 몰랐는데. 아니면 숨겼던 거예요?"

멋쩍은지 지석이 한쪽 입술 끝을 올려 웃었다.

"잘 생각해 봐. 생선 구운 적은 없다. 굽는 냄새도 잘 못 맡아."

"그랬구나. 그런데 어떻게 생선을 굽는데 냄새가 안 나요?"

"안 날 수 있어."

지석이 씩 웃었다. 그 웃음이 싱그러워 이연의 심장이 덜컹 소리를 냈다.

"내가 안 하면."

"내가 아니라 아기가 먹을 건데, 그래도 안 해줄 거예요?"

이연이 나름대로 애교 있게 한 마디 했다. 지석의 눈빛이 움찔거렸지만, 그녀는 희미하게 웃기만 했다.

"냄새도 못 맡는다 했지? 씻는 건 어떨지 모르겠다. 이리 와서 네가 씻어."

"해주려면 다 해주는 거죠. 나도 지금 비린내 못 맡는데."

이연이 배시시 웃었다. 하는 수 없다는 듯 싱크대 쪽으로 몸

해후 두 번째 이야기

을 돌린 그가 식재료를 씻기 위해 수돗물을 틀었다. 우뚝 선 뒷모습을 보던 이연의 입술이 달싹거렸다.

당신한테 이런 면도 있었다는 건 내게 행운일까, 불행일까.

그가 해주던 밥 한 끼, 한 끼가 모두 떠올랐다. 아주 삭막하고 메마른 사람은 아닐 것이다. 이 남자, 한지석은. 그러니 그것으로 위안을 삼아야지. 눈시울이 뜨끈거려 이연은 고개를 돌렸다. 동이 터오고 있다. 아주 오래전에 텄을 동이건만 이 반지하에는 이제야 햇살이 들어오고 있었다.

~~◆~~

며칠 내린 비가 활짝 갠 날이었다. 머뭇거리는 마음을 미리 알고 단칼에 자르기라도 하려는 듯 이연을 데리러 온 사람은 그저 '어르신이 정이연 씨를 보고 싶어 하십니다.' 하는 말로 그녀가 차에 타기를 종용했다.

한 시간 가까이 고속도로를 달려 내려온 지방 소도시. 거대한 저택의 규모 앞에서 이연은 당당할 수 없었고, 그의 외조부 앞에서 말 한 마디 제대로 꺼낼 수 없을 만큼 삭막한 분위기에 압도당했다.

하지만 진짜 무서운 것은 실체를 몰랐을 때 막연히 다가오는 두려움이다. 내려오며 느꼈던 불안감이 이미 상당히 가셨으니, 외조부를 만난 후 이연의 마음은 오히려 차분해지고 담담해졌다. 서재의 소파에 앉은 그녀는 육중하고 짙은 색의 가구들 사이에서 왜소하고 작았지만 오히려 당당해졌다.

"우리 아이가 손자와 네 결혼을 말하더구나."

한참 뜸을 들인 노인이 이연의 눈을 똑바로 보며 입을 열었다. 지석을 닮은, 아니, 지석이 물려받은 매섭고 형형한 눈빛이 이연을 올가미처럼 옥죄어들었다. TV에서도 한두 번은 본 듯한 노인의 인상은 단정하지만 힘이 있다. 근엄하게 짙은 색 정장을 차려 입은 노인은 김 여사와는 전혀 다른 힘으로 알게 모르게 이연의 기를 죽였다.

"나는 우리 아이와 생각이 달라. 널 받아들일 생각 없다."

선언과도 같았다. 짐작하고 있었지만, 이연의 마음은 참담해졌다. 스스로 결심한 일이건만, 상대는 시간의 여유를 주지 않는다. 지끈. 이연이 이를 악물었다. 이리 쫓겨나는 식으로 떠나긴 싫다.

"지석 씨는 제 아이 아빠입니다."

"아이는 포기해. 늙은이가 이리 말하는데도 굳이 낳겠다면, 아이는 받아주마."

"낳아라, 포기해라……. 아이가 물건인가요?"

심장이 욱신거렸다. 아가, 미안해. 넌 듣지 말고 꼭 귀 막고 있어. 엄마가 사랑해, 아가. 많이, 많이, 많이…….

"천한 몸뚱이 함부로 굴리고서 무슨 입을 놀리는 게야? 돈을 받았으면 돈 값어치만큼만 해!"

해후 두 번째 이야기

"지석 씨가 절 잡고 있는 거라면요, 할아버님?"

거침없이 쏟아내는 노인의 독설. 그래도 물러서지 않은 이
연의 눈빛이 묘하게 빛났다. 유리알 같던 노인의 눈빛이 움찔
거리자, 알 수 없는 승리감이 처참해진 마음을 그나마 위로했
다. 하지만 그것도 잠시. 밀려드는 것은 공허, 모든 것이 부질
없다.

"건방진 것. 모든 것을 알고 있는 내 앞에서 그런 말을 입에
올린다?"

"……죄송합니다."

죄송하다 하면서도 절대 고개 숙이지 않는다. 노인의 눈매
가 가늘어졌다.

"정이진이 동생 맞지?"

갑작스럽게 입에 올린 이진의 얘기에 이연의 눈이 번쩍 뜨
였다.

"언니와는 다르게 얘기가 통하더구나."

"이진이에게…… 무슨 짓을 하신 거예요!"

이연이 나직하게 분노했다. 노회한 정치가의 눈을 한 철훈
은 냉정하게 웃었다.

"말버릇이 없구나. 네 동생에게 무슨 짓이라니. 어렵게 고학
을 하고 있기에 조금 도와줬을 뿐이다. 그런데 동생이 네게는
아무 얘기도 없었던 모양이지?"

눈앞이 어지러웠다. 지금껏 무슨 생각을 하며 살아왔는지,

살아오며 지키고 싶던 윤리, 규범, 그리고 예의……, 모든 것들이 지석을 만난 이후 모두 무너져 내렸다. 머리끝부터 발끝까지 힘이 쭉 빠졌다.

"원하시는 게 무엇이세요."

이연이 깊이 가라앉은 목소리로 물었다. 이진까지 들먹인다면, 이 사람들은 끝을 보기를 원할 것이다. 알면서도 암담함으로 목이 메었다.

"그만 지석이 놓아."

요구는 정확하고 명료했다. 이연의 눈앞이 흐릿해졌다.

"그래도 할 수 없다면요?"

분노로 반짝이는 이연의 눈을 철훈이 똑바로 쏘아보았다.

"끝까지 가길 원하는 게냐?"

이연의 눈빛이 움찔거렸다. 바르르 떠는 입술을 겨우 달싹거렸다. 그가 말하는 끝이란 것이 감히 짐작되지 않았다.

"네가 그리도 끔찍이 여기는 동생들 영원히 못 볼지도 몰라."

이연의 심장이 툭, 바닥으로 떨어졌다. 눈망울이 한없이 흔들리는 것을 철훈의 냉정한 시선이 좇고 있었다. 때를 놓치지 않고 쐐기를 박았다.

"뒤는 원 없이 봐줄 테니, 그만 지석이 놓아."

나직한 목소리는 충분히 위협적이었다. 이연의 고개가 푹 꺾이고 두 눈에 왈칵 뜨거운 기운이 몰렸다. 무력감이 온몸을 휩쓸었다. 하지만 울고 싶지 않다. 약한 모습을 이들에게 보이기 싫다.

"아이, 낳을 겁니다."

"아이는 거둔다 했다."

"이것은 할아버님과 제 거래입니다."

"거래?"

노인이 기가 막힌다는 듯 혀를 찼다.

"제가 키울 겁니다. 그것이 제가 지석 씨 놓는 조건이에요."

노인의 집요한 시선이 이연을 놓아주지 않았다. 강단지게 나오는 이연이 새삼스러워 눈매가 가늘어졌다.

"그 아이, 한씨 집안과 상관없다고 말하는 것이냐?"

순간, 이연의 눈빛이 흔들렸다. 커다란 폭풍우에 휩쓸린 배를 탄 것처럼 속이 울렁거렸다. 두 주먹을 꽉 움켜쥔 이연은 천천히 고개를 떨어뜨렸다. 아기가 듣고 있어. 입술을 피가 나도록 깨문 그녀는 차마 그에 대한 답을 하지 못했다.

"그리고 지석 씨와의 마지막도 제가 정리하겠습니다."

이연의 당돌하리만큼 담담하던 눈빛이 서서히 꺼졌다. 텅 비어 아무것도 남지 않은 눈빛. 헛껍데기처럼 이연은 앉아 있었다. 그 모습을 노인은 놓칠 수 없다는 듯 바라보았다.

"우 실장."

노인이 비교적 날카로운 기세로 밖에 있던 비서를 불렀다. 서재로 급히 들어온 영섭이 깍듯이 고개를 숙였다.

"처리해."

노인의 한 마디를 듣는 순간, 정신이 번쩍 들고 소름이 끼쳤다. 여름이 다가온 것도 잊을 만큼 한기로 오싹했다. 그녀의 눈앞이 컴컴해질 정도로 단조롭고 사무적인 목소리. 그리고 다시는 이쪽을 쳐다보고 싶지도 않을 정도로 오한이 들게 했다.

"괜찮으십니까?"

실내에서 나와 갑자기 몰려든 햇살에 눈이 부셔 비틀거렸을 뿐이었다. 곁에 섰던 영섭이 걱정스런 표정으로 물었다.

"궁금한 게 있어요."

"말씀하세요."

"처리는 어떤 걸 말씀하시는 건가요?"

"각서와 그 외 다른 것……. 모르시는 편이 나을 겁니다."

영섭은 그나마 이 여자에 대한 인간적인 동정심은 갖고 있었다. 아니, 말은 저리 했어도 철훈 또한 그러리라는 것을 영섭은 알고 있다. 이미 10년이 더 지난 그때도 어르신은 분명 그 여자를 동정하고 계셨다.

"죽은 사람이라도 돼야 하나요?"

돌아가기 위해 차에 타기 전, 이연이 물었다. 바라보는 영섭의 눈가가 희미하게 떨렸다.

"너무 극단적인 생각은 하지 마세요, 아가씨. 아기한테 좋지 않습니다."

해후 두 번째 이야기

이연의 이마가 보기 싫게 일그러졌다. 훗, 짧게 웃었다.

"의외네요. 이곳에서 일하시는 분께 그런 소릴 듣다니. 하지만 위로는 되지 않아요."

영섭은 차에 타는 이연의 뒷모습을 한동안 바라보았다. 처음 이곳에 들어서던 그녀와 다시 돌아가는 그녀는 어딘지 달라 보였다. 그 미묘한 차이가 이연을 다시 보게 만들었다. 그녀가 철훈이 생각하는 것보다 강인한 정신의 소유자라는 생각이 얼핏 들었다.

～～❀～～

삐, 삐빗……

번호 누르는 소리가 유달리 크게 들렸다. 이연은 비교적 무신경하게 자신이 알고 있는 번호를 누르고 현관문을 열었다. 그리고 그곳에 한 발 들어서자마자, 그녀는 억센 힘에 끌려 집 안으로 빨리듯 끌려들어갔다. 손목을 붙든 강한 힘. 그리고 화끈 밀려온 열기. 쿵. 등 뒤에서 현관문이 닫히는 소리가 들리고, 이연은 벽과 지석 사이에 갇혀 숨도 쉬지 못했다. 순식간의 일이었다.

"너, 무슨 일이야!"

현관의 센서등이 꺼졌다. 어슴푸레한 어둠에 젖은 지석의 눈이 번쩍 빛났다. 질끈 두 눈을 감은 이연의 눈꺼풀이 바르르 떨렸다.

'집으로 와.'라는 메시지에 자동 반응하듯 이곳으로 왔다. 마치 파블로프의 개처럼.

"정확히 78시간. 꼬박 사흘 하고도 여섯 시간 동안 넌 내 눈앞에서 사라졌어. 어디에서 무얼 하고 있던 거냐."

지석의 목소리는 점점 더 낮아지고 메말라 버석거렸다. 냉연한 눈빛으로 그를 바라보던 이연이 한 마디 툭 던졌다. 목소리는 더없이 이성적이고 감정이 담겨 있지 않았다.

"여행 간다고 메시지 남겼어요. 못 봤어요?"

지석의 입술이 비스듬히 비틀렸다. 훗, 짧은 비웃음이 그 끝에 걸렸다.

"여행이라. 어디로?"

"바다도 보고, 이훈이한테도 다녀왔어요."

"휴대전화는 왜 꺼놨지?"

날카로운 그의 질문에 잠시 이연은 대답하지 않았다. 빤히 그를 바라보다 지그시 눈을 감고 또다시 반짝 떠서 바라보았다. 지석의 얼굴을 눈동자 깊이 새기기라도 하려는 듯.

"생각 좀 하느라고요. 그리고…… 조금 아팠어요."

이연은 표정이 없었지만, 의외의 대답이었던 듯 지석의 눈빛이 움찔거렸다. 자신의 다그침이 마음에 들지 않는 것이다. 파리한 얼굴빛, 항상 그의 심장을 조여들게 하던 당돌하리만치 단호한 눈동자가 지금은 보이지 않는다.

해후 두 번째 이야기

"그랬는데 연락을 안 했다고?"

아직까지도 자신에게 기대지 않는 이연이 자신을 믿지 않는 것 같아 기분이 좋지 않다. 혼자 아팠을 그녀가 떠올라 미간이 일그러졌다.

"그럴 필요 없어서요."

옭아맸던 지석의 무게가 슬쩍 풀리자 그녀가 재빨리 몸을 빼냈다. 등을 꼿꼿이 세우고, 지석을 등진 채 거실로 올라섰다.

"어디가 아픈 거야. 지금도 아파?"

조급한 마음. 당장이라도 지석이 달려들 것 같아 이연은 뚜벅뚜벅 소파로 다가가 앉았다. 그도 와서 앉기를 바랐다.

"그래. 안 좋아 보인다. 인사드리러 가는 것, 내일로 미뤘는데, 취소할 테니……."

"교수님."

이연이 차분한 목소리로 지석을 불렀다. 그녀의 느낌이 어딘가 이상하다는 생각이 든 지석이 말을 끊었다. 눈빛이 차갑게 빛났다.

"그만 해요."

이연의 옆얼굴을 바라보고 있던 지석의 눈썹이 꿈틀거렸다. 무언가 불길한 예감. 바짝 치밀어 오른 화를 누른 그의 음성이 음산하게 울렸다.

"무얼 말이지?"

지석이 물었지만 이연은 바로 대답하지 못했다. 감정 조절이 필요한 탓이다.

"똑바로 말해. 무슨 일 있었는지."

이연의 앞으로 다가서 무릎을 꿇고 앉은 그가 그녀의 어깨를 잡았다. 꽉 잡힌 그곳이 피도 통하지 않을 만큼 아팠지만, 그보다 아픈 곳은 심장이다. 짙게 그늘진 지석의 검은 눈동자가 이연을 망설이게 했다.

울면 안 돼. 담담해지자고 계속 연습했잖아.

이연의 메마른 눈빛이 지석을 응시했다. 냉정을 가장한 입술이 열렸다.

"이제 그만 해도 된다고요. 집에 보이기 위해 정이연 포장하기, 이제 신경 안 써도 된다고요."

"무슨 일 있었는지 똑바로 말 안 할래!"

지석의 인내심이 바닥을 드러냈다. 버럭 고함이 터졌다. 당장이라도 와글대는 분노로 이 작은 여자를 부숴버릴 것 같아 그의 눈앞이 아찔해졌다.

아니다. 실은 겁이 나는 것이다. 지난 며칠 동안, 이연이 그의 삶에서 또다시 사라졌을까, 지석은 두려웠다. 이 여자에게 무슨 일이라도 생겼을까, 그는 아무것도 할 수 없었다. 그런데 그 여자, 정이연이 아무렇지도 않다는 듯 나타나 그를 경악시키고 있다. 그녀의 여동생이 난데없이 나타나서, 언니 찾아내라고 억지를 쓰는 것을 돈으로 달랬던 것보다 더 불쾌해졌다.

"아이…… 이제 없어요."

"뭐?"

이연이 피가 나도록 입술을 짓깨물었다. 이 고비만 넘기면 된다. 고통은 잠시일 뿐이다.

"아이 이제 없다고요."

"없다……? 아이를 지웠다는 뜻인가?"

지석의 눈매가 가늘어지고 눈빛이 흐릿해졌다. 결코 머뭇거리지 않았다. 화가 날수록 더욱 냉정해지고 이성적으로 돌아가는 그의 음성이 얼음송곳처럼 세차게 이연의 심장을 찔렀다. 쑤시고 가르고 난동을 부린다. 피가 철철 흐르는 그곳을 이연 또한 짓밟고 무시했다. 철저히 계산된 음성과 표정으로 입을 열었다.

"네."

"왜?"

"지겨워졌어요. 교수님과 내 관계가. 아니, 조금 더 정확히 말하면, 교수님 돈에 흥미가 떨어졌어요."

의혹으로 가득 찬 눈동자. 지석이 그녀를 바라보다 턱을 치켜 올렸다. 가느다랗게 뜬 눈으로 이연을 뚫어질 듯 바라봤다.

"믿지 못하면 병원 가서 확인해도 돼요."

"처음부터 내가 말했을 거다. 정이연, 넌 상당히 거짓말을 못 해."

그의 손이 이연의 턱을 잡아 제 쪽으로 고개를 홱 들게 했다.

"나 봐. 내 눈, 똑바로 봐!"

높지 않은 음성이었지만, 충분히 분노가 담겨 있었다. 눈빛이 화륵 일시에 타올라 일렁거렸다. 세상 모든 것을 초월한 듯, 맑고 무심하기만 한 그녀의 눈빛이 그를 긴장시켰다. 모든 것이 끝났다는 바로 그 눈빛. 조모의 상을 당한 그 순간과 같은 눈빛이 지석의 심장을 아슬아슬하게 비껴 나갔다.

"말해. 내 어머니가 시킨 거냐?"

"설마요."

이연이 피식 웃었다. 그것이 지석의 분노를 더욱 부채질했다.

"제가 지긋지긋해졌어요. 교수님 보면, 아이를 입에 담아 돈을 요구하던 내가 떠올라 미쳐버릴 것 같아요. 죽고 싶을 만큼 수치스러운 기억, 교수님은 몰라요."

"하!"

지석이 탄식과 같은 짧은 숨을 내쉬었다. 알고 있으니 더욱 신경이 쓰이고 불쾌해졌다.

"그것이 이젠 필요 없다?"

"교수님도 알잖아요. 내가 왜 돈이 필요했는지."

"몸 팔아 할머니 병원비 댔다는 구태의연한 스토리라도 써먹을 생각인가 보군."

"구태의연한 그것이 사실이에요."

사무적이고 냉정한 목소리가 자연스럽게 흘러나왔다. 지석의 눈빛이 들불처럼 펄럭거렸다.

"그래서?"

분노의 끝에서 지석이 부르르 떨었다. 이연은 대답 대신 침묵을 택했다. 그러다 한참 만에 껄끄러운 목소리가 침묵을 깼다.

"난 욕망에 졌어요. 사랑하지도 않는 남자에게……."

울컥, 감정이 치민다. 사랑하지 않는 남자…… 가 아니다. 모순적이게도 그를 사랑한다. 이렇게 목 끝이 따갑도록, 이제는 그에게 사랑한다고 말해주고 싶다. 내가 사랑하니 당신은 내 껍데기만 가져도 우린 그것으로 된 것 아니냐고, 지금도 이연은 유혹에 시달렸다.

"몸을 내준 여자예요. 욕망 빼면 우리한테 남는 게 있어요? 아이한테 그런 모습 보이고 싶지 않았어요."

이연의 말간 눈이 붉게 충혈된 지석의 눈을 멍하니 올려다보았다. 지난 시간, 간간이 그가 보여준 따뜻한 모습만 자신의 것이라 믿고 싶다. 이 남자, 오만하고 독선적인 성격 속에 숨어 있는 다정함, 그리고 아이 같은 감성을 알고 있기에, 이 남자가 받았을 충격과 상실이 그대로 전해졌다.

이대로 진실을 다 토해낼까. 충동이 간헐적으로 일었지만 또다시 자신이 없었다. 그의 어머니, 그의 할아버지, 그리고 자신의 겉껍데기만을 원하는 그까지. 아이가 태어나 보게 될 세상이 너무나도 그녀를 두렵게 한다.

"이제는 아이도 필요 없으니 네 스스로 지웠다, 이 말인가?"

"아이는 내게 어떤 존재도 아니었어요."

이연의 말이 끝나는 순간이었다. 으득, 이 부딪치는 소리가 나는 동시에 지석이 이연을 소파로 쓰러뜨렸다. 거친 동작에 헉 하는 이연의 비명이 터졌지만, 지석의 귀에는 들리지 않았다. 불처럼 활활 타오르는 분노로 눈빛이 이글거렸다. 위험하다는 생각이 이연의 뇌리를 번득 스쳤다.

"이러지…… 말아요!"

지석이 두려움으로 가득한 이연의 눈을 뚫어질 듯 바라보았다. 결코 서두르지 않는 느릿한 손길로 그녀의 창백한 얼굴 선을 따라 쓸어내렸다. 오소소 돋는 소름. 벗어나려 바르작거리던 이연의 몸이 우뚝 움직임을 멈췄다.

"우리에게 욕망 빼면 남는 것이 없다는 네 말, 정확하군."

턱선을 따라 목으로 내려온 지석의 손끝이 동그랗게 부풀어 오른 그녀의 가슴을 부드럽게 어루만졌다. 그 움직임을 따라 이연의 가슴이 들썩거렸다. 남자답고 커다란 손 어딘가에 자석이라도 붙은 듯 허리가 들렸다. 그의 다른 손이 허리 부근에서 티셔츠 속으로 미끄러져 들어가 감질나게 쓰다듬었다.

으읏, 이연은 가는 신음을 삼켰다. 지금 그를 완벽히 느끼고 있다. 그래서 미칠 것 같다. 청바지 버클을 풀고, 지퍼를 내린 그곳. 지석의 뜨거운 손길이 어루만지자 이연은 저도 모르게 왈칵 눈물을 흘렸다. 움찔거리며 다리를 오므렸다. 지석의 손과 입술이 닿기 시작한 허벅지가 파들파들 떨렸다. 중심을 가르며 묵직하게 차오르는 쾌감과 쾌락의 징후.

"하아⋯⋯."

뜨거운 신음이 목젖을 비집고 나왔다. 그는 알고 있다. 어떻게 하면 그녀를 뜨겁게 만드는지를. 그것도 순식간에 달아오르게 한다. 그래서 이연은 절망스럽다. 안 돼. 하지 마요. 그녀의 억눌린 흐느낌이 입술 새로 흘렀다. 그를 밀어내던 손으로 급히 입을 틀어막았다.

지석은 그녀의 바지와 팬티를 단숨에 끌어내렸다. 그리고 그녀의 두 다리를 팔로 감싸고 옆으로 벌린 채, 중심에 얼굴을 묻었다. 아아. 입술이 닿은 뜨거움만으로도 이연의 허리가 파들거리며 펄쩍 뛰어올랐다. 그리고 그 허리를 지석의 손이 지그시 눌러 주저앉혔다. 훅. 뜨거운 숨결이 닿았지만 그것으로 끝이다. 채워지지 않는 갈망, 이연의 목에서는 신음이 흘렀다. 참을 수 없다.

"정이연, 언제나 시작과 끝은 내가 정해. 난 너와 끝낸 적 없고, 그럴 생각도 없다. 넌 따라오면 돼."

지석 씨, 알잖아요. 내가 당신 거부할 수 없다는 거.

그에게 미쳤다. 그래서 아무것도 보이지 않는다. 이연은 욕망에 젖어 흐느꼈다.

"인정해. 넌 이렇게 날 원해. 욕망이지?"

냉정하고 싸늘한 어조, 그리고 눈빛. 고개를 저을수록 몸이 달아오른다. 왈칵 액체가 흘러나와 이연의 여성이 촉촉해지자, 그가 상체를 타고 올라 입술을 맞댔다. 갈망이 스민 달콤한 입술. 당장이라도 그녀의 몸 안으로 파고들 듯 그의 몸이 분노로 부르르 떨렸다.

"교수님, 제발……."

"그렇게 부르지 마. 우린 대등한 관계 아닌가? 넌 정이연이고, 난 한지석이지."

버석거릴 만큼 메마른 음성, 하지만 아이스크림처럼 달콤하고 부드러운 입맞춤. 머리가 쪼개질 만큼 쨍한 느낌.

"말해. 날 원한다고. 당장이라도 내 안에 들어와달라고……, 다리를 벌리고 애원해."

지석의 묵직한 음성이 악마의 유혹처럼 이연의 귓가를 울렸다. 치열한 욕망과의 싸움. 가슴이 통곡했다. 쾌락에 맞대응한 심장이 저릿저릿 둔통을 호소했다.

미안해, 미안해, 아가.

이것은 벌이었다. 처음부터 자신이 치러야 할 대가. 욕망에 굴복했던 그녀가 건너야 할 불의 산, 불구덩이. 아이 걱정으로 심장이 타면서도 밀어붙이는 지석을 더는 밀어낼 수 없고, 더는 미워할 수 없는 것은 내일부터 그가 느낄 절망의 깊이를

해후 두 번째 이야기

짐작하기 때문일 것이다. 이 오만하고 자존심 강한 남자가 홀로 남아 느낄 고통이 환하게 그려지기 때문. 그녀의 허리에 닿은 지석의 손이 부드럽게 맨 살갗을 쓸어 올렸다. 이연의 몸이 파르르 떨렸다.

"버티면 널 강제로 가져야 한다. 그러길 원하나?"

안 돼. 싫어. 흐흑.

그녀의 귓가에 지석의 음성이 달콤하게 흘렀다. 이연이 격렬히 고개를 저었다. 자신의 욕망의 깊이만큼 그의 목소리도 깊어진 것을 알고 있다.

"싫다는 여자 억지로 가질 만큼 여자가 없어요?"

그의 손길에 반응하는 몸과 달리 이연의 입술은 여전히 독설을 내뱉었다. 지석의 눈가가 희미하게 굳어갔다.

"그래요. 원해요. 다리도 벌릴 수 있어요. 하지만 교수님이라 원하는 게 아니야."

마치 음탕한 여자처럼 이연은 나직하게 내뱉었다. 다른 남자라도 눈앞에 있다면 이렇게 안겼을 거라며 스스로를 경멸했다. 지석의 눈빛이 움찔거렸다.

"교수님은 내 몸만 가져요. 나도 교수님 가질 테니까. 우린 욕망에 충실하면 돼요."

결국 버티지 못한 이연의 바동거리던 팔이 그의 몸을 잡으려 했다. 그리고 그 순간 지석이 냉정한 손길로 그녀의 팔을 떼어냈다. 마치 더러운 것이라도 보듯 눈빛이 냉정했다. 구겨진 자존심이 그를 더욱 냉철하게 만들었다. 그의 턱이 오만하게 들렸다.

"사라져."

삭막한 목소리가 꺼끌꺼끌 흘러나왔다. 그의 눈빛이 상처 입은 야수처럼 번뜩였다.

"다시는 내 눈앞에 나타나지 마."

널 죽일지도 몰라.

벌떡 일어선 지석의 머릿속이 하얗게 퇴색되어갔다. 돌아서서 소파를 벗어나 침실로 들어가는 동안 결코 돌아보지 않았다. 단 한 번 마음 주었던 이. 그의 여자라 생각했던 여자를 향해 치밀어 오르는 것은 뜨거운 배신감. 눈앞이 온통 뜨거운 불길이다. 활활 타올라 그를 숨 못 쉬게 했다.

"으아악!"

침실로 들어선 그의 손이 잡히는 대로 아무것이나 집어던졌다. 거실의 이연이 주섬주섬 옷을 챙겨 입고 창백한 얼굴로 앉아 있는 것을 그는 알지 못했다.

15. 통증 痛症

"얘 왜 이렇게 안 와?"

유진이 베란다 밖을 내다보며 현호에게 한 마디 했다. 저녁 시간이 다 되어 바깥은 이미 어둑어둑했다.

"오겠지. 온다면 올 녀석이야. 그 말을 안 해서 걱정이지."

이제 세상에 나온 지 백일 된 아이를 안고 있던 현호가 걱정하지 말라는 듯 말했다.

토요일 저녁이다. 현호와 유진의 둘째아이인 현수가 태어난 지 백일이 되는 날이기도 했다. 낮에는 양가 부모님을 모시고 백일상을 차렸지만 지금은 평소에 해수를 봐주시는 부모님도 아이를 데리고 돌아가신 후였다. 저녁이나 먹자고 부른 자리. 하지만 여섯 시가 넘어도 지석은 오지 않는다.

"이번에도 안 오면, 내가 인연 끊는다고 했어."

베란다에서 집 안으로 들어오며 유진이 툴툴거렸다.

"정말 이연 씨 빈자리가 너무 크다. 애는 날이 갈수록 강퍅해져. 점점 더 삭막해. 말도 못 붙이겠어. 그때 조금 더 알아볼 걸 그랬지 뭐야."

"또또 나온다, 아줌마 오지랖."

현호의 구박에도 유진은 아랑곳하지 않고 혼자 열을 냈다. 이미 일 년이나 지난 일인데, 여전히 그녀는 아쉽다.

"한지석 자존심에 말은 못 하지만 끙끙 앓고 있는 게 보이잖아. 내가 걔를 한두 해 알아? 아무리 건방지고 잘난 맛에 살아도 이런 적은 없었다고."

유진이 아이를 안고 있는 현호에게 다가앉았다. 조심스레 이제 잠이 든 아기를 받아 침실로 들어가 아기침대에 눕혔다. 가족들이 많이 왔다고 힘이 들었는지 아이는 초저녁부터 잠이 들었다. 이렇게 아이를 볼 때면 문득문득 그 여자 이연이 떠올랐다.

"아이 낳았으면 우리 현수랑 좋은 친구가 됐을 텐데."

침실 문을 조용히 닫고 나오던 유진이 중얼거렸다. 동의한다는 듯 현호가 고개를 끄덕였다.

"아쉬워하면 뭐 해."

이연이 아이까지 지우고 사라졌다는 사실은 두 사람에게 각자의 이유로 충격이었다. 아이 엄마인 유진은 이연이 결코 그럴 리가 없다는 쪽이었으니, 나름대로 그녀의 소식이라도

알아보려 여기저기 수소문을 하곤 했다. 그런데 형제들까지 소식을 끊고 산다는 것은 분명 무슨 일이 있는 것이다. 그런 사실을 지석에게 말해도 돌아오는 지석의 반응은 꽤나 회의 적이었다.

"서유진, 신경 꺼. 내 사생활이다."

"결혼 준비까지 돕던 사람인데 어떻게 신경을 끄니? 네 아이 가졌고, 네가 결혼하려던 여자라고. 난 아직도 그냥 헤어졌다는 게 이해 안 돼."

"그런 여자, 관심 없어. 불쾌해. 그 얘기라면 다시 꺼내지 마."

그 얘기를 하던 지석의 표정은 말로 표현할 수 없을 만큼 경직되어 있었다. 헤어진 지 몇 달이 지났어도 그렇다는 것은 감정을 드러내지 않는 지석이 얼마나 크게 동요하고 있는지를 보여주는 증거였다. 하지만 공교롭게도 유진에게 둘째가 턱 들어서고 몸이 무거워지니 찾으려는 마음뿐, 지금껏 이연의 소식만 궁금해하다 시간이 흘렀다.

"난 정말 지금도 이해 안 가서 그래. 이연 씨가 그런 결정 쉽게 할 사람이 아니라고 봤는데."

"그러게 사람 속은 모르는 거야. 아니면 우린 모르는 일이 있을 수도 있겠지."

현호의 말이 의미심장했다. 눈을 크게 뜬 유진이 '그럼 그렇지'라는 의미로 박수를 쳤다. 아기가 깰까 놀라 목소리가 낮아졌다.

"그치, 그치! 현호 씨도 그렇게 생각하지?"

유진이 현호의 팔을 잡고 얼굴을 들이밀었다. 탐정이 되어 머릿속에서 추리를 했는데, 현호가 딱 알아맞혔다는 반응이다. 하지만 현호의 표정은 심드렁하기만 했다.

"뭐가 그래. 내가 무슨 말을 했다고."

"자기도 방금 집안에서 어떻게 한 게 아닌가, 그거 의심했잖아."

"왜 말을 보태? 내가 언제?"

"자기 말 바꾼다? 내가 들었는데?"

"서유진."

"응?"

현호가 정색을 하니 유진이 순진하게 눈을 빛내며 대답했다.

"알고 싶더라도 그냥 덮어. 너 이제 몸 사려야 해. 두 아이 엄마라고."

"누가 뭐래?"

유진의 미간이 확 일그러졌다. 입술을 삐죽거렸다.

"다음 달부터 출근하잖아. 그냥 얌전히 있어."

"당신 말이 맞긴 하지. 내가 이런다고 해도 본인이 싫다면 어쩔 수 없는 거고. 지석이 한 번 찔러봤어?"

해후 두 번째 이야기

"뭘?"

"한 번 찾아보란 거 말이야."

"걔는 바늘도 안 들어갈 거야. 상처가 커."

"그래도 시간이 지났으니 조금 낫지 않을까?"

그래서 오늘은 꼭 얼굴을 보고 싶었다. 일이 엮인 현호라면 몰라도 그녀는 이 핑계라도 대지 않으면, 어영부영하다 여름이 오고 가을, 또 겨울이 와서 결국 한 해가 다 갈 것 같았다.

그때, 아이 때문에 줄여놓은 현관 벨소리가 작게 들렸다. 모니터를 확인하니 지석이다. 반가운 얼굴로 유진이 벌떡 일어나 뛰어나갔다.

"서유진! 넌 남편보다 쟤를 더 좋아하는 거 같다?"

"쟨 총각이잖아. 무늬만이지만."

유진이 눈을 찡긋하고 달려가 문을 열자 지석이 들어섰다. 집에서 오는지 캐주얼한 차림이다. 해를 넘겨 만난 지석이 반가운 나머지 유진은 호들갑을 떨었다.

"한지석 교수님! 이게 얼마만이야? 아이 낳았다 해도 못 본 척하더니?"

"축하 선물 보낸 건 왜 기억 못 하고?"

유진의 타박에 지석이 반박했다. 아주, 충분히, 넘치도록 받았던 선물을 기억 못 할 리 없다. 유진이 입술을 삐죽 내밀었다.

"이렇게 얘기 안 하면 내가 속물 같잖니. 선물도 좋았지만,

네가 보고 싶었다고. 진짜라고."

유진이 후후 웃으며 지석을 따라 거실로 올라섰다.

"어서 와."

"해수 아빠, 지석이 얼굴 좀 봐. 완전 엉망이야. 너 밥은 먹고 다니니?"

유진의 잔소리가 시작됐다고 두 남자는 생각했다. 학부 때부터 항상 듣던 그대로였다.

"해수 엄마, 한지석을 몰라? 얘가 굶고 다닐 애는 아니지."

한끼 못 찾으면 평생 못 찾아 먹는다고 자기 손으로라도 챙겨 먹는 사람이 한지석이다. 하지만 지금껏 그들이 알던 한지석과는 너무나도 다른 반응이 왔다. 유진의 말대로 지석의 표정은 완전히 굳어 있었다. 살이 빠져 안쓰럽기도 했지만 그보다 표정이 너무 어두웠다.

"백일 주인공은?"

"지금 자. 볼래?"

대답 대신 지석이 고개를 끄덕였다. 현호는 아무래도 조심스럽다. 아이에 대한 지석의 관심이 유달랐다는 것을 알고 있었으니까. 그리고 그 마음을 현호는 몇 시간 뒤 돌아가는 지석에게 살짝 내비쳤다.

"이렇게 괴로워하느니……, 이연 씨 찾아볼까?"

운전석에 앉은 지석은 한동안 입을 열지 않았다. 정면을 주시한 채, 마치 현호의 말을 듣지 못한 것처럼.

해후 두 번째 이야기

"현수가 널 꼭 닮았다."

"어? 유진이 닮았다는 말도 많이 들어."

"간다."

차창 옆에 선 현호를 돌아보지도 않은 채, 앞만 보던 지석은 시동을 걸더니 그대로 주차장을 빠져나갔다. 코너를 돌아 지하주차장을 나가는 자동차의 빨간 미등이 여운을 남기며 사라진다. 바라보던 현호가 깊이 숨을 내쉬었다.

"녀석, 진짜 상처 깊나 보네."

말조차 꺼내려 하지 않는다. 유진에게는 떠난 여자에 대해 몇 마디 말이라도 섞었다는데, 여자라고 그 나름으로는 사정을 봐준 모양이다. 그때 자신이 그 얘기를 꺼냈다면 주먹이라도 쳐들었을 기세이다. 고개를 설레설레 저으며 현호는 돌아섰다.

~~❖~~

한적한 주말 도로를 질주하던 지석의 차가 머문 곳은 집에서 가까운 곳에 위치한 M호텔 주차장이었다. 그곳 피트니스 클럽에 들러 한 시간이 넘도록 수영장 레인을 돌고 나서야 지석은 거친 숨을 내쉬며 샤워실로 향했다. 늦은 시각, 사람 없는 샤워실에는 적막이 감돌았다. 쏴아 쏟아지는 찬물이 온몸으로 흘러내렸다. 정신이 번쩍 들 만큼 물은 차가웠지만 지석은 벽만 노려볼 뿐 움직이지 않았다. 돌처럼 단단하게 다져진 근육이 불규칙한 숨결을 따라 들썩거렸다.

"젠장!"

쿵 소리와 함께 지석의 주먹이 샤워실 벽을 때렸다. 물기 묻은 주먹은 미끄러짐도 없이 벽에 붙은 듯 움직이지 않았고, 묵직하게 울리는 통증이 온몸을 돌아 발끝까지 전해졌다. 지금도 그를 미치게 만드는 것은 한 여자의 잔상. 그 여자를 발견한 처음부터 느꼈던 불안감은 현실이 되었다. 한번 빠지면 결코 놓여나지 못할 거라는 예감은 이렇게 시시때때로 찾아와 그를 폭발시킨다.

사라져! 제발…… 사라지란 말이다.

냉기 서린 물이 끊임없이 쏟아졌다. 주르륵 몸을 타고 내려 발치로 흐르는 물에 붉은 기가 섞이기 시작했다. 하지만 통증은 심장 깊은 곳에서 느껴질 뿐 다른 곳은 감각이 없다. 기어이 지석의 입술이 달싹거렸다.

"정이연……."

다시는 눈앞에 나타나지 말라 차갑게 내쳤다. 알량한 자존심이 허락지 않아 오기로라도 버텼지만, 오늘 현호의 아기를 보는 순간 지석은 저도 모르게 격한 숨을 삼켰다. 심장이 제멋대로 아파 광인처럼 날뛸 뻔했다. 태어났다면 지금쯤은 그들의 아기도 백일이 지나고 이백 일이 지났을 것이다. 그 순간, 우습게도 아이가 아니라 아이를 포기했던 그 여자가 미친 듯

해후 두 번째 이야기

이 떠올랐다. 그리웠다. 그리고 보고 싶다. 무시하고 증오할수록 광기가 커져갔다.

벽에 기대고 섰던 지석은 결국 털썩 주저앉았다. 손등에서 흐르는 붉은 핏물을 지석은 붉게 충혈된 눈으로 지켜보고 있었다. 그날 낮, 아파트로 그를 찾아왔던 한 여자의 말이 귓가에서 맴돌았다.

"무슨 일이야?"

이연의 동생이었다. 정이진이라 했던가. 학교로 찾아왔던 그 여자를 돈을 주고 내쫓은 것이 몇 달 전이었다. 집을 어떻게 알았는지 아파트 주차장에서 기다리고 있다가 그를 보고 쫓아온 터였다.

"또 돈이 필요한가?"

경멸이 서린 어조는 냉정하고 차가웠다. 사라진 제 언니를 언제까지 팔 것인지, 지석은 나름대로 궁금했다. 마지막 본색을 드러낼 때까지는 그래도 요조숙녀처럼 굴던 이연에 비하면 그 동생은 천박하기 짝이 없다.

"언제까지 찾아올지 궁금하군."

"그렇게 보지 마요, 형부."

형부? 지석이 픽, 코웃음을 쳤다. 그의 경멸 서린 눈초리에도 여자는 아랑곳하지 않았다.

"난 해줄 말이 있어서 기다렸다구요. 우리 언니, 어디 있는지 모르죠?"

지석의 미간이 꿈틀거렸다. 아주 찰나의 순간이라 똑바로 바라보던 이진도 눈치 채지 못했을 것이다.

"꺼져."

궁금하지 않다. 앞에 와서 그런 말을 지껄이는 이 여자를 박살내고 싶은 충동을 지석은 용케 참았다.

"강원도 어디쯤에서 본 사람이 있대요!"

지석은 지하주차장에서 엘리베이터로 통하는 연결통로의 문을 쾅 닫아버렸다. 더 이상 듣고 싶지 않은데, 그 여자의 마지막 말이 귀에 남았다.

강원도…….

샤워실 벽에 기대앉은 지석이 중얼거렸다. 눈을 감았지만 여전히 떠오른다. 그 여자의 말끔한 얼굴이.

정이연, 넌…….

이성을 잃게 한다. 모조리 갖고 사라지라 했는데……, 심장 속에 박힌 칼처럼 남았다. 시간이 흐를수록 선명해진 날카로움, 그를 숨 못 쉬게 하고, 통증에 몸부림치게 한다.

❦

지석이 집으로 돌아온 것은 새벽이 다 되어가는 시각이었다. 무심히 문을 여는 그의 손등에는 붕대가 감겨 있었다. 피트니스 클럽 매니저가 감아놓은 것이었다. 하지만 집 안으로 들어서자 지석은 거추장스러운지 성한 손으로 잘 감겨 있던 붕대를 확 잡아채 벗겨냈다. 벌겋게 달아오른 손등은 쳐다보지도 않은 채, 성큼성큼 거실 한쪽 장식장으로 다가갔다. 그리고 양주 한 병과 크리스털 컵을 들고 소파로 왔다.

무표정한 얼굴, 거친 손놀림. 마개를 딴 병에서 말간 갈색 액체가 콸콸 잔으로 쏟아졌고, 지석은 마치 물처럼 벌컥벌컥 들이켰다. 그리고 또 한 잔.

가슴속은 타는데 막힌 가슴이 결코 뚫리지 않는다. 문득 들린 시선. 저기 침실 문 앞에 그 여자가 서 있는 것 같다. 부끄러운 듯 희미하게 웃고 있다. 그의 얼굴이 확 일그러졌다.

젠장!

지석은 들고 있던 잔을 그쪽으로 집어 던졌다. 침실 문에 부딪쳐 촤륵 소리를 내며 깨진 유리잔이 모래알처럼 사방으로 흩어졌다. 천천히 거칠게 숨을 몰아쉬던 그가 털썩 소파에 주저앉아 그대로 누웠다. 한 손으로 눈을 가리고 한참을 그대로 있었다. 급하게 들어간 알코올 기가 온몸을 휘돌아 머리로 역류하는 것 같다. 술기운을 빌어 고통을 잊는 것을 가장 경멸했는데, 지금 자신이 그러고 있다.

시선이 닿는 곳마다 그 여자의 기억이 떠올랐다. 도발적으로 바라보던 눈빛, 절정에 올라 흐릿해진 눈빛, 그리고 그를 갈구하던 몸짓. 모든 것이 생생히 각인되어 떠올랐다. 그 여자가 어떻게 사랑스러웠는지, 얼마나 그의 심장을 쿵쿵거리게 했는지, 단 한 번도 그런 얘기를 해 준 적 없었다.

지독한 갈망의 끝. 지석의 이성이 꿈틀거렸다. 바닥까지 보아버린 후, 무엇이 남아 이런 미련을 떨고 있나. 그의 돈만을 바라고 그의 돈이 싫다고 떨어져 나간 여자. 지독히도 경멸하고, 칼로 도려내서라도 잊어야 할 그 여자가 이리도 질기게 그 안에 살아 있다. 시선이 머무는 곳에 함께 있다.

집을 옮겨야겠다. 이 빌어먹을 집을.

네가 이긴 게 아니다, 정이연!

지석은 으득 이를 악물었다. 볼 근육이 경련을 일으키듯 뒤틀렸다.

～❖～

흘끔 본 창문이 벌써 부옇게 밝기 시작했다. 겨울의 끝에서 날씨가 변덕을 많이 부렸지만, 이미 5월도 중순이 훌쩍 지난 후라 이제는 확연히 봄의 끝, 여름 기운이 묻어났다. 확실히 낮이 많이 길어졌다. 겨우 5시가 갓 지났을 뿐인데, 벌써 하루가 시작되고 있었다. 지난겨울, 이 시각이면 컴컴한 방 안에서 모니터 불빛에 의지해서 작업을 하곤 했었다.

하.

이제 거의 끝났다는 안도감. 깊은 숨을 내쉰 이연은 웹사이트가 열리자 아이디를 넣어 로긴한 다음 서둘러 자신이 밤새 작업했던 결과물을 서버에 업로드하기 시작했다.

그때, 컴퓨터 책상 위에 놓아두었던 휴대전화가 진동으로 울리기 시작했다.

"어, 선배. 안 자고 있었어?"

이연은 자신의 발치에 펴둔 이부자리 위에서 지금은 얌전히 자고 있는 윤을 내려다보며 작은 소리로 휴대전화를 받았다. 뒤집기를 시작한 이후, 윤은 온 방 안을 굴러다니며 잠을 자곤 한다.

- 연구실에 나왔어. 너, 또 밤샘한 거야?

그녀의 목소리가 거칠게 가라앉은 것을 알아차린 상휘가 못마땅한 듯 물었다. 이연은 소리 없이 웃었다.

"할 수 없지, 뭐. 어젯밤에 윤이가 놀아달라고 다리에 대롱대롱 매달렸거든."

- 하긴 했어?

"응. 자정 넘어서 시작했어."

휴대전화로 침묵이 넘어왔다. 들리지는 않지만, 이연은 상휘의 긴 한숨소리를 들은 것 같아 마음이 좋지 않았다. 책임지고 일을 준 사람은 상휘인데, 그를 곤란하게 한 것 같아 미안하고 신경 쓰였다. 의자에서 일어난 이연은 아이에게 다가가 엎드린 채 아이의 이마와 얼굴을 애틋하게 쓰다듬었다. 그러다 살그머니 일어서 윤이 자고 있는 방문을 열고 나왔다.

- 그래서? 다 못 끝냈으면 시간 더 주고.

"에이, 약속이 생명인 정이연을 뭘로 보는 거야? 지금 열심히 올라가고 있으니까 10분 후에 열어봐."

- 야아!

상휘의 목소리는 감탄이 아니었다. 책망하는 듯한 그의 목소리에는 걱정이 다분히 묻어나 있었다. 그가 어떤 말을 어떻게 할지, 그것이 얼마나 자주 반복되는 잔소리인지를 알고 있는 이연이었지만, 가능한 한 제대로 들으려 그녀는 기를 썼다. 그렇게 해서라도 짙게 몰려온 피로를 몰아내고 있었다. 아마 친정 오빠가 있다면 지금 이 정도로 잔소리를 듣지 않았을까.

- 네가 하도 우겨서 일을 넘겨주긴 했는데, 이렇게 해서 생활이 가능해? 낮에 학원에서 애들 가르치는 것도 장난 아니라면서. 윤이도 지금 엄마한테서 한창 안 떨어지려 할 텐데.

상휘의 말대로 낮에 학원에서 아이들을 상대하는 것도 힘이 들었다. 출산 후 분명 체력도 떨어졌고, 잠이 모자라니 더욱 그렇다. 하지만 이렇게 하지 않으면 아이 맡기는 비용을 대기가 힘들다. 처음부터 여유 있게 지녔던 돈도 아니지만, 윤을 낳기 전후로 1년 가까이 놀고 있으니 통장의 잔고는 바닥을 보이기 시작했다. 그리고 돈에 여유가 사라질수록 그녀의 불안감도 조금씩 커지기 시작했다. 박사 과정을 들어가 비교적 기업체와 연이 닿는 상휘에게 눈 딱 감고 캐드 아르바이트를 부탁한 것도 그런 이유였다.

해후 두 번째 이야기

"선배 맘 아는데……, 조금 더 해보고. 걱정 시켜서 미안해."

비교적 쉬운 일로 분류되는 과외 아르바이트는 하지 않으려 했다. 중고등학생, 특히 남학생의 과외는 본능적으로 피하고 있었다. 아무리 아니라 해도 지욱의 일은 그녀에게 치명적으로 남은 것이 분명했다.

아직도 고등학생으로 보이는 남학생의 시선에는 심장이 덜컹 내려앉는다. 그녀의 학력을 알음알음 짐작한 학부모들이 하나 둘 부탁은 하고 있지만, 그녀는 당분간 보습학원 강사로 만족하고 싶었다. 아직 이러는 걸 보면 배가 덜 고픈 것이라고 이연은 자조적으로 웃곤 했다.

그런데 이런 상태라면 어쩌면 다음 과외 자리는 수락해야 될지도 모르겠다. 그녀는 밤을 새워 뻑뻑한 눈을 비비며 밤새 그녀와 함께하던 진한 커피를 또다시 머그컵에 가득 따랐다.

- 그런 소리 듣자는 게 아니잖아.

"알아, 알아. 걱정돼서 그러지? 아유, 아저씨. 나이 드니까 사서 걱정이야. 그래도 대한민국 아줌마를 너무 얕보지 마세요. 나는 딸린 입도 있어서 쉴 틈이 없어."

이연이 쾌활하게 말하니 그제야 상휘도 어쩔 수 없다는 듯 작게 웃었다.

- 아무튼 알았어. 아참, 인마!

"어?"

- 이훈이 만났어.

한동안 이연은 입을 열 수 없었다. 자신이 이곳에 온 지 1년이 넘어가고 있다. 이훈에게조차 연락 한 번 않고 지냈으니, 누군가가 독하다 말해도 어쩔 수 없었다. 살기 위해, 정말 그 표현밖에 없을 텐데, 살기 위해 찾았던 상휘 외에 그녀는 세상의 모두를 버렸다. 심지어…… 그 남자까지.

　- 교수님…….

　상휘가 잠시 말을 끊었다. 무의식 중에 내뱉은 그 말이 이연에게 어떤 파장을 몰고 올지 짐작한 듯 이내 가라앉은 목소리가 흘러나왔다.

　- 교수님이 한 번 찾아왔었대.

　왜……? 왜!

　더 이상 물으면 안 되는데……. 그가 말하는 사람이 누구인지 단번에 알았다. 이연의 입술이 달싹거렸다.

　"잘 있지?"

　- 이훈이 녀석, 서울로 온 건 알아? 헬스클럽 매니저로 요즘 잘나가.

　이연의 눈앞이 잠시 아찔했다. 자신의 물음이 한 교수, 아니, 지석을 향한 것임을 자각한 탓이다. 다행일까. 상휘는 동생 이훈의 근황을 물은 것으로 생각하고 대답했다.

　- 이진이는 몰라도 이훈이한테라도 알려. 아무리 그래도 남자 형제가 곁에 있어야 하지 않아?

　"안 돼!"

해후 두 번째 이야기

이연은 저도 모르게 목소리가 커져 흠칫 놀랐다. 방문 사이로 윤이 얼굴을 찡그리는 것이 보였다.

"잘 있으면 됐지. 그걸로 됐어."

- 인마.

이연이 스스로를 다독이듯 중얼거릴 때였다. 착 가라앉은 상휘의 목소리가 들려왔다.

- 어떤 교수님이냐고 안 물어? 한지석 교수님이 너 찾았다고.

이연의 눈빛이 멈칫거렸다. 상휘에게 윤의 아빠가, 그녀를 이곳까지 오게 만든 남자가 한지석이라는 남자라는 것을 들키기라도 한 것처럼 암담함이 밀려들었다.

- 야! 들어?

"어……, 말해요. 선배. 한 교수님이 왜 날 찾아?"

- 나보다 네가 더 잘 알 것 아냐.

"모, 몰라. 내가 왜……."

- 그분한테 인사도 없이 휴학해서 그런 거 아냐?

"그럴지도 모르지."

- 나중에 안부나 전해 드려.

"내가 왜? 수업도 몇 주 못 받았는데."

어색한 침묵이 흘렀다. 이연은 심장이 서늘해지는 것을 애써 눌러 참았다. 어쩌면 상휘를 너무 단순하게 생각하고 있었는지 모르겠다. 조금은 헐렁거리는 겉으로 보이는 그의 모습이 전부일 것이라고, 그의 속마음도 모른 채 속단하고 있는 것은 아닐까.

하지만 적어도 표면상으로 상휘는 아무것도 모른다. 그리고 아무것도 묻지 않는다.

- 너 언제까지 그렇게 숨어 있을래?

"다시 그런 말 하면……."

- 알았어, 알았어. 너 자꾸 무섭게 그러면 나도 알고 있는 사실, 이훈이한테 확 다 불어버린다?

웃으며 말했지만, 서로가 칼집에 숨긴 칼자루 하나씩은 갖고 있는 셈이다. 이연은 할 수 없다는 듯 짧은 한숨을 내쉬었다.

"선배의 기억을 다 지워버리고 싶다. 정말 아무한테도 알리지 마. 알지?"

상휘를 세뇌시키다시피 그간 되풀이한 말이다. 이연은 또다시 그 얘기를 반복했다.

- 알았어. 오랜 우정 배신 안 한다. 조만간 들를게.

"오긴 뭘 와?"

이연은 낮은 목소리로 버럭 화를 냈다.

- 야, 이 자식아! 내가 너 보러 가냐? 윤이 때문이잖아. 그걸 또 막아?

이연의 눈매가 가늘어졌다. 흐릿한 눈빛으로 열린 문 사이로 보이는 아들 윤을 물끄러미 바라보았다.

- 그쪽에 학회가 있어. 간 김에 들르는 거야.

마음 같아서는 당장이라도 오라 하고 싶다. 때때로 엄습하는 사람에 대한 그리움은 쉽사리 그녀를 떠나지 않았다. 그럴 때면 누군가에게라도 하소연하고 싶다. 그것이 지석에 대한 미련이라고 욕한다 해도 이연은 자신의 마음을 어쩔 수 없었다. 눈가에 뜨거움이 몰리고 서서히 물기가 차올랐다. 이연은 지난해 11월, 추운 가을의 그날을 떠올렸다.

~~~~✤~~~~

가진통이 새벽마다 간간이 있었지만 예정일은 아직 한참 남아 있었다. 그녀가 문간방을 하나 세 얻어 살고 있는 주인집 할머니네 텃밭 배추 걷이를 돕겠다고 나선 것도 하루 종일 방 안에서 소일하며 보내기가 힘들고 지겨웠기 때문이었다.

"새댁, 괜찮겄어?"

"그럼요. 할머니도 운동해야지 순산한다 하셨잖아요."

갑자기 밀려온 한파로 배추밭에는 허옇게 아침서리가 내렸다. 낮이 되어 기온이 올라갔다 해도 숨을 내쉴 때마다 피어오르는 흰 입김은 강원도의 추위를 짐작케 했다.

"쯧쯔. 새댁, 내복 없어? 허연 다리 그대로 드러나서 내가 다 짠허네."

모직 임부복 스커트 아래로 드러난 이연의 다리는 맨살이었다. 내복이나 레깅스라도 덧입어야 했는데, 갑자기 추워진 탓에 미처 준비하지 못했다. 생전 햇빛 한 번 받아보지 못한 것같이 하얗고 가느다란 그녀의 발목을 보며 혀를 차던 조씨 할머니가 파란 슬레이트 지붕 집으로 들어가더니 보라색 꽃무늬가 자잘한 자신의 몸뻬 바지 하나를 들고 나왔다.

"이거라도 덧입어. 따숩고, 편하고, 일할 땐 이게 와따지."

듬성듬성 빠진 이를 드러내며 전혀 이해타산 없이 웃는다. 할머니가 건넨 바지를 치마 속에 덧입으며 이연 또한 배시시 웃었다. 돌아가신 할머니 생각에 가슴이 저리다.

"되게 따뜻해요, 할머니."

"배는 안 쫄려?"

이제 36주째 들어서는 이연의 배는 가녀린 몸과 달리 바가지를 엎은 듯 볼록했다. 그래도 할머니의 바지는 그런 그녀가 두셋은 들어갈 만큼 넉넉했다.

"괜찮아요, 할머니."

"그래. 그럼 시작하자고."

조씨 할머니가 텃밭에 심은 배추가 실하게 자랐다. 알이 꽉 찬 것들이 어림짐작해도 수백 포기는 될 듯싶었다.

"이거 다 김장하실 거예요?"

"그럼. 서울 애들도 주고, 시내 아들네도 주고."

이연이 조씨 할머니의 문간방에 세 들어 살게 된 지 넉 달 정도가 되니, 혼자 사는 할머니와 그녀는 마치 피붙이라도 된 듯 시시콜콜한 얘기까지 주고받았다. 물론 이연이 털어놓는 애기는 극히 드물었고, 대부분은 조씨 할머니의 살아온 얘기였지만.

"우리 큰아들네 아이들 봤지? 요즘 애들 김치 안 먹는다 어쩐다 해도, 개들은 김치 없으면 밥을 못 먹는다네."

그동안 이연도 자주 마주친 시내 산다는 큰아들네 아이들은 이연도 매우 예뻐하는 아이들이다. 칠십에 가까운 할머니는 아직도 옹색한 살림의 큰아들네를 노심초사 걱정하고 있었다. 하지만 착하고 공부 잘 하며 바르게 크는 아이들에 대한 할머니의 자부심은 끝이 없었다.

"우리 서연이가 이번에 또 일등 했다데?"

서연이는 큰아들의 큰딸, 즉 조씨 할머니의 맏손녀였다. 중학교 다니는 아이가 과외 한 번 않고도 전교 1등을 놓치지 않는다고 할머니는 틈만 나면 얘기를 하신다. 벌써 서너 번도 더 들은 얘기지만, 이연은 마치 지금 처음 들은 양, 할머니의 주름진 얼굴을 마주보며 활짝 웃었다.

"할머니 좋으시겠다. 서연이는 의사 돼서 할머니 아픈 데 다 고쳐드린다 하고, 가연이는 변호사 돼서 할머니 맛있는 거 많이 사드린다 하고."

큰아들네는 딸만 둘인 집이다. 아이들이 얼마나 할머니를 좋아하는지, 하루에 한 번씩은 꼭 안부전화를 하곤 한다.

"우리 복돌이도 태어나면 공부 잘할까요?"

"당연하지. 우리 애들이 유별난 거고. 원래 애들은 제 에미

애비 머리 닮는 법이야. 새댁도 공부 잘 했지? 딱 보니까 잘한
것 같애."

"조금요."

이연이 설핏 웃었다. 엄마아빠 머리를 닮는다면, 아이는 아
빠의 머리를 닮았으면 좋겠다고 생각했다. 감정에 둔한 자신
보다는.

"쉬엄쉬엄 해. 애가 발길질하면 쉬고 싶다는 뜻이니까 들어
가 쉬고."

할머니가 부지런히 배추 밑동을 잘라 포개놓는 동안, 이연
은 몇 포기 뽑지도 못했다. 그럼에도 조금씩 힘에 부치던 그녀
의 표정이 문득 일그러졌다. 안 그래도 조금 전부터 배가 당기
고 아프기 시작했다. 그것이 규칙적인지라 이연은 가만히 진
통의 간격을 가늠하고 있었다. 그런데 진통은 온다 싶으면 사
라지고, 사라진다 싶으면 다시 급습해 그녀를 진땀나게 한다.

"할머니, 저 잠시……!"

그녀가 쭈그려 앉았던 자세에서 천천히 일어나던 순간이었
다. 툭. 무언가 터지는 느낌이 들더니 뜨끈한 것이 아래로 흘
렀다. 헉 하며 허리를 숙인 이연의 얼굴이 삽시간에 창백해졌
다.

"새댁! 왜 그래!"

밭고랑 하나 건너편에서 일하던 조씨 할머니가 화들짝 놀
라 일어나서 달려왔다. 배추밭에 그대로 풀썩 주저앉은 이연

해후 두 번째 이야기

의 몸을 부축해 안았다.

"할머니……, 아래가……."

치맛자락을 들춰본 조씨 할머니의 두 눈이 커다래졌다. 그녀가 입으라 내어준 보라색 바지가 진한 색으로 젖어들어 있었다. 바지 아래까지 물기가 흥건했다.

"아이고마! 양수 터졌나 보네."

"양수요? 아직, 아직 예정일 멀었어요."

이연의 얼굴이 파랗게 질렸다. 그러다 헉 하는 외마디 비명을 질렀다. 뼈가 산산이 갈리는 것 같은 통증이 밀려와 입도 열기 힘들었다. 배를 감싸 안은 이연은 헉헉대며 숨을 몰아쉬었다.

"아이……, 아이가 나오나 봐요!"

이연의 비명 같은 설명에 조씨 할머니의 주름진 얼굴도 당혹감으로 일그러졌다.

"벌써? 아이고, 큰일 났네."

조씨 할머니가 주머니에 넣어두었던 휴대전화를 꺼냈다. 어렵사리 119를 찍어 누르는 한편 자신의 상의를 벗어 이연의 몸을 감쌌다.

"119 맞죠? 여기 상화린데 급한 산모가 생겼어. 지금 양수 터져서 애기 나오게 생겼다니까. 빨리 좀 와!"

조씨 할머니가 급한 목소리로 119에 통화를 하는 동안, 길가로 동네 아낙이 지나갔다. 그녀를 소리쳐 부른 할머니가 가물가물 의식을 잃어가는 이연의 얼굴을 투박한 손끝으로 톡톡 쳤다.

"새댁! 눈 떠, 새댁!"

가느다랗게 눈을 뜬 이연이 본 것은 조씨 할머니와 몇몇 마을 사람들의 걱정 어린 눈빛이었다.

"살려주세요……, 우리 아기."

눈물이 터졌다. 아이로 인해 버틸 수 있었던 시간들이 주마등처럼 스쳐갔다. 해일처럼 밀려오는 고통 속에서 이연은 간절히 기도하고 또 소원했다.

아가……, 엄마가 잘못해서 그러니? 제발……, 제발 무사히 와줘. 엄마가 미안해……, 엄마가 노력할 테니까, 제발 살아줘. 응? 아가…….

그리고 어느 순간 까무룩 정신을 잃었다.

그후, 이연이 눈을 뜬 것은 극심한 진통 때문이었다.

"아아……."

의사가 내진을 할 때마다 그녀의 가는 몸이 뒤틀리고 꿈틀거렸다. 희미한 목소리가 살아 있다는 증거처럼 새어나왔다. 하체가 모조리 떨어져나갈 것 같은 아픔 속에서도 아기를 지켜야 한다는 본능만이 시퍼렇게 펄떡거렸다. 이제는 추운 바깥이 아니라, 흰 벽과 가운 입은 의사와 간호사들이 보인다. 숨도 못 쉴 것 같은 통증 속에서도 이연은 안도했다. 병원에

당도한 것이다. 가장 가까운 도시의 대학병원 로고가 희미하
게 보였다.

"아기……, 괜찮은 거죠?"

"산모, 정신이 좀 드세요?"

눈을 뜨자마자 이연이 물었다. 그녀를 담당하던 간호사가
달려와 물었다.

"우리 아기는요?"

턱까지 차는 숨. 또다시 밀려든 광포한 통증. 그리고 까딱까
딱 당장이라도 끊어질 것 같은 의식. 진땀으로 얼룩진 이연의
얼굴이 처참히 일그러졌다.

"양수가 터졌지만 자궁문이 전혀 열리지 않았어요. 이대로
있으면 아이도, 산모도 위험합니다."

"선생님, 살려주세요! 우리 아기, 살려주세요!"

어디에서 그런 힘이 불쑥 솟았을까. 의사가 나타나 그녀를
살펴본 후 선언처럼 말하자, 가물거리는 의식 속에서도 이연
은 의사의 소맷자락을 움켜쥐었다. 꽉 잡고 놓지 않는 바람에
의사의 표정이 난감해졌다.

"보호자 안 계십니까?"

"제, 제가 보호잔데요."

누군가가 이연의 보호자를 자처하며 바짝 다가섰다. 이연
도 안면이 있는 조씨 할머니의 큰며느리 진혜였다. 할머니 대
신 시내에 사는 그녀가 병원으로 뛰어온 터였다.

"아기 심박동이 계속 떨어집니다. 아이가 태변을 먹었을 수도 있습니다."

"그럼 어떻게 되는 거죠? 정말 잘못될 수도 있는 건가요?"

파랗게 질린 얼굴로 이연이 물었다. 의사의 말이 제대로 들리지 않았다. 그가 진혜를 향해 고개를 저으며 말했다.

"산모도 좋지 않아요. 최악의 경우…… 아무튼 최선을 다하겠습니다. 수술 시, 보호자 사인하시겠습니까?"

잘못될 수도 있다는 얘기를 들은 후였다. 만약 아이와 산모 둘 다 위험하다면 책임질 사람이 없게 된다. 당황한 진혜가 이연을 소리쳐 불렀지만, 가물거리는 의식 속에서 이연은 그들의 대화를 먼 곳에서 들리는 라디오 소리처럼 듣고 있었다. 눈가로 주륵 뜨거운 것이 흘러내렸다. 둘 중 한 명이 살아야 한다면, 당연히 아이였다. 그럼에도 그 말을 무턱대고 꺼낼 수 없는 것은, 자신이 죽으면 아이는 혼자가 된다. 그래서 섣불리 살려달라는 말도 이제는 할 수 없다. 심장의 통증이 함께 밀려들었다.

"새댁, 남편 불러야 돼. 전화번호 기억하지? 응?"

이연이 들었다는 신호로 희미하게 고개를 움직였다. 어렴풋이 떠오르는 몇 개의 전화번호. 가장 선명히 기억하고 있는 것은…… 지석의 것. 죽을 수도 있다는 생각이 이연의 먹먹한 의식을 강타했다.

지금이라도 다시 한 번 그를 볼 수 있을까. 교수님, 우리 아기……, 부탁해도 돼요? 절대 그분들께 보내지 않고 교수님 손으로 키울 수 있어요?

꾹 감은 이연의 두 눈에서 계속해서 눈물이 흘러내렸다.

"연락해주세요……, 이상휘……."

진혜가 들고 있던 휴대전화로 이연이 더듬더듬 부르는 번호를 찍기 시작했다.

"여기 정이연이라고……, 새댁 남편이죠? 지금 양수가 터져서 병원에 왔는데 바로 좀 와야겠어요."

상휘가 얼마나 당황했을지는 생각할 수 없었다. 당장 아이를 살리고, 자신이 살아 아이를 보듬어야 했으니까. 아니, 자신이 죽는다면 상휘에게 부탁해야 한다. 아빠에게 보내달라고. 이연의 머릿속이 점점 더 혼미해져갔다.

"미안……, 상휘 선배……."

그녀가 상휘의 이름을 부른 지 정확히 네 시간 후, 상휘는 이연이 입원한 병원 회복실에서 마취에서 막 깨어난 이연과 마주했다.

~~~❦~~~

그것이 벌써 7개월 전의 일이었다. 아기는 한 달이나 일찍 태어났는데도 천만다행으로 건강했다. 죽음 직전까지 몰렸던 고통, 그리고 그 와중에도 기억의 끝자락을 잡고 놓지 않던 지석의 전화번호. 그 번호를 털어내기 위한 시도조차 고통이 되었다. 머릿속은 그 번호로 꽉 차 있건만 사실은 부를 수 없다는 극심한 절망 속에서 상휘의 번호가 퍼뜩 떠오른 것은 그와의 인연 때문일 것이다.

아이를 낳은 후 그녀는 시내로 이사를 왔다. 상휘를 아이의 아빠이자 그녀의 남편으로 아는 동네 사람들을 생각하면, 아니……, 이제 아빠라는 존재를 알고, 가끔이나마 만나는 그를 보고 너무나도 좋아하는 윤을 생각하면 상휘는 고맙고 든든한 존재였다.

아니, 아니다. 솔직해지자면, 정기적으로 상휘가 와줘야 한다. 그것이 자신의 이기적인 본마음이었다. 사람 된 도리로 말이라도 괜찮다 하고 있을 뿐이다. 상휘의 부모님인 아줌마 아저씨가 아신다면 분명 뒤로 넘어가실 일. 멀쩡한 총각에게 아기 아빠라는 호칭을 붙여주었으니까.

상휘의 전화를 끊고 이연은 방으로 들어갔다. 뒹굴거리며 자느라 요 밖으로 굴러 나온 아이를 안아 반듯하게 눕히고 보송보송한 머리카락을 천천히 쓰다듬었다. 7개월이 된 아이는 점점 더 또렷이 제 아빠를 닮아간다. 아이의 곁에 팔베개를 하고 모로 누운 이연은 아주 오랫동안 아이에게서 눈을 떼지 못했다.

"아이는 포기해라. 늙은이가 이리 말하는데도 굳이 낳겠다면, 아이

는 받아 주마."

"천한 몸뚱이 함부로 굴리고서 무슨 입을 놀리는 게야? 돈을 받았으면 돈 값어치만큼만 해!"

꼬장꼬장한 노인의 독설. 그날의 기억은 여전히 악몽처럼 살아나 귓가를 울린다. 이연은 저도 모르게 몸서리치다 발작적으로 아이를 안았다. 작고 포실포실한 몸이 젖을 찾으며 가슴 쪽에 얼굴을 묻었다.

윤아, 윤아, 윤아!

차마 숨이라도 막힐까, 꽉 안지도 못하고 아이를 안은 이연의 팔이 바들바들 떨렸다. 죽을 수도 있었다는 사실이 이제는 먼 옛날이야기 같다.

순간 심장에 왈칵 감정이 차올랐다. 서러운 마음. 눈물이 쏟아질 것 같은데 뻑뻑한 눈은 뜨겁기만 하다. 지금 한 사람이 무척 보고 싶다. 하지만 유일하게 가진 한 가지를 잃을까 두려워 기를 쓰며 잊고 있다.

～❖～

K대학 공대 나노테크 연구실 앞. 이연과의 전화를 끊은 상휘는 어깨를 으쓱하며 귀에서 휴대전화를 뗐다. 이연을 생각하면 할수록 마음이 복잡해진다. 그로서도 안타깝지만 어떻

게 도와줘야 할지, 그것은 정말 그가 결정하고 판단할 수 없는 문제였다.

"바보 녀석……."

이연이 병원에서 퇴원하던 날. 휴대전화에서 몇 번이나 한지석 교수의 전화번호를 검색하다 지우고 했는지 모른다. 무의식 중에 흘리는 이연의 눈물이 너무나도 처절하여, 그녀가 부르는 한지석 교수의 이름이 너무나도 놀라워서 그날 상휘는 충격에 정신이 없었다.

"교수님……, 교수님……, 우리 아기……."

"이연아! 누구 불러줄까? 응?"

이연이 마취에서 갓 깨어 정신이 없던 때였다. 그녀가 찾는 사람이 누구인지 상휘는 알 수 없었다. 심장이 쪼개질 것처럼 눈물을 흘리는 그녀에게 아무것도 해줄 것이 없어 상휘는 당황했다.

"누구? 어떤 교수님? 이연아?"

"살려줘요……, 교수님이……. 살려줘요……, 지석 씨……, 지석 씨, 우리 아기……, 살려줘요……."

"지석……? 한지석……?"

당장 말이 나오지 않았다. 충격 앞에서 상휘는 얼이 빠졌다. 간호사가 다가와 잠이 들 거라며 주사를 놓았고 이연은 조금씩 진정이 되어 갔지만, 정작 그는 말을 잊었다.

당장 잠이 든 이연을 흔들어 깨워 묻고 싶었다. 네가 말하는 지석이

라는 사람이, 교수라는 사람이 그들이 알고 있는 한지석 그 남자가 맞느냐고.

후, 짧은 한숨을 토해낸 상휘가 거친 손길로 머리를 긁적이며 돌아섰을 때였다. 헉, 외마디 비명처럼 숨을 들이켠 그는 들고 있던 휴대전화를 손에서 떨어뜨렸다.

"교수님!"

연구실 문 앞에 지석이 서 있었다. 언제부터 그곳에 있었을까. 어디부터 어디까지 통화하는 내용을 들었을까.

내가 이연의 이름을 불렀던가?

방금 끊은 통화 내용이 갑자기 떠오르지 않는다. 상휘의 얼굴빛이 해쓱해졌지만, 지석은 아무것도 듣지 못한 듯 그를 흘끔 보았을 뿐이었다. 수업이 있는 날답게 언제나 칼같이 선이 떨어지는 짙은 색 슈트 차림으로, 무표정하고 냉랭하여 그들이 붙여준 '기계인간'이란 별칭이 딱 들어맞는 한지석이 그렇게 서 있었다. 지난해 학기 초, 그가 처음 봤던 그때보다 더욱 날카롭고 메마른 눈빛의 남자는 언제나처럼 빈틈없었다. 강철로 만든 성벽을 마주했다는 느낌을 지울 수 없다.

"어제 실험 데이터 나왔지?"

지석이 그의 지도교수가 된 것은 전혀 예상치 못했던 일이었다. 처음 그를 지도하던 교수님께서 지병으로 돌아가시자 공중에 뜨게 된 국책 연구를 지석이 맡게 된 터였다. 자연히 상휘의 지도교수도 지석이 될 수밖에 없었다. 그것이 새 학기가 시작되고 한 달이 지난 후의 일이었고, 아직 이연은 모르고 있는 사실이었다.

"연락 주셨으면 제가 가지고 갔을 텐데요."

연구실로 따라 들어가며 상휘가 허둥지둥 대답했다. 어젯밤 늦게까지 지석이 연구실에 있었던 것을 알고 있었건만, 어느새 그는 집에 다녀온 모습이었다. 이렇게 새벽같이 나타날 줄은 전혀 예상치 못했다. 상휘는 이연과의 통화를 그가 들었을까 싶어 전전긍긍했다.

"밤새도록 애들하고 번갈아 지켜봤는데요. 지난번 데이터 값에서 약간의 오류가……."

지석에게 바짝 다가선 상휘가 그들이 지금 진행하는 프로젝트에 대해 이것저것 설명을 시작했다. 그런데 갑자기 지석이 우뚝 제자리에 섰다. 바라보는 눈빛이 날카로워 상휘는 저도 모르게 움찔거렸다.

"휴대전화 버릴 건가?"

"예?"

앞서 걷던 지석의 시선이 바닥을 향했다. 그 시선이 머문 곳에 상휘가 떨어뜨렸던 휴대전화가 그대로 뒹굴고 있었다. 그가 천천히 상체를 굽혀 휴대전화를 줍고는 상휘에게 건넸다.

어디까지 들은 거야.

지석은 아무 일도 없던 듯 돌아섰지만, 상휘의 등에는 식은 땀이 주룩 흘러내렸다. 멍한 기분을 떨칠 수 없었다.

~~~◆~~~

아침 9시. 연구실로 돌아온 지석은 굳은 얼굴로 휴대전화를 꺼내들었다. 교정이 보이는 창가에 팔을 얹고 유리창에 이마를 댄 채, 저장되어 있는 번호 중 한 번호를 길게 눌렀다.

"번호 적어."

상대가 전화를 받자마자 지석은 방금 뇌리에 각인시켜둔 휴대전화 번호 열한 자리를 또박또박 불렀다. 상휘의 휴대전화 액정에 남은 번호를 언뜻 본 것이 전부였지만, 지석의 예리한 기억력은 잊지 않고 그 번호를 떠올렸다.

"위치 추적하고, 휴대전화 소유주 알아내."

자신의 할 말만 빠르게 끝낸 후, 지석은 전화를 끊었다. 교정을 내려다보는 그의 눈빛이 어둡고 짙어졌다. 먼 곳을 헤매는 듯한 눈동자는 작년 이맘때를 떠올리고 있었다. 결코 다시는 쳐다보지 않겠다고 으득 이를 갈던 그 시간의 자신이 떠올랐다.

정이연, 정이연!

문득 들린 그의 시선이 소파로 향했다. 작년과 달라진 것이 없는 연구실. 그 소파에 앉아 시야가 아찔해질 만큼 선명히 웃던 이연이 지금도 눈에 선하다. 이렇게 배신감에 이를 갈아도 문득문득 떠오르는 그리움은 심장을 움켜쥐고 놓지 않았다. 그때마다 격렬한 통증이 척추를 타고 뇌수까지 뻗쳤다. 하루하루 불면의 밤을 보내고 있다.

이연이 완전히 사라졌다는 것을 알았던 그날. 지석은 미친 사람처럼 분노하면서도 후회했다. 그가 더 이상 필요 없다고, 그의 돈에 관심 없다 한 그녀의 말을 결국 믿을 수 없었다. 처음부터 그 여자가 그의 돈에 관심이 없었다는 것은 지석 스스로가 알고 있지 않았던가. 통장에 돈 넣지 말라고 웅크리고 누워 눈물을 삼키던 모습을 그의 눈으로 보지 않았던가. 그것이 모두 거짓은 아닐 거라 지석은 생각했다.

오로지 완전한 것은 서로에 대한 갈망. 그들의 밤은 격하고 광포했으나 뜨겁고 아름다웠다. 이연은 누구보다 자신을 원했고, 그것은 그 또한 마찬가지였다. 지겹도록 그를 잡고 놓아주지 않던 것은 자존심뿐이었다. 그의 돈에 관심이 없어졌다고 말하는 그 여자를 그는 이렇게 놓지 못한다. 제 여자에 대한 기억을 잊지 못하고 있다.

오늘 새벽, 당장이라도 상휘의 목을 졸라 모든 것을 털어놓으라 고함치고 싶었다. 네가 말하는 이훈이 나도 알고 있는 정이훈 그 녀석이냐고, 네가 지금 통화하는 상대가 정이연 그 여자냐고!

지석은 안간힘을 다해 참았다. 그러다 이상휘조차 그의 눈

앞에서 사라진다면, 냉정히 말해 그의 손해다.

"진실은 때론 가장 가까운 곳에 있어 오히려 보이지 않기도 하지."

지석은 지난 주, 현호의 사무실에서 마주친 영섭의 말을 떠올렸다. 분명 현호와 영섭은 그가 들어가기 전 그와 관련된 얘기를 하고 있었다. 그가 들어서자 급하게 다른 화제를 입에 올렸지만, 심중을 알 수 없는 영섭은 몰라도 현호의 얼굴색이 달라진 것은 분명했다.

진실. 그가 보지 못한 진실……?

"어르신은 상당히 무서운 분이야. 너는 잘 모르겠지만."

문득 현호가 지나치듯 말한 내용이 떠올랐다. 영섭의 말과 맞물려 가슴 쪽에 묘한 통증을 불러일으켰다. 노려보듯 시계를 보던 지석이 불현듯 몸을 돌렸다. 자동차 키를 챙기고 연구실 밖으로 나가며 현호의 휴대전화 번호를 빠르게 눌렀다.

"지금 봐야겠어."

- 지금? 나 밖인데.

"어디?"

- 서초동이야. 법원 들어가고 있어.

"나도 수업 있다. 내가 그쪽으로 갈게."

전화를 끊은 지석이 교수동을 나와 쏜살같이 자신의 차에 탔다. 그리고 그의 차가 그곳을 떠난 지 30분 후, 그는 법원 주차장의 한곳에서 현호와 마주했다.

"지석아!"

지석의 표정도, 그가 급하게 자신을 찾는 것도 현호에게는 심상치 않게 느껴졌다. 아침 햇살로 선명한 주위와 달리 지석의 얼굴빛은 어두웠다. 정이연이 한지석의 시야에서 사라졌던 그날 이후, 한지석의 시간은 멈춘 채였다. 그것만은 확실하다.

"네가 밝혀줘야 할 게 있어."

현호의 눈빛이 움찔거렸다. 심장까지 꿰뚫어볼 것 같은 검은 눈동자에 이미 겁에 질렸다.

"상당히 무서운 외조부님에 대해. 나는 모르고 있지만 너는 아는 일, 아주 많겠지?"

현호의 눈매가 가늘어지고 눈빛이 흐릿해졌다. 굳게 다물었던 입술 사이로 음 하는 신음이 흘러나왔다.

"이렇게 서서 짧게 할 얘기가 아니야."

"한 가지만 확인하지. 정이연이 떠난 일, 할아버님이 관계되셨나?"

현호는 지석의 어두운 눈을 한참 동안 바라만 보았다. 외조부에 대한 지석의 깊은 신뢰를 알기에 섣불리 입을 열지 못했다. 들고 있던 휴대전화가 연이어 울리자, 그제야 작게 한숨을

해후 두 번째 이야기

내쉬었다. 긴 터널로 진입한 듯 눈앞이 답답해졌다.

"그 일은 몰라. 정말이다. 하지만 10년 전 그 일은 네 짐작대로 어르신이 지시하신 일이야. 네 어머님이 아니라."

나락으로 떨어지고 있다. 지석의 눈빛이 깊은 바닥을 향해 곤두박질쳤다. 철벽처럼 굳세던 믿음 어딘가에서 쨍 소리가 났다. 금이 가기 시작했다.

"어르신은 이미 오래전에 네 결혼 상대 정해놓으셨어. 이연 씨가 계속 네 곁에 있었다 해도, 정말 어르신께서 이연 씨를 받아들이셨을지 그건 모르겠다. 네 재산 묶어놓은 것도 분명 어르신이시고."

지석의 머릿속이 지끈거리기 시작했다. 이런 가정은 해보지 않았다. 설마 할아버지께서……. 아버지가 없는 그에게 큰 어른이자 삶의 스승이 되어주신 분이 외조부 아니시던가. 지석은 단정지었다.

"그런 일을 벌이실 분이 아니야."

"그래. 그게 바로 너는 모르지만 나는 아는 일이야. 나도 어르신 일 받는 입장에서 네게 말하는 것, 마음이 편치 않아. 내가 아는 그분은 네가 계속 이연 씨와 만났다면 손을 쓰셨을 거다."

"반대하셨을 거라고?"

현호는 바로 대답하지 않았다.

"냉정하게 말하면, 그래. 그 전에 자의였든 타의였든 이연 씨가 떠나서 나는 다행이라 생각했어. 더 큰 상처 받을 일 없을 테니까. 그러니 너도 이제 정신 차려."

쿵. 나락으로 떨어지던 마음이 기어이 바닥을 쳤다. 디디고 있던 땅이 꺼져버렸다. 휘청거릴 것 같았지만 지석은 기를 쓰고 버텼다. 머릿속이 멍해지고 있었다.

~~~❈~~~

하루 종일 구름 속을 걷듯 마음이 가라앉지 않았다. 수업이 끝난 강의실에서 연구실로 돌아온 지석은 굳은 얼굴로 다음 일정을 확인했다. 공대 교수 모임이 저녁으로 잡혀 있지만 그런 것쯤 무시해도 상관없다. 그가 책상 위에 던져놓았던 자동차 키를 들고 돌아섰을 때, 휴대전화가 진동했다. 흘끔 번호를 확인한 그는 지체 없이 전화를 받았다. 그날 아침 통화했던 상대의 회신이었다.

"말해."

- 말씀하신 번호는 현재 강원도 쪽에서 위치 파악이 됩니다.

강원도. 이진이 던진 말이 머릿속에서 맴돌았다. 지석이 넘기지 못한 신음이 목 끝에 걸려 얕게 소리로 나왔다.

"소유자는?"

지석의 냉랭한 얼굴에 피식 실낱같은 미소가 스쳤다. 이상휘? 문득 떠오른 남자의 얼굴이 그를 광포한 기분으로 몰아

넣었다.

- 이경희라는 이름입니다.

"뭐 하는 사람이지?"

- 보습학원 운영자로 되어 있습니다.

지석의 눈매가 가늘어졌다. 어차피 휴대전화 소유주 따위, 이제는 상관없다. 이연의 사돈의 팔촌, 심지어 주변 인물들까지 연관지어 휴대전화 소유자를 확인했지만, 그녀에게 명의를 빌려준 사람은 없었다. 지금 중요한 것은 이상휘가 이연의 동생 이훈을 함께 입에 올릴 만한 상대가 누구냐는 것이다.

- 찾아가 볼까요?

"아니."

지석이 짧게 끊어 대답했다. 예감이 좋지 않다. 이대로 기다리기만 해야 한다면 그의 심장이 터질 수도 있다.

"내가 가지."

16. 두 번째 해후

　현관벨이 울리고 한참이 지나도 서연네 집 문은 열릴 기색이 없었다. 이런 적이 거의 없던 집이라 고개를 갸웃거리던 이연이 전화를 걸기 위해 휴대전화 폴더를 열 때였다.

　미안하다는 얼굴로 서연 엄마 진혜가 현관문을 열었다. 인심 좋아 보이는 40대 여인의 얼굴이 오늘 아침에는 잔뜩 일그러져 있다.

　"윤이 엄마, 미안해. 욕실 물소리에 벨소리를 못 들었네."

　진혜는 아직도 물이 뚝뚝 흐르는 손을 두르고 있던 빨간 앞치마에 쓱쓱 닦고는 이연이 안고 있던 윤을 안아 들었다. 아기 윤이 반가운 사람이라도 만난 양 두 팔을 벌려 그녀에게 안겼다.

　"아이고, 우리 도련님. 잘 잤어요? 밤새 또 훌쩍 크셨네?"

한 팔로 윤을 안아 들고 들썩이던 그녀가 아이의 볼에 입을 쪽쪽 맞췄다.

조씨 할머니의 큰며느리 진혜. 이미 아이들이 중학생과 초등학생인 그녀는 아기들을 무척 좋아한다. 그다지 넉넉지 않은 살림에 보탬이 될까 싶어 이것저것 부업을 시도했지만 힘은 들고 그다지 도움이 안 되더란다. 아이들이 크니 이제는 나가서 파트타임 일거리라도 찾아보려 하던 차였는데, 때마침 시내로 이사를 나오고자 했던 이연이 그녀의 윗집을 얻었고, 그렇게 연이 닿았다. 이연이 일을 시작한 후부터 아이를 봐주었으니 윤이 갓 백일을 지난 후부터였다.

생면부지 낯선 곳에 와서 조씨 할머니를 만난 것은 행운이었다. 할머니가 수양딸처럼 그녀를 챙겨서인지, 그 이후로 만나는 사람들마다 더 이상 이연을 색안경 낀 눈으로 보지 않았다. 그때 죽을 고비를 넘기며 아이를 낳은 후 큰며느리 진혜와 이연을 엮어준 것도 조씨 할머니였다. 어쨌든 이연에게도, 윤이에게도 진혜는 구원투수 같은 존재였다. 아이도 이제는 낯을 가릴 시기였는데, 엄마 다음으로 많이 본 사람이라 진혜를 무척 따랐다.

"어젠 좀 잤어? 오후 낮잠 일부러 안 재웠는데."

"자긴요."

이연이 어이없다는 듯 기운 없게 웃었다.

"12시까지 놀아달라고 다리에 대롱대롱 매달렸어요."

"어머! 해야 할 일 있다고 했잖아. 그럼 못 한 거야?"

"아뇨. 하긴 했죠. 윤이가 컴퓨터 밑에서 제 다리 잡고 놀았어요."

생각하면 짠한 일인데, 지금 말로 하니 상황이 우스워 이연이 배시시 웃었다. 잠을 못 자 두 눈은 뻑뻑했지만, 이제 출근해야 할 시간이라 더 이상 게으름을 피울 수 없어서 데리고 나온 참이었다.

"데려다놓지 그랬어. 내가 데리고 자면 됐는데."

"괜찮았어요. 안 그래도 하루 종일 여기 와서 사는데, 밤에라도 제가 엄마라고 알려줘야죠."

학원은 늦은 시간에 끝났다. 그러니 윤의 집이 진혜의 집이고 정작 엄마 집에는 잠만 자러오는 것 같다. 자고 있는 아이를 데리고 나올 때면 더없이 마음이 애잔해진다.

"서연이도 중간고사인데 아이 때문에 신경 쓰일 거예요."

"아휴, 공부야 걔들이 평소에 하는 거고. 윤이 있다고 못 하나?"

진혜가 손사래를 쳤다. 그녀는 자신이 아직도 불편한지 항상 깍듯이 예의를 차리는 이연이 조금 서운하다 타박한 적도 있다.

"윤이가 애들 공부나 방해하면 또 몰라. 누나들 공부하면 옆에서 저도 얼마나 조용히 노는데. 이 도련님 집중력 하나는 알아줘야 한다고."

아이를 좋아하고 또 아이를 칭찬해주니 엄마인 이연의 마음은 어쩔 수 없이 노곤노곤 녹아내렸다. 그녀의 눈과 입가에 미소가 걸렸다.

"서연이, 가연이한테 많이 고마워요."

"또, 또 그런다. 우리 애들이 얼마나 윤이를 좋아하는데. 다 그렇게 사는 거야. 지금은 혼자 애 키우며 힘들지만, 고학하는 남편 생각해서라도 버텨야지, 어쩌겠어."

이연이 희미하게 웃었다. 아이를 어르는 진혜와 윤을 한꺼번에 시야에 담고 잠시 말을 멈췄다. 진혜의 남편, 조씨 할머니의 큰아들은 시내 아파트에 수위 일을 나간다고 했다. 나이 차이 많이 나는 남편을 만난 그녀는 작고 허름한 변두리 빌라에 살며 생활고에 시달리면서도 웃음을 잃지 않았다. 아이들은 착하고 바르게 자랐으며, 흔한 과외나 학원 강의 한번 받지 않아도 성적은 항상 상위권이었다. 시골에서 홀로 사는 시어머니에 대한 효성은 처음부터 알던 터였다. 아기를 맡기면서도 늘 안심이 되는 것이 진혜의 집은 늘 웃음이 떠나지 않는다는 것을 알기 때문이다. 이연이 웃음을 되찾게 된 것도 이런 좋은 이웃을 만난 덕일지도 모른다.

"윤이가 잠이 정말 없긴 하죠? 잠을 푹 자야 쑥쑥 큰다던데."

"엄마 아빠 닮았겠지."

"전 잠 많아요, 서연 어머니."

이연이 하하 머쓱하게 웃었다.

"자식이 부모 닮지 그럼 누굴 닮아? 돌연변이인가?"

이연이 윤의 볼을 살짝 잡으며 말하자 진혜가 그런 말 말라는 듯 눈을 흘겼다. 문득 이연의 눈빛이 멈칫거렸다.

"그렇지요, 도련님? 가방끈 긴 엄마 아빠 닮아서 우리 도련님도 공부 잘 할 거지요? 그런데 엄마가 매일 잠을 못 자서서 어떡하니."

아이 볼에 부비부비를 하니 윤이 함박웃음을 터뜨리며 까르르거렸다. 순간 이연의 말문이 막혔다. 말 못 할 사정으로 떨어져 사는 가난한 고학생 부부. 아이 아빠인 상휘가 연구실에서 먹고 자고 하는 것으로 사람들은 알고 있다. 어쩌면 부모의 반대를 무릅쓰고 함께 살려 하는 젊은 부부로 비칠지도 모르겠다. 박사과정을 밟고 있는 상휘가 진짜 아빠가 아니라 해도…….

본인은 원하지 않았다 해도 아들인 윤에게 부모 된 이들이 준 유전자는 조건상으로 아마 최고일 것이다. 최고라 손꼽히는 대학을 나온 부모. 그리고 XY의 염색체를 물려준 그 남자는 큰 키와 체격, 눈에 띄는 준수한 외모 등 외적으로는 흠잡을 곳이 없다. 하지만 그런 조건으로 아이는 행복할까? 남을 배려할 줄 알고, 남과 어울려 살 줄 아는 성격을 가질 수 있을까? 그리고 나는……?

이연이 상념에 빠져들던 그 순간이었다.

해후 두 번째 이야기

"어머, 내 정신 좀 봐."

화장실 욕조에 물을 받고 있는 듯했다. 그 물이 넘쳐 욕실 바닥으로 찰랑찰랑 넘치는 소리가 들렸다. 아이를 안고 있던 진혜가 놀라 욕실로 들어가 수돗물을 잠갔다.

"물은 왜 받으세요? 오늘 물 안 나온대요?"

"아니. 싱크대 하수관이 미적미적하더니 완전히 막혔나 봐. 아무리 세정제를 들이부어도 안 내려가네."

"사람은 부르셨고요?"

"아직. 부르면 돈인데, 애들 아빠 올 때까지 기다려야지. 일단 아침 설거지는 해야 해서 물을 좀 받고 있었어."

이연이 흘끔 시계를 보았다. 다니고 있는 시내의 보습학원까지 보통은 걸어 다녔는데, 이번엔 버스를 타야겠다. 빠듯하긴 해도 손봐줄 시간은 될 듯싶었다.

"제가 한번 볼게요."

"윤이 엄마가?"

이연이 쑥스럽게 웃으며 신을 벗고 진혜의 집으로 들어섰다. 똑같은 구조의 위아랫집이었지만, 이연의 집은 거의 빈집처럼 휑한 반면 살림이 많은 이곳은 그녀가 들어서자 주방 겸 거실이 꽉 차 보였다.

"망치, 스패너, 이런 거랑 조금 친해요. 공구함 어디 있어요?"

"젊은 새댁이 별걸 다 하네?"

이상하다며 호호 웃으면서도 진혜는 뒷베란다로 나가 공구함을 찾아다 줬다.

"참, 윤이 엄마 오늘 많이 늦지?"

"네. 아이들 중간고사 끝날 때까지요."

"문단속 잘 하고 왔어? 요즘 이쪽 빌라촌에도 좀도둑이 기승이래. 이 동네 뭐 볼 게 있다고."

"저희 집은 가져갈 것도 없는데……."

심지어 흔한 TV 한 대 없다. 아기가 있다 해도, 아기 짐조차 거의 진혜의 집에 와 있어 들어서면 썰렁하기까지 한 집.

"누군 있나? 돈 만 원짜리 한 장 찾으려다 사람이 상하니 문제지. 들리는 소리로는 저 윗동에 든 도둑한테 그 집 아이가 다쳤다더라. 들고 있던 칼로 얼굴을 그었대."

주방 싱크대를 열려던 이연이 얼굴을 찡그렸다. 상상이 가서 더욱 심장이 서늘해진다.

"저희도 주인한테 말해서 방범망 손 좀 봐야 하는데요."

"아무래도 3층이라고 신경을 안 쓰겠지. 확실히 말해서 고쳐. 내가 말해줄까?"

"아뇨. 주인아저씨 연락도 잘 안 돼요. 봐서 제가 고칠까 봐요. 이번 주말에 마트 가서 방범망 사다가."

"어머! 그런 것도 해?"

"가끔요."

작게 웃으며 이연이 싱크대 아래쪽을 열었다. 이내 이것저

것 살피느라 그들의 대화 주제는 다른 것으로 넘어갔다.

~~~❖~~~

"선생님, 중간고사 끝나면 워터파크 가는 거, 정말이죠?"

"응. 대신 시험 잘 보고 와. 아는 문제 틀리기 없기다?"

"에이참! 왜 토요일날 가요. 그날 난 외갓집 가는데."

"석이는 다음에 가자. 여름방학 때 다시 가면 되지."

아이들의 재잘거리는 소리가 작은 학원 교실 안에 가득 찼다. 저녁 늦게까지 남아 문제집 풀이를 함께하던 아이들을 이제 슬슬 정리시키는 중이었다. 중간고사를 잘 끝내고 오면 어린이날 기념도 할 겸 학원생들끼리 워터파크 물놀이를 간다고 알려줬는데, 그 소식에 며칠 전부터 올망졸망한 눈동자들이 기대에 찼다.

"일단 내일 시험부터 잘 보자, 얘들아. 아저씨 기다리신다. 가방 다 쌌으면 얼른 나가자."

아이들을 귀가시키기 위해 한꺼번에 데리고 상가 건물 1층으로 내려가니, 거리는 이미 어두웠다. 일찍 문을 닫은 점포도 몇 개 보였지만, 이곳은 나름대로 시내라 건물마다 불이 환했다. 하루에도 몇 번씩 변하는 요즘 날씨답게 습습하게 불어오는 바람에는 일견 물기가 섞였다. 늦은 밤에는 살포시 비라도 내릴 것 같다. 그럼 아마 지금껏 남아 있는 봄꽃들이 모두 질 터이지.

"선생님, 안녕히 계세요!"

"내일 봐요, 선생님!"

건물 밖 도로에서 기다리는 학원 차에 열댓 명이나 되는 아이들이 쪼르르 올라 와글와글 떠들어댔다. 아이들에게 손을 흔들어주는 이연의 얼굴 위에도 설풋 웃음이 서렸다.

그녀가 처음 이곳에 온 올해 초에는 열 명 안팎 되는 아이들로 시작했는데 그동안 학원생이 많이 늘어난 셈이었다. 이 아이들 외에도 그룹 과외식으로 가르치는 중학생 아이들도 있으니, 처음에는 미심쩍어하며 그녀를 썼던 원장도 지금은 여러모로 배려해주고 있었다. 이런 작은 도시의 보습학원에서 그녀의 진가를 알면 서로들 빼가려 할지도 모른다. 너무 저임금으로 쓰는 것 같아 미안해져 전에 없이 학원 명의의 휴대전화를 개통해준다거나, 아이들의 간식을 지원해준다거나 하는 식으로 원장은 슬쩍 미안함을 무마시켰다.

아이들이 탄 차가 떠나는 것을 본 이연이 들고 있던 휴대전화의 시계를 확인했다. 여덟 시가 다 된 시각. 이미 중등부 아이들이 교실에서 기다리고 있지만, 오후 내내 전화 한 번 못해본 터라 아이가 걱정되었다.

"서연 어머니, 저 윤이 엄만데요."

- 마침 전화 잘 했네. 윤이 지금 자.

"벌써요?"

이연의 이마가 살짝 일그러졌다. 몸을 돌려 2층으로 올라가려다 그대로 상가 벽에 몸을 기댔다.

  - 하루 종일 잘 놀다가 저녁부터 졸린지 칭얼대더라고. 이유식은 일찍 먹었고, 분유 조금 더 먹더니 아주 곯아떨어졌어. 아이들이 이래. 어제 못 잔 거 이렇게 자는 거야.

  집으로 가려면 아직 멀었다. 중간고사 기간이니 시간이 늦어도 보충을 해줘야 했다. 중학생 아이들은 그 부분에 더욱 민감하다. 그런데 곤히 자고 있다는 아이를 데리고 나올 생각을 하니 벌써부터 마음이 짠해졌다. 엄마도 없는 곳에서도 혼자서 잘 논다 하면 그것은 그것대로 대견해 보이지만, 당장이라도 집으로 달려가고 싶은 충동도 일었다. 이연은 시큰거리려는 코를 움찔거렸다.

  - 그래서 말이야, 윤이 오늘은 내가 데리고 잘 테니까, 오늘만이라도 마음 편히 자. 신경 쓰지 말고.

  "아니요. 윤이 밤에는 제 젖 물어요. 너무 힘드세요."

  - 나는 토닥여서 재울 수 있으니 걱정 마. 안 그래도 애아빠 오늘 야간근무 땜빵하러 나갔어. 늦는 거 걱정하지 말고 바로 집으로 가.

  살짝 갈등이 생겼다. 아직 완전한 엄마가 되지 못한 걸까. 아이에 대한 걱정이 되는 동시에 진혜의 말이 고마운 것을 보면 말이다.

  - 엄마가 먼저 건강해야지. 윤이 엄마 얼굴도 말이 아니던데. 오

늘은 잠 좀 푹 자.

"네. 이따 봐서요. 어쨌든 집에 올라가면서 들를게요."

작은 한숨을 내쉬며 이연은 통화를 끝냈다. 이상하게 당장 몸을 움직일 수가 없었다. 문득문득 떠오르는 기억의 편린이 심장을 아리게 했다. 지난 초겨울의 기억. 그저 살아 아이를 만날 수 있던 것만으로도 감사했던 순간이 떠올랐다. 아이만 살고 자신이 죽는 것도 원치 않았다. 혼자 남을 아이 때문이었다. 그러니 지금은 이렇게 아이 곁에서 살아 숨 쉬고 있는 것만으로도 감사하다.

아이를 낳고 직접 키워보기 전에는 몰랐던 것들, 꼬물거리며 눈도 못 뜨던 아이가 제 앞가림을 하기 위해서는 얼마나 많은 정성이 들어가야 하는지, 부모는 또 얼마나 많은 눈물을 흘려야 하는지……. 이렇게 문득 깨달을 때면 한 사람이 떠올랐다. 아들에 대해 너무 큰 기대와 자부심이 넘치던 그 남자의 어머니.

"결혼해. 말리지 않아. 하지만 내가 너희들, 이혼 하나 못 시키겠니?"

아직도 생각이 날 때면 심장을 선뜩선뜩 긴장시키고 오 그라들게 만드는 말들이지만, 그런데도, 그럼에도 이제는 그 런 말을 해야 했던 사람의 마음을 조금씩 이해할 수 있을 것 같다면 자신의 오만일까. 어렵고 힘들게 키울수록 더욱 놓

해후 두 번째 이야기

지 못할 것이 자식이 아닐는지. 그래서 더욱 가슴이 아픈 것이……

이연이 작게 몸서리를 쳤다. 급하게 양수가 터져 병원으로 실려 왔고 아이도, 산모도 기약을 할 수 없던 그때. 머릿속에 맴돌던 전화번호는 딱 하나였다. 한지석, 그 남자. 그가 보여주었던 마음의 한 조각을 마지막으로 붙들고 있다.

"언제나 시작과 끝은 내가 정해. 난 너와 끝낸 적 없고 그럴 생각도 없다. 넌 따라오면 돼."
"우리 관계는 내가 결정해. 내가 널 원하면 되는 거야!"

태어날 때부터 오만했을 그 남자다운 말이었다. 그 사실을 마지막에는 이해할 수 있었지만 가슴으로는 받아들이지 못했다. 자신의 겉껍데기만을 원하는 그가 두려웠다. 그렇지만 사무치는 것 역시 그리움. 하루하루 커간다. 이 그리움의 깊이로는 견뎌내기 힘들 만큼 그 남자가 보고 싶다. 조금 더 깊어져 견딜 수 없는 날, 어쩌면 그를 향해 달려갈지도 모른다. 제발 날 한 번 봐달라고, 빌지도 모른다는 생각에 이연은 서글피 웃었다.

- 정 선생님, 어디 있어요? 아이들 기다리는데. -

멍하니 서 있던 시간이 길어졌다. 들고 있던 휴대전화가 부르르 진동하며 메시지가 들어왔다. 원장이 보낸 것이다. 그녀는 서둘러 벽에서 몸을 떼고 2층 계단을 뛰어 올라갔다. 그리고 바쁘게 계단을 올라가는 그 모습을 길가에 주차된 차 안에서 한 남자가 계속 지켜보고 있음을 이연은 알지 못했다.

～✦～

11시가 넘어서야 수업을 끝내고 이연이 학원을 나왔을 때에는 한두 방울씩 비가 내리고 있었다. 우산이 없다 해도 그 정도야 맞아도 상관없을 정도였는데, 살고 있는 동네 버스 정류장에 내렸을 때부터는 빗발이 비교적 굵게 내리기 시작했다.

비…….

동시에 떠오른 한 남자, 그리고 그를 떠올리면 언제나 함께 떠오르는 단상들. 후, 이연이 작은 한숨을 내쉬었다. 언제쯤 잊을 수 있을까. 잊을 수는 있을까? 처음 눈을 떠 각인이 된 상대라 이렇게 지우기 힘든 건지도 모르겠다.

쏟아지는 비를 바라보며 몇 가지 생각을 떠올렸던 이연이 결국은 빗속으로 들어섰다. 조금씩 속까지 적시는 빗줄기. 잠시 갈등했지만, 뛰어가면 될 것 같아 버렸다. 하지만 빌라까지 왔을 때에는 옷이 흠뻑 젖어버린 뒤였다.

"엣취!"

재채기가 나고 몸도 으슬거렸다. 진혜의 집인 2층 앞에서 그

해후 두 번째 이야기

녀는 망설였다. 열두 시가 갓 넘은 시각. 이미 온 집 안의 불도 꺼진 듯해서 차마 벨을 누르지 못했다. 바로 3층으로 올라가며 휴대전화에 문자를 찍기 시작했다.

[너무 늦었죠? 불이 꺼져 있어 그냥 올라가요. 무슨 일 있으면 밤이라도 꼭 연락주세요.]

3층 자신의 집 앞에 선 이연은 메고 있던 가방에서 열쇠를 찾아 꺼냈다. 물에 젖어 잘 잡히지도, 꽂히지도 않는 열쇠를 현관문 열쇠구멍에 힘들여 꽂았다. 저도 모르게 손이 덜덜 떨렸다. 5월, 비를 맞기에 밤공기는 아직 차갑다. 어느 날 밤, **뼛**속을 얼릴 듯 쏟아지던 비도 떠오른다. 그리고 귓가를 찢을 듯 울리던 자동차 바퀴 소리. 몸이 으슬으슬 떨렸다. 따뜻한 차 한 잔이 절실해지는 순간이었다.

응? 왜 이러지?

문득 이연의 눈매가 일그러졌다. 열쇠구멍에 꽂았던 열쇠가 몇 번이나 헛돈 탓이었다. 분명히 아침에는 잘 잠갔고……. 의아해하던 이연이 겨우 현관문을 열고 들어섰을 때였다.

그녀는 제자리에 우뚝 섰다. 차가워진 몸에 한순간 소름이 좌르륵 끼쳤다. 후다닥, 어떤 소리도 들린 듯해 이연의 걸음이 뒤로 주춤거렸다.

집 안 공기가 달라.

분명 문단속을 열심히 하는 편이었으니, 모든 창문이 닫혔던 집에 밤이 되어 들어서면 따뜻하다 못해 답답한 공기로 가득 찬 느낌이 나야 한다. 문이 활짝 열렸던 것처럼 이렇게 차가운 공기로 가득 찰 리가 없었다. 그러고 보니 현관문이 제대로 안 열린 것도 이상한 일이었다. 열쇠를 꽂으면 단번에 열려야 하는데…….

현관문을 활짝 열어둔 채 이연이 주춤주춤 뒤로 물러섰다. 가방을 방패 삼아 가슴에 안고 언제든지 뒤로 도망갈 위치를 확보했다. 문득 떠오른 것은 최근 좀도둑이 기승을 부린다는 진혜의 이야기. 조심스럽게 귀를 기울여 집 안에서 인기척이 느껴지지 않다는 확신이 들자 그녀는 손을 뻗어 현관 스위치를 올렸다.

"헉!"

외마디 비명을 지른 이연이 입을 틀어막았다. 미칠 듯이 요동치는 심장. 그녀는 저도 모르게 비틀거리며 뒷걸음질을 쳤다. 제자리에 주저앉을 것 같았지만 간신히 힘을 내어 돌아섰다. 몇 단씩 뛰어 계단을 내려갔다. 그렇게 빌라의 허름한 입구까지 정신없이 뛰어 내려왔을 때, 강하고 낯선 힘이 팔을 홱 잡아당기자 이연은 저도 모르게 비명을 질렀다.

"꺄악……!"

"정이연!"

"아악……, 흡!"

팔에 머리를 얹고 벌벌 떨던 이연의 눈앞에, 빌라 입구의 흐릿한 백열전구를 등진 상대의 모습이 드러났다. 비명을 지르

는 그녀를 벽으로 밀어놓고 상대는 그녀의 입을 틀어막았다. 놀라서 눈이 커다래지고 몸이 부들부들 떨렸다.

"왜 그래. 왜 그러는 거야!"

다급한 목소리가 물었다. 걱정하는 눈빛 같기도 하고, 분노에 번뜩이는 눈빛 같기도 하다. 갑작스레 돌변한 상황. 이연의 숨이 턱턱 막혔다. 무엇보다 지금 그녀는 아무것도 믿을 수 없었다. 자신이 방금 전에 본 것도, 지금 이 순간 본 것도.

"무슨 일이야?"

하지만 낮게 깔리는 지석의 목소리는 현실이었다. 그녀의 눈앞에서 안부를 묻고 있었다. 마치 어제까지 봐왔던 사람처럼. 검고 깊은 눈동자, 그리고 베일 듯 날카롭고 차가운 향취. 분명 그의 것이다. 미치도록 그립고, 가슴 아프게 남았던 그 남자의 것. 왜 지금일까. 왜 지금이어야 할까. 겁에 질린 이연의 눈동자가 거침없이 흔들렸다.

"어떻게……."

"어떻게 찾았냐고? 아니면 왜 찾아왔냐고 묻고 싶나?"

메마르고 삭막한 목소리. 이연의 커다란 눈망울이 폭풍우에 쓸린 촛불처럼 흔들리다 꺼져갔다. 입술이 달싹거리고, 얼굴 한쪽에서 경련이 일었다. 그가, 생각하면 심장이 쪼개질 것 같은 고통이 엄습해오는 한지석이 눈앞에 있다는 사실이, 방금 전 현관을 열었을 때 느꼈던 두려움보다 더 크게 다가왔다.

"넌……!"

이연이 자신을 알아보자 지석의 음성은 더 날카로워졌다. 희미한 빛 아래 드러난 눈빛은 당장이라도 그녀를 베어낼 듯 날이 섰다. 차마 절제하지 못한 분노가 머리끝까지 솟구쳐 이연의 어깨를 잡았던 손에 힘이 들어갔다. 그러자 이연 또한 스스로를 버티기 위해 온몸에 힘을 주었다.

"놓아줘요. 여긴……, 내 집 앞이에요."

"코흘리개 아이들이나 가르치고, 이렇게 젖은 채 돌아다니려고……."

으득 이를 갈던 지석이 더 이상 말을 잇지 못했다. 맞붙은 듯 밀착한 그녀의 온몸에서 두려움이 알알이 전해져왔다. 그는 최대한 감정을 억눌렀다.

"이렇게 살려고 도망간 건가? 내 아이까지……."

"아……, 아니야!"

지석의 다음 말을 듣고 싶지 않았다. 두려움이 가득 담긴 눈으로 이연은 고개를 저었다. 왈칵 몰린 서러움, 두 눈이 뜨거워졌다. 훅, 지석의 더운 숨결이 이연의 귓가에 쏟아졌다.

"도망간 적 없어요. 정확히 알잖아요. 우린 헤어졌어요."

"훗, 네 멋대로 말이지."

이연의 모습을 발견했을 때, 심장이 터져나가는 줄 알았다. 당장이라도 뛰어가 확인하고 싶은 마음을 일 초가 백 년 같은 기분으로 억눌러야 했다. 하지만 지금. 더없이 냉정한 여자의 목소리는 그를 단숨에 절망의 구렁텅이로 밀어버린다. 헤어졌다는 말을 또박또박 하고 있는 여자의 입을 틀어막고 싶을 정도로 야속하다. 그의 입술 끝에 비틀린 미소가 서리기 시작했다.

"도망간 적이 없다? 그랬군. 돈 받고 관계하던 여자 하나 때문에 미쳐가는 건 내 역할이었지."

찾으려면 바로 찾을 줄 알았다. 하지만 의외로 정이연의 흔적은 이 좁은 땅덩이에 남아 있지 않았다. 특히 강원도라는 말을 듣기 전에는 외국으로 나간 줄 알았다. 분명 그녀의 흔적은 홍콩에서 끊겼다. 여행을 간다며 나갔는데 들어온 기록이 없다는 것은……, 분명 일부러 숨었다는 것. 왜? 네게 그럴 이유가 있나?

지석은 두 눈을 질끈 감았다 떴다. 이렇게나 등잔 밑이 어두웠다니. 이연을 내려다보는 그의 눈이 오만하게 빛났다.

"잊고 있었어. 넌 순진한 눈빛을 하고 있지만 네 본성은 영악하고 교활하다는 걸 말이다. 모든 게 거짓투성이라는 것을."

"순진? 교활?"

혀를 차던 이연이 날카롭게 지석을 쏘아보았다.

"그런 소리 들을 이유 없어요. 교수님한테서……."

말을 뱉어놓고야 그가 그 호칭을 얼마나 싫어했는지 깨달았다. 지석의 미간이 잔뜩 구겨지고, 온몸에 그의 기운이 전해지자 이연의 입술이 바르르 떨렸다.

"거짓으로 절 보인 적, 단 한 번도 없어요. 교수님과 함께 있던 그 시간이 나라고요."

그때가 언제인지는 지석이 더 잘 알 것이다. 피하고, 숨고 싶던 현실에서 도망가 기억을 잃고, 자신을 잠시 잊었던 그때를 말하고 있었다. 이연은 꿀꺽 설움을 삼켰다.

"그러니 교수님이 알고 있는 전 과거도, 현재도, 미래도 정이연 그대로예요."

방금 전 보았던 집 안 광경으로 인해 심장은 미친 듯이 떨렸다. 그 와중에 지석까지 나타난 셈이다. 그러니 이연의 심장은 지금 터지기 일보직전이었다. 그녀는 안간힘을 써서 폭발할 것 같은 심장을 눌렀다.

두려워하지 마. 그럴 필요 없어.

이연은 큰 숨을 내쉬고 어금니를 악물었다. 하지만 빌라 입구의 희미한 불빛으로도 드러난, 쏘는 듯한 그의 시선은 참을 수 없었다. 윤이 이 남자의 외모를 쏙 빼닮았다는 것은 참으로 지독한 현실이다. 눈을 마주할 때마다 그가 떠올랐으니까. 바로 위층에 잠들어 있는 아들이 생각나 이연의 심장이 서늘해졌다.

"내가 도망간 거군요. 하."

헤어진 것이 아닌 도망. 이연의 심장이 착 가라앉았다. 깊은 한숨을 흘리며 고개를 돌리니 어둠을 가르며 내리는 빗줄기가 보였다. 문득 자신이 비를 맞았다는 생각이 들었는데, 지석 또한 비를 맞았나 보다. 머리카락이 젖어 반듯한 이마 위에 어지럽게 얽혔고, 옷 또한 축축하게 젖었다. 어디부터 자신을 따라왔는지 모르겠다. 이연은 빗물이 떨어지는 머리를 쓸어 올리고 얼굴을 닦아내는 척하며 슬쩍 배어나온 눈물을 닦았다. 그와 만났던 여러 날 중, 유독 떠오르는 것은 이렇게 비 내리는 밤.

지석 씨, 당신…….

미안하지만 한 번도 잊은 적 없다. 이 남자의 숨결이, 그리고 체온이 이렇게 가깝게 있다는 것을 믿을 수 없었다. 그와의 사이에 흐르던 침묵이 길어졌다.

"늦었네요."

지금은 아마 거의 새벽 1시가 다 되었을 것이다. 늦은 시각, 그리고 비까지 내리는 만큼 변두리 빌라촌은 조용했다. 이런 한적한 틈을 타서 3층 자신의 집에도 '그분'이 다녀가셨을 터였다. 하지만 지금의 말은 그런 뜻이 아니었다.

숨어버린 거라 알아주길 바랐나? 정말 모르겠다. 어쩌면 마음 깊은 곳에서 꿈틀거리던 그것, 그가 자신을 찾아주기를, 숨었지만 발견해주기를 기다리고 있었던 것은 아닐까. 그리고 저도 모르게 다른 뜻으로 내뱉은 그녀의 말뜻을 지석은 정확히 알아내 꼬리를 잡아냈다.

"훗. 나와 숨바꼭질이라도 하고 있었다는 건가? 그러려면 조금 더 꼭꼭 숨었어야지."

"착각하지 마세요. 정말 시간이 늦었다는 뜻이에요."

이연의 목소리가 가느다랗게 떨렸다. 지석의 비웃음이 심장에 박혔다.

"그리고 다시는 나타나지 말라 한 사람은 교수님이세요."

"그래서 네 흔적이 홍콩에서 사라진 건가? 다시는 내 눈앞에 나타나기 싫어서?"

지석이 낮은 목소리로 으르렁거렸다. 이연의 심장이 쿵 내려앉았다. 하, 짧은 한숨이 급하게 넘어갔다. 홍콩에서 흔적이 사라졌다니……

집요하고, 치밀하고, 그리고 정확한 이 남자를 피해 숨을 수 있을 거라고는 처음부터 생각지 않았다. 그러니 그들은 정당하게 헤어져야 했고 그랬다고 생각했다. 그런데 그것조차 모자라 그의 눈앞에서 자신을 완벽히 지우려 한 그분. 예상했지만 생각 외로 충격이 강해 등골이 서늘해졌다. 그리고 심장이 사포로 문지른 듯 쓰라리기 시작했다. 낯선 곳을 헤매었을 지석이 떠오른 탓이다. 이연은 어금니를 꽉 악물었다.

"왜 오셨어요?"

"왜?"

지석의 입술 끝이 얄상하게 비틀렸다.

"그래. 나도 궁금해. 그러니……"

지석의 손끝이 이연의 얼굴 위에 슬쩍 닿았다. 그 미세한

해후 두 번째 이야기

스침에도 전율이 흐른다. 전류가 흐르듯 온몸이 뻣뻣하게 굳을 것 같다.

"지금부터 알아볼 생각이야."

"하……."

견딜 수 없어 이연이 한 손을 들어 이마를 짚었다. 그를 상대한 것은 몇 분 되지도 않았는데, 아이들과 하루 종일 있던 것보다 더욱 진이 빠졌다. 1년 만의 해후치고는 상황이 좋지 않았다. 예기치 않게 지석을 대한 것도 충격이지만, 우선 먼저 해결해야 할 일이 있었다. 그리고 그녀의 상황이 좋지 않다는 것을 지석도 이제야 깨달은 듯했다.

"무슨 일이지? 왜 뛰어내려온 거냐."

지석이 질문하자, 이연의 몸이 저도 모르게 부르르 떨렸다. 그때, 어깨 위로 커다란 그의 손바닥이 닿아 부드럽게 쓸어내렸다. 예리한 눈빛과 호응할 수 없는 따뜻한 손길이 위로를 전했다. 마법 같게도 이연의 떨림이 조금씩 가라앉기 시작했다. 그녀가 허탈한 듯 입을 열었다.

"교수님과 전……, 정말 고약한 인연이네요."

그를 처음 만났던 날에도 비가 내렸다. 아니, 비보다도 더 춥고 서러운, 그런 비가 내리던 날, 가을을 재촉하던 그 차가운 것을 그대로 맞았다.

"무슨 일이야."

"집에 도둑이 든 것 같아요."

툭 내뱉은 그녀의 말에 지석의 표정이 당장 험악해졌다. 잡고 있던 그의 손에 힘이 들어가자 이연의 어깨가 으스러질 듯 아파왔다.

"지금?"

묵직하고도 다급한 목소리로 지석이 물었다. 이연은 신중하게 고개를 저었다.

"몰라요. 들어가며 인기척을 느낀 것 같긴 한데, 지금 사람은 없어요. 두려워서…… 그냥 뛰쳐나왔어요."

정말 다시 그 두려움이 엄습하는지 이연이 부르르 몸을 떨었다. 그리고 자신이 무엇을 하는지 의식도 하지 못한 채, 지석은 그런 그녀의 몸을 꽉 안고 등을 쓸어내렸다. 여리고 마른 그녀의 몸이 단단한 가슴에 밀착되었다. 두근두근 뛰고 있는 심장이 느껴졌다. 누구의 것인지, 지석은 알 수 없었다. 지금껏 아무 일도 없었다는 듯 그녀를 부둥켜안고 입 맞추고 싶은 미친 충동을 지석은 가까스로 눌렀다.

"올라가자."

"네?"

"직접 확인해."

순간, 이연의 눈동자에 왈칵 두려움이 밀려들었다. 윤은, 아이는……. 그가 알게 되면 어찌할까. 아직 그에 대해 생각해본 적이 없기에 이연은 당장은 당황스러웠다. 아이는 지금 진혜의 집에 있고, 짐도 거의 그쪽에 있지만 그것이 문제가 아니었다.

"아니면, 내일 밝으면 올라가."

지석이 이연의 손목을 잡았다. 그대로 끌고 바깥으로 나가려 했다.

"왜 이래요. 난 집으로 가야 해요."

이연이 나가지 않으려 버텼고, 그런 그녀를 돌아본 지석의 어깨에서 털썩 힘이 빠졌다.

"그럼 함께 올라 가."

지석이 먼저 성큼 걸어 계단 쪽으로 향했다. 버티고 제지하는 이연의 힘을 가볍게 눌렀다.

"몇 층이지?"

자신이 어떤 상황인지, 정말 아무것도 모르고 온 것일까? 아이 얘기를 하지 않는 것을 보면 윤의 존재조차 모르는 것일 텐데. 정말 왜 찾아온 걸까. 이연의 머릿속에 얼핏 지석의 외조부와 자신 사이에 서 있던 중년 남자가 떠올랐다. 그가 무슨 말이라도 전해준 걸까.

"3층."

작게 내뱉은 그녀의 말을 듣기도 전에 지석은 성큼성큼 계단을 올랐다. 2층 진혜의 집을 지날 때 아이 울음소리가 환청처럼 들린 것 같아 이연은 흠칫거렸다.

17. 소망 所望

집 안은 예상보다 더 엉망이었다. 그나마 얼마 되지도 않는 살림살이가 모두 밖으로 나와 바닥에 잔뜩 내팽개쳐져 있었다. 컴퓨터 책상 위에 있어야 할 모니터와 컴퓨터 본체는 바닥에 나뒹굴어 케이스도 분해되어 있었고, 옷장은 서랍은 물론이고 들어 있던 속옷 하나하나까지 모두 바닥에 쏟아져 있어 방바닥에는 짐이 한 가득이었다. 이 작은 집에 무슨 짐이 이렇게 많았나 싶을 정도로 어지러웠는데, 원인은 장판이 뒤집힌 데 있었다. 바닥에 무엇이라도 숨겼는지 알아보기라도 하려던 듯, 장판이란 장판이 모두 들쳐져 뒤집힌 채로 마구 솟아 있었기에 집 안은 사람이 들어갈 공간조차 없어 보였다.

"여기 원래 이랬던 건가?"

문을 열고 먼저 들어간 지석이 여기저기 살펴보았다. 뒷베

해후 두 번째 이야기

란다이자 보일러실인 작은 공간으로 갔던 그가 천천히 집안을 둘러보던 이연을 불렀다. 진혜의 집에서 주로 생활하는 윤이라 아이의 살림살이는 거의 그쪽에 가 있는 것이 다행이라면 다행이었다. 그래도 몇 가지 흩어져 있는 것들을 다른 짐속으로 밀어 넣던 이연이 지석의 부르는 소리에 시선을 돌렸다. 그가 베란다 방범망을 가리키며 묻고 있었다.

"아니요."

방범망은 성인 한 사람이 드나들 수 있을 만큼 반이 뜯겨져 있었다. 고의로 뜯은 흔적이 역력해 이연은 신음 같은 한숨을 짧게 내뱉었다.

"현관문 여는데 조금 이상했어요. 열쇠가 자꾸 헛돌아서……."

"그때 이미 현관문이 열려 있었을 거야."

"아……."

이연이 수긍이 간다는 듯 고개를 끄덕였다.

"가스배관 타고 여기로 들어왔다가 문으로 나갔어. 당당히."

"어떻게 알아요?"

"발자국이 밖으로 나간 게 없잖아."

비가 오는 밤이었다. 그러니 신발에 무언가 묻은 것이 당연했다. 바닥을 보니 진흙 묻은 신발 자국이 어지러웠다. 지석과 자신은 실내화를 신었으니 그들의 것은 아니었다. 이연의 얼굴이 질렸다는 듯 일그러졌고, 지석은 피식 웃었다. 비웃음보다는 연민에 가까웠다.

"여자 혼자 살고, 밤늦게 다니고. 앞집은 비었다 하지. 사는 여자는 제가 좀도둑의 표적이 된지도 모르지……, 도둑에게 집을 통째로 내어줬군."

감정은 담기지 않았지만, 어딘지 신랄한 지석의 말을 들으면서도 이연은 묵묵히 집 정리에 나섰다. 일단 뒤집혀서 키만큼 일어서 있는 장판을 제대로 깔아야 하는데, 혼자 힘으로는 역부족이었다.

"놔두고 신고부터 해."

이연의 표정이 지석 모르게 움찔거렸다. 자의든, 자의가 아니든 누군가가 자신의 흔적을 찾기를 원하지 않았으니, 그런 법의 테두리 안에 들어가려 한 것도 1년 만이다.

"먼저 좀 치우고요."

"생각이 없는 거야! 이렇게 헤집어놓은 그놈이 강간범일 수도 있었어!"

베란다에서 나와 이연의 팔을 탁 낚아챈 그가 짓씹듯이 말을 뱉어냈다. 하얗게 질린 이연의 얼굴을 무서운 얼굴로 내려다보았다. 눈빛이 이글거리고 볼 근육이 실룩거렸다.

"너저분한 것 다 버리고, 중요한 것만 챙겨. 지금 나갈 거야."

감정 하나 담기지 않은 지석의 목소리는 언제나 이성을 돌아오게 한다. 이연의 얼굴이 순식간에 일그러졌다.

뒤를 봐주겠다 했던 이 남자의 어머니, 할아버지의 음성도

하후 두 번째 이야기

이렇게 차가워 감정을 불쾌하게 만들었다. 그런 제안을 원천적으로 거부하고 일군 곳, 이곳은 자신의 힘으로 아이와 함께 살던 곳이다. 불쑥 나타난 그가 이래라 저래라 할 곳이 아니었다. 이연의 눈빛에서 탁, 빛이 꺾였다.

"교수님은 정말 하나도 변하지 않았네요. 너저분하다고요……?"

하, 이연이 짧은 숨을 목 뒤로 넘겼다.

"말꼬리 잡는 너도 똑같아. 그럼 다 두고 지금은 여기에서 나가. 나중에 사람 써서 치우라 할 테니까."

"내가 왜요? 여긴 내 집이예요."

이연이 홱 고개를 쳐들었다. 밖으로 나가려던 지석이 미간을 일그러뜨렸다. 그 또한 다시 기분이 불쾌해졌다는 것을 표정으로 드러냈다.

"흥미로울 정도야. 언제까지 네가 이렇게 뻔뻔하게 나올지."

"내가 왜 교수님 말을 들어야 하냐 물었습니다. 교수님과 얽히고 싶지 않아요. 나는……, 난…….."

두려워할 대상은 그가 아니다. 하지만 급하게 떠오르는 말이 없었다. 그를 거부하고 밀어내야 하는데, 당장 핑계가 궁색했다.

"교수님과 얼굴 맞댈 이유가 없어요. 교수님도 다른 남자와 살고 있는 여자 찾아다닐 만큼 여자가 궁하거나 예의 없으신 분 아니잖아요."

"뭐?"

지석의 굵은 눈썹이 꿈틀거렸다. 발치에 차이는 자잘한 살림도구를 걷어차고 그녀의 앞으로 다가왔다. 움찔거릴 수도 없을 만큼 압도당할 것 같은 기운, 그리고 힘. 이연은 자신이 말을 잘못했다는 것을 깨달았지만 이제는 돌이킬 수 없었다. 그가 눈앞까지 다가오자, 눈도 깜빡일 수 없었다. 숨이 턱턱 막혔다. 좁은 그녀의 집을 꽉 채운 이 남자를 밀치고 뛰쳐나가고 싶었다.

"다른 남자? 그새 다른 남자가 생겨 한 집에 산다고?"

이연이 침을 꿀꺽 삼켰다. 지석의 눈빛은 깊고 검었지만, 파랗게 빛날 듯 번뜩이고 있었다.

"그리고 넌 대담하고 발칙하게도 옛 남자를 집으로 끌어들였고."

천천히 새어나온 지석의 목소리에 맞춰, 이연의 눈도 커져 갔다. 그녀를 압박하며 다가온 그를 피해 뒤로 주춤주춤 대다가 툭 무언가에 걸려 멈췄다. 싱크대였다. 그녀는 손을 뒤로 돌려 주방 싱크대를 잡고 겨우 버텼다.

"대답해봐. 어떤 놈인지. 이 늦은 밤까지 오지 않는 그 남자가 누군지."

"다가오지 말아요!"

이연의 입술이 바르르 떨렸다. 틈도 없이 다가온 지석의 몸이 요철처럼 겹쳤다. 둘 다 비에 젖었던 몸. 축축한 몸이 하나인 듯 붙어 열기가 피어올랐다. 지석의 손끝이 목덜미에 닿고, 이내 그곳을 감싸자 신음이 터질 것 같았다. 그의 눈빛이 모든 것을 재로 만들 듯 이글이글 타올랐다.

"네 의도가 궁금했어. 알고 있던 모든 사람들과 연락을 끊었지만, 유독 한 사람과는 연락을 하더군. 그 남자가…… 이상휘인가?"

아아, 결국 상휘로 인한 것이었나. 지석이 갑작스럽게 찾아온 이유가 어렴풋하게나마 짐작이 되었다. 이연은 희미하게 고개를 저었다. 어지럽게 섞이는 숨결을 견디지 못했다.

"상휘 선배는……."

"그래. 그 새끼는……."

흡!

달싹이던 이연의 입술이 순식간에 지석의 것으로 덮였다. 도망갈 수 없도록 그의 손이 그녀의 뒤통수를 강하게 눌렀다. 광포한 혀가 그녀의 안으로 침입해 정신없이 헤집었다. 짧고도 강렬한 깊은 입맞춤. 비와 섞인 향기는 오랫동안 남아 머릿속을 혼미하게 휘저었다.

"넌 내 여자야. 이상휘는 몰랐나?"

"난 누구의 소유도 아니에요!"

지석의 강한 단정을 이연이 부인했다. 누구의 대신은 더더욱 아니다. 솟구친 분노로 가슴이 들썩였다.

"아니."

하지만 그가 빙긋 웃자, 이연은 얼음물에라도 빠진 듯 온몸이 얼어붙었다.

"우리의 채무는 유효해. 넌 분명 내 소유야. 1억에 널 팔았지. 잊었나? 계산에 능하지 못한 정이연."

"억지 쓰지 마세요. 우리 얘긴 끝났어요. 이미 교수님 입으로 끝났다고 말했어요."

"아니."

지석이 부드러운 숨결을 이연의 귓가에 뿌렸다. 파릇한 분노를 내뿜는 그녀의 볼에 입맞춤 했다.

"네가 내 여자라는 사실은 변하지 않아."

달콤하게 쏟아지는 숨결. 몸이 기억하고 있었다. 그녀를 불꽃으로 만들던 지석의 역동적인 움직임이 손에 잡힐 듯 생생했다.

"다시 시작할 거라 했다."

지석이 바르르 떨리는 귓불을 살그머니 물고 그 끝을 핥았다. 순간, 이연의 숨결이 거칠어지고 불규칙해졌다. 질끈 문 입술, 뾰족해지는 신경 끝으로 생각이 불쑥 떠올랐다. 미친…… 거다.

"내가 한 발 늦었다는 사실에 기분은 더럽지만."

이연은 멀어지는 이성을 잡으려 안간힘을 썼다. 하지만 어느 순간 이성의 둑이 한꺼번에 툭 터지자 걷잡을 수 없이 욕망이 밀려들었다. 타인에게 한 번도 느껴보지 못한 격렬함, 그리고 애타는 감정들이 그녀도 감당할 수 없을 만큼 밀려와 심장으로 울컥울컥 치솟았다.

"하, 하지 마!"

제발 하지 마. 내가 당신 거부할 수 없다는 것, 당신이 제일 잘 알잖아.

이연이 울고 싶어진 순간, 부드럽게 지석의 입술이 닿았다. 훅. 온몸을 휩쓴 뜨거운 열기. 이연의 몸이 흠칫 떨리고 지석의 한 팔이 단단히 허리를 감았다. 휙 끌어당긴 그와 붙을 듯 몸이 닿았다. 코끝을 스치는 그리운 체향. 찰나 이연의 심장이 산산이 깨어졌다. 흡. 단숨에 밀고 들어온 그의 혀가 이연의 것을 빨아들였다. 숨결 한 올도 남기지 않고 마셔버릴 기세로 지석은 거세게 밀려들었다. 그는 빈틈없이 치밀했고, 거침없었다.

"으음."

가느다란 신음이 흐르고 심장이 펄떡이며 힘차게 맥동했다. 죽어 있던 것. 살아 숨 쉬지만, 살아지니 살아 있던 것. 벅차지만 자신이 살아 있다는 것을 느끼고 있다. 격하게 부딪쳐 오는 그를 부서져라 안고 싶을 만큼. 살아 있다는 것을 느낄 만큼, 지금 이 순간은 죽을 만큼 아프다.

지석은 밤길을 헤매는 허기진 짐승처럼 집요하고 탐욕적이었다. 입술을 빼앗고 탐하며 그녀의 몸을 유린했다. 휩쓸려 끌려가는 것이 두려울 정도로 그는 야멸차고 힘겨웠다.

"아앗!"

통증, 그리고 쾌감. 가슴을 움켜쥔 그가 힘을 주어 일그러뜨렸다. 젖은 옷가지 위로 탱탱하게 도드라진 젖꼭지가 아프도록 흥분했다. 그의 손톱 끝이 그곳을 감질나게 긁어 올렸다.

"하아……."

뜨겁게 중심이 젖어들었다. 야속하게도 그는 그녀를 너무나도 잘 알고 있다. 그래서 울어버리고 싶다. 모든 것을 놓아버리고, 아니, 풀어버린 채 되는 대로 살아가고 싶다. 그가 이제 자신을 찾아냈으니, 모든 것이 알려지는 것은 시간문제일 것이다.

"시간을 주지. 정리해."

지석이 이연의 귓가에 뜨거운 숨을 퍼부었다. 그것은 귓바퀴를 팽그르르 돌아 독약처럼 스며들었다. 이연의 팔이 부들부들 떨렸고, 지석은 그런 그녀를 위로라도 하듯 등을 계속 쓸어내렸다. 올올이 일어나는 감각이 아프도록 선명했다. 두 다리가 경계심으로 바짝 붙었지만, 그곳에 비벼지는 남자의 단단한 중심은 미칠 것처럼 확연히 각인되었다. 펄쩍 뛰어오를 만큼 뜨거웠고 그녀를 달아오르게 했다.

"정이연……!"

간절하고 뜨거운 기운. 그리고 절망 속에서 보는 희망. 그의 모든 것이 타오르는 열망 속에서도 느껴졌다. 착각일 거야, 이연은 퍼뜩 정신이 들어 그를 밀어냈다.

해후 두 번째 이야기

"싫어요. 이러지 말아요!"

그녀의 애원을 들었을까. 겨우 떨어진 입술 사이로 이연의 헐떡이는 숨소리가 고요한 집 안에 간헐적으로 흘러 나왔다. 야속하게도 그는 호흡 하나 흐트러지지 않았다.

"정말 변한 데가 하나도 없군. 미련스러울 만큼. 이렇게 서로를 욕망으로 갈구하면서, 그런데도 넌 아니라고 부인할 건가? 네게 다른 놈의 흔적 따위 없어. 넌 내게 길들여진 대로 반응해."

차게 반짝이는 눈빛과 달리 지석의 음성이 부드럽게 울렸다. 이연은 삽시간에 무너진 자신에게 화가 나 파르르 떨며 마음을 드러냈다.

"아직도 내가 교수님 학생처럼 보여요? 교수님 말이 맞아요. 이렇게 휘둘리는 것도 하나도 변하지 않았어요. 미련스러울 정도로."

분했다. 원하면서도 손 내밀지 못했던 과거도 분하고, 꿇린 것 없다 생각하는 지금도 분하기는 마찬가지였다. 단 하나, 지킬 것이 생기니 이렇게 비굴하게 된다. 그런 속마음과 달리 이연은 비교적 담담히 고백했다.

"도와줄 거 아니면 비키세요. 난 치우고 자야겠어요."

"잠? 여기에서?"

지석이 주변을 둘러보았다. 당장 도깨비라도 튀어나올 듯 정신 사나운 광경이 그의 눈앞에 모조리 드러났다.

"허세로 가득 찬 것도 똑같군."

말을 꺼내놓고 지석은 피식 웃었다. 정작 허세를 부리고 있는 것은 자신이 아닌가. 다시는 눈앞에 나타나지 말라고 으름장을 놓았던 사실도 기억한다. 그런데 지금은 사라지지 말라 무릎이라도 꿇고서 애원하고 싶었다. 그러나 기어이 목구멍을 비집고 나온 말은 마음과 달랐다.

"허세요? 하……."

이연이 허탈하게 웃었다. 조금은 불쌍한 눈빛으로 그를 바라본다.

"정말 변하지 않았군요. 우린 욕망으로 얽힌 관계였고, 서로 원한 것을 주고받았어요. 지금도 마찬가지라고 확인했으니, 이렇게 내게 집착해서 상처 입는 쪽은……."

이연의 입술이 바르르 떨렸다. 그의 말대로 허세를 부리고 있다. 이렇게라도 하지 않으면, 당장이라도 그의 바지자락을 잡고 매달릴 것 같아 그녀는 어금니를 악물었다.

"교수님 쪽이에요."

다가오지 말아요. 나를 조금이라도 생각한다면, 이대로 돌아가요.

이연이 차마 그를 바라보지 못하고 시선을 돌렸다. 그의 눈빛이 냉정하게 번득였다.

"네 욕망은 언제나 정직했어. 지금도 마찬가지군. 모질게 아이를 지웠어도 말이야."

해후 두 번째 이야기

이연의 눈빛이 찰나 흔들렸다. 불끈불끈 충동이 일었다. 그에게 사실을 말하기는 쉬울 것이다. 하지만 아이도 필요 없다던 그의 가족들은 여전히 끔찍하다.

"이미 다 말했잖아요. 교수님 돈에 흥미를 잃었고, 그 관계에 내 마음이 불편했어요. 욕망만으로 살기에 정이연은 너무 정석대로 살아왔어요."

"넌 정말 욕망뿐이었나?"

이연이 고개를 홱 돌렸다. 지석의 물음이 의외의 충격을 가져와 입술이 바르르 떨렸다.

"하루라도 남자가 없으면 안 돼서 바로 다른 남자를 구한 건가?"

비아냥거림은 섞이지 않았지만, 지석의 입술 끝에 설핏 마른 웃음이 서렸다.

"네 말대로 넌 정석대로 살아온 여자라 그렇게 빨리 변하지 않아."

"알고 계시지 않아요? 상휘 선배는 제 오랜……."

이연이 태연한 척 빙긋 웃던 그 순간이었다. 지석의 주먹이 싱크대 상판에 내리꽂혔다. 쿵 소리와 함께 이연이 짚고 있던 그것이 흔들렸다. 마치 지진이라도 난 듯 그녀의 몸이 움찔거렸다.

"그 새끼 얘기, 한 번만 더 해봐."

지석의 잇새로 으득거리는 말들이 흘러나왔다. 감정에 철저히 무심한 지금까지의 그와는 다른 모습, 이연의 눈이 둥그렇게 커졌다.

"그동안 네가 무슨 짓을 했어도 상관없어. 하루에 한 번씩 남자를 갈아치웠다 해도 나와는 상관없다. 이제부터 다시 시작할 테니까."

이연의 눈빛이 흔들렸다. 아니란 것을 이 남자는 알까. 그래도 그런 종류의 말이 듣기 싫어 억지를 부리는 그가 마치 떼를 쓰는 아이와 같다.

"아니요. 할 수 없어요. 그럴 수 없다는 건 교수님이 더 잘 아세요."

"그래. 문제는 이상휘란 말이지?"

"상휘 선배가 아니에요! 내가 한지석이란 남자한테 질렸다고 했잖아요!"

이연이 신경질적으로 내뱉었다. 그녀의 눈빛에 꽂혔던 지석의 눈빛이 파랗게 번득였다.

"그 정도였나?"

지석의 표정에 절망이 스쳤다. 싫다는 여자에게 이리 매달리고 있는 자신이 한심스럽다. 하, 그가 짧게 웃었다.

"대단하군, 정이연. 한지석에게 질렸다?"

"정신 차려요, 한지석 교수님. 난 그 여자 대용품이 아니잖아요!"

그 순간, 이연의 나직한 분노가 터졌다. 지석의 눈썹 끝이 위로 향했다.

"그 여자? 무슨 소리야."

목소리가 바닥으로 가라앉는다. 그가 유리알처럼 빛나는 눈빛으로 이연을 노려보았다.

아아, 순간적으로 내뱉은 말. 그녀의 입술이 저도 모르게 파르르 떨렸다. 동요를 지우려 크게 숨을 내쉰 이연이 고개를 홱 돌렸다.

"자, 잘못 나온 말이에요."

"또 거짓말!"

바짝 다가선 지석이 한 손으로 이연의 턱을 잡아 시선을 제 쪽으로 돌렸다. 억센 손길에 그녀의 얼굴이 잔뜩 일그러졌다. 이글거리는 지석의 눈빛과 마주쳐 심장이 뚝 바닥으로 굴렀다.

"그 여자가 누구지?"

"교수님이 잘못 들었어요."

"그 여자가 누구냐고 물었어! 누가 대용품이야!"

이연이 두 눈을 질끈 감았다 떴다. 서서히 피가 식어간다. 얼굴에 닿아 있는 지석의 손을 매몰차게 뿌리쳤다.

"처음부터 이랬어요. 언제나 교수님은 내 자존심은 생각하지 않아요. 자신이 원하는 것만 중요해요."

"어떤 여자가 네 자존심과 상관있는 건지, 그것부터 말해."

이번엔 피할 수 없을 만큼 지석의 어조는 완고했다. 이연이 질끈 입술을 깨물었다.

"교수님 첫사랑과 나……, 얼마나 닮았는지 나도 궁금해요."

순간 지석의 눈썹이 꿈틀거렸다. 예상치 못한 대답. 눈동자가 흐릿해졌다.

"누가 그런 말을 했지?"

"그게 중요한가요?"

화가 가득 찬 이연의 눈빛이 지석의 것과 허공에서 얽혔다. 당장이라도 끊어질 듯 팽팽한 긴장감이 이어졌지만 그 상황은 오래가지 않았다. 피식 웃으며 시선을 거둔 지석 때문이다.

"다른 여자 얘기로 상처라도 입은 건가? 네가 이렇게 도망온 원인에 그것도 포함되나?"

긍정도, 부정도 하지 않은 채 지석은 오히려 반문했다. 그의 표정은 평소와 같았고, 당황한 쪽은 이연이었다. 그녀는 눈도 깜빡이지 못한 채 지석을 바라봤다.

"누구냐. 네게 그따위 쓰레기 같은 말을 전한 사람이."

바르르 떨던 이연이 고개를 저었다. 두 눈은 두려움으로 가득 찼다. 너무나도 이성적이고 냉정한 그의 태도 앞에서 이연은 무언가가 잘못되었음을 직감했다.

"말해."

"중요하지 않다고 말씀드렸어요."

"넌!"

순간 지석의 고함이 버럭 터졌다. 두 눈이 휘둥그레진 이연

해후 두 번째 이야기

이 그를 올려다보았다. 감정을 참는 듯 그의 단단한 가슴이 들썩거렸다.

"정작 당사자는 생각도 하지 않던 일로 내 여자가 상처 입었다잖아! 넌 중요하지 않겠어?"

내 여자라 했어? 언제부터 그의 여자였을까.

이연이 아연한 얼굴로 그를 올려다보았다. 왈칵왈칵 밀려드는 설움. 기를 쓰고 눌렀다.

"네 스스로 대용품이 되고 싶으면 그렇게 생각해!"

이미 오래전에 잊고 지워진 일. 이제는 얼굴도 떠오르지 않는 오래된 첫사랑. 언제나 그의 마음을 선뜩하게 만들고 황량한 벌판에 세우는 것은 죽어버린 그 여자가 아니다. 믿어왔던 어머니에 대한 배신감, 그리고 실망감이 무엇보다 컸다. 그런데 지금은 기억도 잘 나지 않는 그 여자 얘기를 이연이 꺼냈다는 사실이 기가 막혔다.

"젠장!"

그녀에게서 훌쩍 물러난 그가 두 손으로 머리를 쓸어 올렸다. 그러고는 다시 무감각한 표정으로 이연을 쏘아보다가 손목을 잡아끌었다. 버티는 그녀를 매서운 눈빛으로 바라보았다.

"어디 가요?"

"어떤 인간인지 널 알고 있는 모든 사람 불러 확인하기 전에 따라와."

지석이 그녀의 손목을 잡고 밖으로 나갔다. 눈짓으로 현관
문을 잠그라는 신호를 하고, 이내 그녀를 데리고 비 오는 밖
으로 나가더니, 마침 지나가는 택시를 잡았다.

　　　　　　　　　　　～◆～

　이연이 살고 있는 도시 외곽, 리조트 안에 있는 호텔은 스키
를 탈 수 있는 겨울 성수기를 제외하고는 한적한 편이다. 더욱
이 주말도 아닌 오늘은 로비를 오가는 사람들도 거의 없었다.
그곳의 한 객실에 지석이 이연을 데리고 들어섰다. 빗소리는
호텔로 들어와서도 그치지 않았고, 그의 심장도 함께 젖어들
었다.

　"마셔."

　바에서 따른 와인 한 잔을 이연에게 내밀었다. 그것을 이연
은 물끄러미 바라보고만 있었다. 붉은빛이 피를 흘리는 자신
의 마음과 같다. 그녀는 고개를 들어 지석의 눈빛을 정면으로
마주보았다. 깊은 눈동자에 비친 자신의 모습이 보였다. 심장
이 불규칙하게 뛰기 시작했다.

　"몸이 풀릴 거다."

　그의 말대로 둘 다 비에 젖었다. 옷은 거의 말랐지만 몸은
이미 얼었다. 이연은 한기가 드는 것을 애써 감췄다.

　"객실 두 개 잡았어. 오늘은 여기에서 쉬어. 맑은 정신에 다

해후 두 번째 이야기

시 얘기하자."

잔을 건넨 지석이 미련 없이 돌아섰다. 그의 등을 향해 이연이 나직하게 중얼거렸다.

"교수님."

굉장히 작은 소리였지만, 지석은 놓치지 않았다.

"그렇게 쫓아오면 또 숨게 돼요. 그런데 이젠…… 숨을 곳도 없어."

움찔. 지석이 멈췄다. 가물거리는 촛불인 듯 이연의 목소리는 꺼질 것 같았지만, 묘하게 지석의 심장을 긁었다.

"하나만 대답해. 거짓 없이."

그의 등을 보고 있던 이연이 갑작스레 돌아선 그의 눈과 마주쳤다. 깊이를 알 수 없을 만큼 진한 눈빛이 우울하게 그녀를 바라봤다.

"아이는 네 스스로 지운 건가?"

이연의 미간이 굳었다. 뭐라 말해야 하나. 아빠 없이 혼자 커왔고, 다시 혼자 클 아이를 생각하면, 어떻게 말해야 할까. 심장이 두근거리고 숨이 가빠왔다.

"날 떠나기 위해?"

"그…… 랬어요."

이연의 목구멍으로 뜨거운 기운이 와락 밀려들었다. 혀를 깨물며 이연은 감정을 참았다. 말없이 그녀를 바라보는 지석의 눈빛이 어둠에 젖어들었다. 일말의 기대가 사라지는 순간이다.

"누군가의 대용품이 되고 싶지 않아서?"

이연이 천천히 고개를 끄덕였고, 지석은 깊이 숨을 내쉬었다. 감정 조절이 필요한 탓이었다.

"이연아."

이연의 심장이 쿵 내려앉았다. 그가 불러주는 이름, 너무나도 듣고 싶었다. 마주친 눈빛에 담긴 말들이 쏜살같이 오갔다. 으득. 이를 악문 지석이 입을 열었다. 머뭇거리고 싶지 않아 입을 열었지만, 생각과 달리 말은 느릿하게 흘러나왔다.

"너 없는 시간. 내 지난 1년……"

지석이 고개를 돌렸다. 비에 젖은 창 밖 건물들을 바라보는 시선이 공허했다.

"……내게는 지옥이었다."

이런 말, 한 번도 해본 적 없다. 그래서 더욱 어렵고 힘이 들었다. 하지만 지금은 꼭 해야 할 것 같다. 자신에게서 다른 여자의 그림자를 봤다면, 그건 자신의 잘못이 분명하니까.

"다시는 돌아가고 싶지 않아."

이연의 표정을 돌아보지 않고 그대로 문을 닫고 나가는 지석의 얼굴이 한없이 굳어졌다.

그의 룸으로 돌아온 지석은 문을 닫고 한동안 움직이지 못했다. 입구의 센서등이 꺼진 후에도 어두운 실내만 노려볼 뿐이었다. 그러다 문득 떠오른 생각에 들고 있던 휴대전화의 단

해후 두 번째 이야기

축번호를 꾹 눌렀다. 이내 현호의 목소리가 수화기를 타고 흘렀다.

- 어디야? 왜 전화는 안 받아?

"강원도에 아는 부동산 업자 있지?"

항상 그렇지만 지석의 전화는 서론이 빠져 있었다. 단도직입적으로 알맹이부터 말하는 그의 화법에 현호는 슬쩍 이마를 구겼다.

- 찾아봐야지. 갑작스럽게 왜?

"P시에 집 좀 구해. 깨끗하고 넓은 곳으로."

- 갑자기 왜? 별장이라면 이미 있는 것 몰라?

"별장 말고, 집!"

지석이 미처 조급한 심정을 누르지 못하고 낮게 으르렁거렸다. 현호의 우직함이 오늘은 마음에 들지 않는다.

~~❖~~

지석이 돌아간 후, 따뜻한 물이 절실했다. 이연은 기계적으로 일어나 아무 생각 없이 샤워기 밑에 서서 물줄기를 맞았다. 복잡하고 심란한 머릿속을 정리도 해야 했는데, 샤워를 하니 피곤이 밀려들었다. 젖은 머리, 그리고 샤워가운 차림으로 객실로 나와 창에 쳐진 커튼을 걷었다. 창 밖에는 여전히 비가 내렸고, 호텔 진입로에 켜진 가로등 불빛이 부옇게 빛났다. 투둑투둑. 두꺼운 유리를 통해서도 빗소리가 들리는 듯하다. 그와 만날 때면 언제나 이렇게 비가 내리고 있다.

"너 없는 시간. 내 지난 1년……."

그것이 지옥이었다는 남자의 목소리가 귓가를 여전히 울렸다.

욱신, 심장이 아프다. 그에 대해 무엇을 놓친 것일까. 이연은 작게 한숨을 쉬었다. 그에게 무엇을 어디까지 알려야 할지, 그리고 그는 어디까지 알고 왔을지. 모든 것이 분명치 않다.

"하."

침대로 돌아와 걸터앉은 이연의 눈길이 막연히 한 곳을 응시했다. 지금껏 잘 견뎌왔는데, 지석이 나타난 지금이 오히려 더 막막하다. 쓰러지듯 침대에 누운 이연의 머릿속은 하나 둘 떠오르는 일들로 혼란스러웠다. 그때 문득 침대 사이드테이블 위에 올려놓았던 휴대전화가 진동했다. 낯익은 번호. 심장이 철렁 내려앉았다. 수술을 결정하던 그 절체절명의 순간에도 머릿속을 떠나지 않던 그의 번호가 그곳에 찍힌 탓이다.

"전화번호도 아는군요."

- 너무 늦게 알았어.

지석의 목소리가 나른하게 들렸다. 이연이 짧은 한숨을 내쉬었다.

해후 두 번째 이야기

"술…… 마셨어요?"

- 이연아…….

심장이 아릿해졌다. 지석의 음성이 아득하게 들렸다. 아주 오래전 불러준 이름처럼 이제는 낯선 느낌. 왈칵 감정이 치민 이연의 눈에 뜨거운 것이 가득 고였다.

"늦었어요. 주무세요."

- 이제……, 사라지지 마라.

지석의 음성이 귓가에 감돌았다. 심장이 저리고 코끝이 시큰거렸다. 머리맡에 쌓아놓은 베개에 몸을 기댔던 이연의 고개가 옆으로 향했다. 눈물이 쏟아져 베개가 축축해지기 시작했다.

나도 그러고 싶어요. 많이 외로워서……, 무서워서…….

생각의 끝. 점점 그녀는 수마에 빠져들었다.

～❖～

그 상황에서도 깜빡 잠이 들었나 보다. 이연이 눈을 뜬 것은 손에 들고 잔 휴대전화의 진동 때문이었다. 밖은 아직 캄캄한 새벽. 침대 머리맡 스탠드 아래 놓인 탁상시계가 4시를 가리키고 있었다. 이연은 본능적으로 폴더를 열어 귀에다 댔다.

- 윤이 엄마?

"아……, 예, 말씀하세요."

아래층 진혜였다. 쏟아지던 잠을 미처 다 쫓지 못한 이연의 목소리가 갈라져 나왔다. 뜨이지 않는 눈을 억지로 비벼 떴다.

- 지금 집에 없어? 깊이 잠들었나 봐. 나 지금 집에 올라갔다 오는 길인데. 초인종 소리 안 들려? 문도 두드렸는데.

"아, 아니요."

무슨 일일까, 심장이 쿵 내려앉았다. 진혜에게 집에 도둑이 들어 바깥으로 나왔다는 얘기를 섣불리 꺼낼 수 없어서 이연은 말끝을 흐렸다. 그런 그녀가 이상한 듯하면서도, 워낙 급한 일인지 진혜는 우선 자신이 할 말을 꺼냈다.

- 윤이가 열이 좀 나.

"언제부터요?"

이연이 몸을 벌떡 일으켰다. 마지막으로 연락했을 때도 윤은 잘 놀다가 잔다고 했었다.

- 12시 좀 넘었나? 자다가 깼어. 칭얼대서 열 재봤더니 꽤 높게 나와. 해열제도 잘 안 듣고.

몇 시간 동안 아이를 혼자 돌봤을 진혜의 마음씀씀이가 느껴졌다. 이연은 침대에서 벌떡 일어나 벗어두었던 옷을 허둥지둥 입기 시작했다.

- 설사도 하고, 아이가 힘이 없어 늘어지는데 왠지 걱정이 돼서.

"바로 갈게요. 죄송한데 준비 좀 시켜주시겠어요?"

지금 문을 연 곳은 종합병원 응급실뿐일 터였다. 택시를 잡아 간다면 30분 안이면 가능하겠지만 그 시간이 너무나도 길게 느껴졌다.

윤아…….

세상 근심 하나 없이 웃는 아이를 바라볼 때면 자신의 욕심이 헛되지 않았음을 깨닫곤 한다. 하지만 아이가 이렇게 아프다고 하니, 세상에서 자신이 가장 못난 엄마인 것 같아 이연의 가슴속이 무너져 내렸다. 심장이 쓰리고 저려왔다. 달칵. 호텔 객실 문을 닫는 이연의 손길이 허둥지둥 둘 곳이 없었다. 그런데 발을 동동 구르며 엘리베이터를 기다리다 문득 떠오른 지석으로 인해 눈빛이 일그러졌다. 휴대전화에 남아 있던 그의 번호에 문자를 보내두려다 그대로 생각을 접었다.

곧 알게 되겠지.

어디까지 알든 그 스스로 찾아내야 할 것이다. 그녀의 입에서 나올 말은 없다. 한씨 집안 자손임을 포기한 쪽은 그쪽 어른들이다. 그가 자고 있을 객실을 흘끔 본 이연의 시선이 그때 마침 도착한 엘리베이터에 멎었다.

~~❦~~

"아이들은 원래 잘 놀다가도 한 번씩 나빠지곤 합니다. 요즘 일교차도 심해서 갑자기 열이 오른 것 같아요."

병원 응급실에서 병실로 올라온 것이 아침 9시가 지난 뒤였다. 아침까지 계속 열이 40도 가까이 오르다 겨우 떨어진 뒤, 그제야 윤의 숨소리가 편안해졌다. 가늘고 작은 팔에 링거바늘을 꽂고, 움직일까 싶어 부목까지 댄 모습을 처음 보았을 때에는 심장이 쿵쿵대며 울렸지만, 지금은 이연도 한숨 돌렸다. 그래도 장염이 왔다면서 의사는 며칠 입원을 권했다.

"윤이 엄마!"

병실 문을 열고 얼굴을 내민 사람은 진혜였다. 아이들을 학교에 보내고 온 그녀는 밤새 얼굴이 반쪽이 된 이연을 보며 안타까운 표정을 지었다.

"윤이 괜찮다지?"

"네. 열은 떨어졌는데 아직 설사를 해요."

"애들이 다 그래. 한 번씩 아프면서 크는 거야. 첫애라 더 놀랐지?"

열로 뜨거운 아이를 안고 사색이 되었다. 비교적 냉정한 성격이라 알고 있던 이연이 눈물을 뚝뚝 흘리며 부들부들 떨자, 진혜는 병원까지 함께 와 주었다.

"그나저나 아침도 못 먹었을 텐데. 출근해야 하잖아."

"네."

못 간다고 하고 싶은데, 아이들 중간고사가 아직 끝나지 않았다. 상황을 알고 있는 진혜가 그녀의 어깨를 가볍게 쳤다.

"내가 있을 테니 가서 출근 준비해. 뭐라도 챙겨 먹고."

"고맙습니다."

이연이 고개를 숙였다. 진혜가 있다는 것이 큰 위안이 됐다.

"타지에서 어쩔 수 있나. 봐줄 사람도 없는데. 얼른 가봐."

이연이 땀을 흠뻑 흘린 아이의 얼굴을 쓰다듬다가 일어섰다.

"어!"순간, 현기증이 일어 휘청거리자 진혜가 팔을 뻗어 잡아주었다. 그녀가 걱정스런 눈빛으로 이연을 바라보았다.

"괜찮아?"

"……네. 괜찮아요."

"오늘 웬만하면 쉬어. 며칠 동안 잠도 못 잤잖아."

"아이들 시험 끝나면 내일은 휴가 낼게요. 오늘만 부탁드려요."

"윤이 엄마 성격에 휴가 낸다고 쉴 수나 있겠어?"

이연이 희미하게 웃었다. 며칠 무리를 한 탓도 있지만, 아무래도 지석의 영향이 더 큰 듯했다. 그가 나타난 순간 폭발적으로 소비한 에너지는 상상을 초월했으니까.

"저 출근 준비하고 다시 올게요."

"그냥 가. 윤이도 이제 괜찮을 거야. 무슨 일 있으면 바로 연락할 테니까. 참, 휴대전화 꺼졌더라. 배터리 바꾸는 것도 잊지 말고."

이연의 미간이 움찔거렸다. 새벽에 나올 때부터 배터리 잔량이 거의 없었다. 문득 지석이 연락했을 거라는 생각이 들었다. 그제야 지석이 떠오르자, 깊은 한숨이 먼저 터졌다. 아이에 비한다면 그는 이렇게 잊어도 좋을 남자가 되고 말았다.

~~~❖~~~

병원을 나온 이연이 집 앞에 도착해 택시에서 내렸을 때, 제일 먼저 의식한 것은 뚫어질 듯 쏘아보는 한 남자의 시선이었다. 출근 시간이 지나 한적한 빌라 입구에 서 있던 지석이 이연을 발견하고 뚜벅한 걸음으로 다가왔다. 표정 없는 얼굴은 그가 무슨 생각을 하는지 보여주지 않았지만, 싸늘한 눈빛이 모든 것을 말해주고 있다. 이연은 그녀 앞에 우뚝 선 그를 서글픈 눈빛으로 올려다보았다.

"기다렸어요?"

"정이연……."

억눌린 지석의 음성이 나직하게 쏟아졌다. 감정을 누르기 위해 꽉 움켜쥔 주먹에 한껏 힘줄이 불거진 것도 이연은 보았다.

"네 진실은 어디 있는 거냐?"

이연의 시선이 계속 그의 손에 꽂혔다. 감정을 삭이기 위해 바르르 희미하게 떨고 있는 그것에. 당장이라도 맞잡고 싶은 마음을 이연은 지그시 눌렀다.

"언제 일어났어요? 어젯밤에 술 마신 것 같던데……."

하! 지석이 짧은 한탄을 속으로 내뱉었다. 아침부터 미친놈처럼 펄펄 뛰어 다니던 그와 달리 이연은 아무 일도 없었다는 듯 평온해 보였다. 그를 미치게 할 작정이 아니면 이럴 수 없다.

"일이 있어서 먼저 나왔어요."

"전화는 왜 안 받았지?"

"배터리가 다 됐어요."

"날 깨우고 갈 수도 있었어."

지석의 음성이 낮게 가라앉았다. 이연은 다시 고개를 들어 빤히 그를 올려다보았다. 다 큰 어른이라 생각했는데, 언뜻 보이는 것은 아이의 투정과 같다. 이연이 숨을 크게 들이켰다.

"미안해요. 너무 급한 일이라…….."

"그게 뭔데!"

지석이 낮은 음성으로 으르렁거렸다. 밖으로 나가던 동네 사람이 그녀를 알아보고 눈인사를 하다 분위기가 이상해 보이는지 고개를 갸웃거렸다. 하. 이연이 어쩔 수 없다는 듯 한숨을 푹 내쉬었다. 얼굴을 쓸어 올리다가 시선을 돌려 지석의 손을 물끄러미 바라보았다. 떠나온 후 지금껏 단 한 번도 잊어본 적 없는 남자. 초조해 보인다. 그러지 말라고 당장이라도 쓰다듬어주고 싶다.

"교수님."

지석의 굳은 입매가 실룩거렸다. 동요하고 있다는 증거. 이연은 줄곧 그의 손을 바라보았다. 꽉 쥔 주먹이 한 번도 풀리지 않았다.

　교수님과의 관계가 싫다고 아이 지우고 사라진 건 난데……, 왜 교수님은 이런 여자 하나 못 잊어요?

　이연의 코끝이 시큰거리기 시작했다. 그가 말이 없자, 이내 그녀는 눈물을 말리기 위해 눈에 힘을 주면서 억지로 말을 이어갔다.

　"어제 내가 대답 안 했나요?"

　이연이 무심하게 물었다. 무표정 속에 터질 것 같은 분노를 아슬아슬하게 숨기고 있던 지석의 미간이 희미하게 일그러졌다. 무얼 말이냐고 눈빛이 물었다.

　"사라지지 않아요."

　이연의 시선이 똑바로 그를 향했다. 정확하게 시선을 마주친 두 눈에서 주륵, 뜨거운 것이 흘러내렸다. 얼어버린 듯 굳은 지석을 향해 희미하게 웃었다.

　"숨고, 사라지고……. 이제 그런 힘 없어요. 이것이 내 최선이었어요."

　언제나 돌아오게 된다. 그리고 함께하고 싶다. 이제는 어떤 일이 있더라도 당당한 여자가 되고 싶다. 이 남자 곁에서 그의 아이를 키우며 웃음 한 자락 허락된다면 마주보고 웃고 싶다.

　"교수님……."

　속으로 숨겨만 두었던 소망이 어느새 불쑥 커져 튀어 나왔다. 툭툭 눈물이 떨어진다. 부연 눈물 속에서 지석의 얼굴이 완전히 일그러지는 것을 이연은 똑똑히 보았다. 그의 진심이 보인다는 것은 이제 자신도 조금쯤 컸다는 의미일까. 한계에 밀려 도망쳤지만, 지금껏 겪었던 일은 스스로를 자꾸 작은 틀에 가두었지만, 그럼에도 다시 한 번 희망을 갖는 것은 애달픈 여심. 조금씩, 조금씩 용기를 내고 있다. 어제, 오늘, 그리고 내일. 하루에 이만큼, 이만큼씩 그에게 다가설 수 있는 용기를 키우고 있다.

"또 사라져도 교수님 나 찾을 거잖아요."

이연이 그의 손을 잡았다. 줄곧 마음에 걸리던 커다란 손. 얼마나 오랫동안 새벽바람을 맞으며 서 있었던 걸까. 따뜻한 그녀의 손과 달리 그의 손은 차가웠다. 그의 떨림이 느껴진다. 미간을 완전히 찌푸렸지만, 빼지 않는 지석의 손을 이연은 조심스럽게 힘을 주어 잡았다.

"집 치우는 것 조금 도와주면 해장국 끓여줄게요."

"정이연."

이연이 돌아서자, 지석이 강한 힘으로 그녀의 손을 잡아끌었다. 그대로 으스러질 듯 가슴에 안았다. 또다시 사라진 줄 알고 미쳐가던 심장이 그녀의 체향 덕에 서서히 제자리를 찾았다. 울고 있는 그녀의 등을 조심스레 쓸어내렸다. 무엇이 그리 서러울까. 잘 울지도 않던 여자가 그의 가슴을 적시도록 울고 있다. 지석의 눈빛이 검은 바다처럼 가라앉았다.

"들어가요. 여기 우리 동네예요."

한참 만에 진정이 된 이연이 그의 품에서 벗어났다. 울음을 지운 얼굴이 여고생처럼 맑았다. 눈가에는 채 떨어지지 않은 물기가 남아 그곳을 지석의 손끝이 살짝 쓸었다.

"무슨 일이 있었던 건지는 끝까지 말 안 할 건가?"

이연이 지석의 얼굴을 보며 희미하게 웃었다. 고집스럽게 고개를 저으니 그 또한 포기했는지 흠, 목울림 소리를 냈다.

"좋아."

미소를 떠올리려던 지석의 입가가 파르르 굳었다.

"네가 솔직해졌으니 나도 하나쯤 양보하지. 조만간 다 말해야 할 거다."

대답 없이 이연의 미소가 조금 더 짙어졌다.

"네. 조만간요. 이제 올라가요. 동네 사람들 앞에서 창피하게 울었어요."

이연은 지석의 심장이 쿵 내려앉은 것도 몰랐다. 집으로 올라가려고 돌아서는 그녀의 팔목을 지석이 탁 잡아챘다.

"내가 지금 나가서 먹자고 하면."

지석이 말을 뚝 끊었다. 급격히 굳는 이연의 표정을 슬쩍 살폈다.

"내가 해준 밥 먹기 싫어요?"

지석은 토라진 척 샐쭉한 이연의 뺨을 손등으로 슬쩍 간질였다. 말을 잘 못 했구나. 예전에는 생각지 못한 것들이 떠오르기 시작한다.

해후 두 번째 이야기

"아니."

지석이 이연의 팔목을 부드럽게 잡아끌고 먼저 빌라 입구로 성큼성큼 걷기 시작했다. 이연의 얼굴색이 좋아 보이지 않았다. 힘들 것 같아 데리고 나가고 싶은데, 표정부터 변하는 것을 보니 심장이 알싸해졌다. 당장이라도 내쳐질까 두려운 탓이다.

"나도 이제 해장국 정도는 끓여요. 교수님한테 그 정도는 해줄 수 있어요."

계단을 한 걸음 올라가다 뒤에서 들리는 이연의 중얼거림에 지석이 우뚝 멈춰 섰다. 그의 등을 바라보던 그녀도 걸음을 멈추자 좁은 계단 통로가 두 사람의 몸으로 가득 찼다. 조금은 넉살스럽고, 조금은 뻔뻔하던 이연의 첫인상. 그때의 모습과 서서히 닮아가는 것 같아 지석의 입가가 희미하게 경련했다. 불쑥 내내 생각하고 있던 말이 튀어나왔다.

"성격, 노력해볼게."

뒤를 돌아보지 않았지만, 잔뜩 힘이 들어간 그의 손으로 이연은 그가 얼마나 힘들게 말을 하는지 알 수 있었다. 그녀는 알았다는 듯 어깨를 으쓱했다. 분위기를 바꿔보려 무던히 노력했다.

"나도 불쌍히 여겨 데리고 살아볼게요."

"여전히 건방져."

"교수님도요."

지석은 어조 자체가 그렇다. 자신감으로 가득 차 있으면서 어딘지 모르게 건방지고 안하무인 같은 말투. 하지만 감당해 낼 수 있다고 생각한 것도, 그를 욕심 낸 것도 자신이다. 이연이 그의 손을 꼭 잡았다. 놀란 듯 흠칫거렸지만, 지석 또한 그녀의 손을 놓지 않았다. 다시는 풀어주지 않는다는 듯 커다란 손이 작은 손을 완전히 감쌌다.

18. 진실 眞實

　집은 어젯밤의 어지러운 상태 그대로였지만, 정리하는 시간
은 생각보다 오래 걸리지 않았다. 뒤집힌 장판을 제대로 깔고,
서랍에서 꺼내진 물건들을 제자리에 찾아 넣으면 됐으니까.
그리고 원래부터 짐이 그다지 많지 않은 탓이기도 했다.

　지석이 큰방 한쪽 벽에 붙여두었던 컴퓨터 책상 앞에 털썩
주저앉았다. 겉옷을 벗고 팔까지 걷은 그가 지금은 분해되어
속이 드러나 있는 컴퓨터를 제 모양대로 맞추기 시작했다.

　"하드를 떼어냈어. 중요한 자료 들었나?"

　작은 서랍장에 물건을 찾아 넣고 있던 이연이 미간을 구기
며 돌아봤다.

　"아뇨. 외장하드에 들어 있어요. 프로그램이야 다시 깔면 되
고."

"일을 하고 있었나?"

지석의 질문에 이연이 멈칫거렸다. 솔직히 말하려면 상휘 얘기가 나와야 하는데, 지금은 꺼낼 수 없을 것 같다.

"캐드 아르바이트 약간요."

이연이 슬쩍 대답을 얼버무렸다. 그 순간 그녀와 등지고 앉았던 지석의 손이, 행동이 멈췄다. 문득 이상한 느낌이 들어 이연은 그의 행동을 주시했다. 잠시 흐른 침묵. 몸을 굽힌 그가 팔을 뻗어 컴퓨터 책상 밑에 떨어진 무언가를 주워들었다.

"이게 뭐지?"

그것은 평범한 손가락 모양의 치발기였고, 하나 둘 이가 올라오는 윤이가 한참 갖고 노는 물건이었다. 손바닥 모양의 중앙에는 작은 구슬들이 들어 있어 흔드는 대로 소리가 났다. 처음 그의 물음은 말 그대로 단순했다. 처음 보는 물건에 무심한 시선이 꽂혔던 지석은 순수하게 궁금했을지도 모른다.

"개 키웠나?"

이연은 대답하지 않았다. 피식, 입가에 웃음이 서렸다. 조금은 어이없고, 조금은 그의 상상이 어디까지 미칠지 궁금하기도 했다.

"아뇨."

"그럼 왜 이런 게 여기 있지?"

"아기들이 이 날 즈음에 써요."

스스로 말하기는 싫었다. 그가 찾아주기를 한편으로 바라고 있었으니, 윤의 얘기까지도 그 스스로 알아야 한다. 그녀의 마음을 알았을까. 홱 고개를 돌린 그의 시선이 이연의 것과 마주친 이후, 지석의 심장은 무섭게 뛰기 시작했다.

벌떡 일어서 방 안을 휘둘러 봤다. 무언가 찾으려는 듯 두 눈에 힘이 들어갔다. 이연이 정리해서 닫았던 서랍장까지 다시 빼서 제 눈으로 확인했다. 순간 그의 눈매가 가늘어졌다. 이연의 속옷 옆으로 놓인 작고 앙증맞은 내복 몇 벌이 그제야 눈에 들어온 탓이다. 멈칫거릴 새도 없이 지석의 손이 갈퀴처럼 그것들을 낚아챘다. 작고 보드라운 천들이 그의 손아귀에 짓이겨졌다. 억누르고 있지만 타오르는 분노는 눈동자에 불꽃처럼 이글거렸다.

그의 모든 변화를 지켜보면서도 이연의 시선은 비교적 차분했다.

"말해. 이게 뭐지?"

"아기 옷이잖아요."

목소리가 담담하길 바랐는데 힘이 든다. 그녀의 입술이 바르르 떨었다.

"왜 여기 있는 거냐고 묻는 거다."

이연이 대답하기 전 지석이 몸을 일으켰다. 무언가를 찾는 듯 예리한 눈빛으로 방안을 살폈다. 그러다 컴퓨터 책상 구석에 쓰러져 있어서 이연이 미처 챙기지 못했던 작은 사진틀을 발견하여 손에 들었다. 윤이와 동네 사진관에서 찍은 손바닥보다 작은 사진이 그 안에 들었다. 아이의 백일날 찍은 것이다. 눈매가 가늘어져 한참을 들여다보던 지석이 고개를 휙 돌렸다. 이연을 바라보는 지석의 눈빛이 검게 빛났다. 목소리가 한없이 가라앉아 음산하게 들렸다.

"너, 무언가 숨기고 있어."

이연의 심장이 터질 듯 뛰고 있었다. 하지만 그녀는 태연을 가장하여 조심스럽게 입을 열었다.

"숨긴 것 없어요. 교수님이 알아보지 못한 것뿐이지."

"말장난하자는 게 아니잖아!"

지석이 낮게 으르렁거렸다. 이연은 후, 작은 한숨을 내쉬었다. 아프게 일그러지는 그의 얼굴을 슬프게 올려다보았다.

"네…… 아이니?"

지석의 목소리가 껄끄럽고 떨렸다. 이연은 바르르 떠는 입술을 지그시 물었다.

"……네."

"아이……, 지웠잖아! 네 스스로……."

아이를 지웠다고 그녀 스스로 말했다. 당신이 지긋지긋하다고……, 돈이 필요해서 만났지만, 이제 그럴 일은 없으니, 다시는 보고 싶지 않다고…….

지석의 얼굴에 경악이 스쳐갔다. 평소의 그와 달리 잔뜩 일그러진 얼굴로 그녀를 바라봤다. 무언가 알아내고 싶은 눈빛이 날카로워졌다.

"아이 아버지가 누구지?"

믿기지 않은 얼굴로 그는 최악의 선택을 했다.

"……이상휘인가?"

그를 따라 이연의 표정도 단숨에 일그러졌다. 지석의 무심함에 슬그머니 부아가 오르고 분노가 솟구쳤다.

"왜 상휘 선배를……."

이연의 입술이 삐뚜름히 열렸다. 하. 탄식 섞인 한숨이 터졌다. 자업자득이다. 그와 살고 있다고 이미 거짓을 말했으니 지석만을 탓할 일이 아닌 것이다.

"그래요. 동네 사람들은 상휘 선배가 아이 아빠인지 알아요."

이연은 말을 뱉어놓고 아차 싶었다. 바로 튀어나온 지석의 물음에 심장이 덜컥거렸다.

"아닐 수도 있다는 건가?"

지석은 예리했다. 하지만 이연의 대답까지 기다릴 여유는 없어 보였다. 확 치민 열기가 파란 불꽃으로 눈동자에 일렁거렸다. 제자리에서 벌떡 일어나는 지석을 따라 이연 또한 몸을 일으켰다.

"이상휘, 이 새끼!"

나직이 혼잣말로 내뱉은 그의 말은 등골을 오싹하게 했다. 그렇게 거친 말을 할 수 있는 사람이라고도 예상치 못했다.

"지석 씨!"

이연은 방 밖으로 나가려는 그의 허리를 뒤에서 가까스로 안았다. 더 이상 일이 커지길 바라지 않아 다급히 말을 이었다.

"노력한다 했잖아요. 성격 고친다는 얘기 아니었어요? 그랬으면서…… 이렇게 분노하고 화내면서 정작 상대의 말은 들을 생각도 하지 않잖아요."

이연이 그의 등에 대고 중얼거렸다. 차가운 분노로 가득했던 지석이 어금니를 악 물었다. 쿵. 꽉 쥔 주먹이 더 이상 참지 못해 벽을 내리쳤다. 묵직한 통증이 머리끝까지 전해졌지만, 지석은 아픔조차 느끼지 못했다. 드높았던 수컷의 긍지 대신 제 것을 빼앗겼다는 자괴감이 가득 찼다. 죽여버릴 테다.

"아이 지운 것 맞더구나."

문득 떠오른 것은 이연이 사라진 후, 그의 어머니가 한 말이었다. 수소문을 하시더니, 그녀가 찾아갔던 병원에서 확인을 해줬다고 했다. 혹시 이연이 거짓말을 한 것은 아닐까, 그가 걸었던 일말의 기대가 처절히 부서졌다.

"차라리 잘 되었다. 여자를 보는 눈은 엄마가 정확해. 연구실에만 처박혔던 네가 너무 순진해서 그런 거다. 한 달이면 바로 너 잊을 아이야.

해후 두 번째 이야기

지석이 네가 이렇게 깊게 생각할 아이가 아니었잖니."

지석의 심장이 터질 듯이 부풀어 올랐다. 시뻘겋게 얼룩진 영상으로 떠오른 것은 벌거벗은 채 엉켜 있는 남녀. 제 스스로 하루에 한 번씩 남자를 갈아치워도 상관없다 말했으면서도 분노는 여지없이 폭발했다. 차마 상상하지 못했던 상황, 지석은 이를 으득 악물었다. 젠장!

"할 말 있으면 해."

"나 봐요. 응? 교수님……, 지석 씨, 나 보고 얘기해요."

이연이 조금 용기를 냈다. 뻣뻣이 굳어 돌아선 지석의 등에 얼굴을 묻고 약간은 코맹맹이 소리로 졸랐다. 허리에 얹힌 그녀의 팔을 잡아서 떼고, 억지로 돌아선 그의 얼굴을 올려다보다 이연은 흠칫거렸다. 상처 입은 남자의 모습이 이런 걸까. 처참히 흔들리는 눈빛은 그녀가 한 번도 보지 못한 것. 강하고 오만하던 그가 이럴 줄은 예상치 못했다. 그동안 당신…… 이렇게 살았구나.

"지석 씨, 이럴 땐 아이가 몇 개월인지 먼저 물어봐야 하잖아요."

이연의 눈빛이 슬퍼졌다. 여기가 한계일까. 무표정한 얼굴로 내려다보는 지석의 눈빛이 날카로워 더 이상은 다가갈 수 없을 듯했다.

"내가 왜……!"

이 사이로 으득거리며 낮게 새어나오던 음성이 퍼뜩 멈췄다. 문득 스친 것은 경악의 빛. 순간 지석이 그녀의 어깨를 억세게 거머쥐었다.

"말해! 도대체 뭘 숨기고 있는 거냐! 처음부터 이상했어. 받았다는 돈 어디에 털어먹고 이러고 살고 있는지 이상하다 생각했어."

"돈……, 받지 않았어요, 지석 씨."

이연이 주룩 흐른 눈물을 손등으로 닦아냈다. 울먹거릴 것 같은 목소리를 겨우 가다듬었다. 나약한 모습은 지금까지로 충분하다.

"다시 당신 만난다면, 정말 강해져서 아무 것에도 흔들리고 싶지 않았는데……."

이연이 그를 바라보았다. 무덤덤해지려 했지만, 감정이 걷잡을 수 없이 솟구쳤다. 눈앞에 보이는 지석의 얼굴도 아프게 일그러졌다.

그녀가 손을 들어 그의 얼굴을 살짝 감쌌다. 언제나 그립던 이의 얼굴을 천천히 어루만졌다. 어금니를 악 물어 감정을 누른 지석이 그녀의 손 위로 자신의 것을 겹쳤다. 그의 떨림이 고스란히 이연에게 전해졌다.

"그게 잘 안 돼요."

"누구야. 내 집 사람들이니?"

지석의 음성은 차분하고 깊었지만 오싹하리만치 냉정했다.

뚝뚝 떨어지는 눈물을 닦아낸 이연이 고개를 가로저었다. 그 순간, 지석이 참지 못하고 버럭 소리를 질렀다.

"누구야! 누구냐고 물었잖아! 한지석의 할아버지? 한지석의 어머니? 누가 널 이렇게 만들었냐고!"

"지석 씨! 지석 씨!"

지석의 감정이 일시에 터졌다. 지난 순간 억눌렸던 감정이 폭발해 그는 미친 사람처럼 소리쳤다. 당장이라도 집을 뛰쳐 나가려는 그를 이연이 허리를 붙들고, 그의 목을 안고 매달렸다.

"이러지 마요, 제발!"

"누구냐고, 이 바보야!"

기어이 지석이 이연을 끌어안았다. 작고 마른 몸을 으스러 질 듯 안고, 그녀의 머리를, 목덜미를, 작은 얼굴을 끊임없이 쓰다듬었다.

"이 바보 녀석아……."

바보 같은 내 여자. 이연아, 정이연…….

달싹이는 입술이 그녀의 이름을 끊임없이 불렀다. 시간이 영원처럼 흘렀다.

<hr />

시간이 갈수록 격렬히 끓어올랐던 감정이 가라앉았다. 서

서히 이성이 돌아오자 지석은 자신의 섣부른 판단과 행동에 아찔한 현기증을 느꼈다.

하!

언제나 냉철한 판단을 한다고 스스로 자부하였건만, 정이연에 관련된 일이면 앞뒤를 가리지 못한다. 조금만 살펴봐도 빤히 드러나는 일을…… 하지만 이연을 처음 본 그때부터 그랬다는 것은 부인할 수 없다. 걷잡을 수 없이 빠져들었던 그녀와의 관계. 끌려가는 것을 알면서도 그리 할 수밖에 없던 시간들.

"아이……."

지석은 입을 열었지만 바로 말이 나오지 않았다. '아이'라는 단어가 그렇게 어려운 것인지 지금 처음 알았다. 어디 있는지 묻고 싶었는데 말문이 턱 막혔다.

"병원에 있어요."

"병원?"

지석의 심장이 쿵 내려앉았다. 아직 보지도 못한 녀석에 대한 알 수 없는 감정으로 혼란스럽다. 그의 눈매가 가늘어졌고 이마가 잔뜩 일그러졌다.

"새벽에 아파서 다녀오는 길이었어요. 입원은 했어도 지금은 괜찮아요."

지석이 긴장하는 듯하자, 이연은 서둘러 괜찮다는 말을 붙였다. 안고 있던 그녀의 얼굴을 내려다보던 지석의 눈매가 파르르 떨었다. 그러자 이연은 그의 몸을 부드럽게 쓸어내렸다. 급작스럽고 당황스러운 것은 어쩌면 그가 더할지도 모른다. 그를 믿지 않고, 사랑을 믿지 않은 것은 자신이 먼저이다.

"지석 씨, 우리 윤이⋯⋯, 보러 갈래요?"

"아이 이름이 윤인가?"

"네. 정윤⋯⋯."

한윤이 아닌 정윤. 지석이 이를 악물었다. 눈앞이 캄캄해졌다. 늦었지만 바로잡아야 할 것들이 너무도 많다.

～❖～

진혜는 미심쩍은 얼굴로 윤이 누워 있는 침대를 사이에 둔 남자를 바라봤다. 그녀가 알던 아이의 아빠, 상휘는 호리호리한 체격이었다. 그에 비해 체격이 좋고 키도 큰 그가 윤이의 진짜 아빠라고 하는데, 이마며 코, 입 등 훤칠한 얼굴이 아이의 얼굴과 판박이인지라 의심할 여지도 없었다. 어떻게 된 거냐고 이연에게 은밀히 물었을 때, 그녀는 멋쩍은 웃음으로 그럴 일이 좀 있었다고 살짝 귀띔을 했을 뿐이다. 사연 없는 가정이 얼마나 될까. 진혜는 더 이상 묻지 못했지만, 이연이 출근하고 나서도 곁에 있겠다고 한 이 남자의 눈빛을 보면 보통 사연은 아닐 거라 짐작했다.

"어쩐지 윤이가 엄마만 닮았다 생각했지. 지금 보니 아빠 판박이네."

한두 번 보았을 뿐인 상휘를 떠올리며 진혜가 어색하게 웃었다. 그것으로 말문을 튼 그녀가 계속해서 말을 이었다.

"어떻게 된 영문인지는 잘 모르지만, 정말 윤이 아빠라면, 윤이 엄마한테 잘해야 해요."

잠이 든 아이의 머리를 쓸어 올리던 지석의 손길이 멎었다. 포동포동 젖살이 오른 볼 위에 닿은 손가락이 바르르 떨었다.

"윤이 엄마가 이 아이 어떻게 낳고 키운 줄 알면 매일 업고 다녀야 할걸? 아이 낳다 죽을 뻔한 건 알아요? 자긴 죽어도 아이 살려달라고 얼마나 애원하던지, 내가 다 눈물이 나더라고. 지금이라도 이렇게 왔으니 다행이네."

롤러코스터를 탄 듯 심장이 울렁거렸다. 함께하지 못한 아픔이 진하게 밀려들었다.

그리고 그때. 지석이 뭐라 대꾸할 틈도 없이 자고 있던 아이가 눈을 반짝 떴다. 이연을 닮은 크고 검은 눈이 잠에 취한 듯 끔뻑거렸다. 한동안 여기가 어딘지 어리둥절한 표정이더니 자신을 바라보고 있는 낯선 남자를 빤히 바라보다 입술을 삐죽거렸다.

"우리 도련님 깨셨어요? 큰엄마 여기 있어요."

진혜가 침대 맡으로 바짝 다가서서 두 팔을 벌리는 아이를 안아 들었다. 지석은 먹먹해진 가슴으로 무슨 말을 해야 할지, 어떻게 행동해야 할지 몰라 표정이 굳었다. 당황스럽다.

"윤아. 아빠가 오셨네요. 우리 윤이 아빠 너무 멋진 분이셨는걸. 아빠한테 한 번 가볼까?"

이렇게 조그맣고 어린 아이를 안기는커녕, 가까이에서 본 적도 드물다. 지석은 엉거주춤 일어나 두 팔로 진혜의 팔에서 윤을 받았다. 자칫 잘못 힘을 더하면 부서질 것 같은 두려움이 물씬 일어 미간에 주름이 갔다.

그 순간, 그의 불안을 알았는지 윤이 앙, 울음을 터트렸다. 다인병실이 삽시간에 시끄러울 정도로 울음이 커지자, 아이를 안은 지석은 당황해 어쩔 줄을 몰랐다.

"너무 서운해하지 마요. 낯을 가리기 시작해서 그래. 자주 보면 익숙해질 텐데, 뭐."

서운해서 지석의 표정이 굳었다고 판단한 진혜가 안심을 시켰다.

"이제 자주 올 거죠?"

미심쩍은 그녀의 물음에도 한 일자로 굳은 지석의 입술은 열리지 않았다. 아이를 바라보는 심장이 칼로 베인 듯 쓰라렸다.

"조금 더 해주십시오. 아이 엄마 얘기……."

"정말 아무것도 몰라요? 저런 어째……."

진혜가 안타까운 표정으로 혀를 찼다. 무표정하여 냉정하게만 보이던 남자에게 연민의 감정이 물씬 일었다. 가벼운 한숨을 내쉰 진혜가 지난겨울의 얘기를 하나씩 꺼내놓기 시작했다.

~~~◆~~~

　중간고사 마지막 점검을 도와주고 이연이 학원을 나왔을
때는 11시가 다 된 시간이었다. 윤이도 걱정이 되고, 지석도 떠
올랐지만, 당장 자신의 일을 접고 나올 수가 없던 것이다. 하
루 종일 아이들과 문제풀이를 하고, 설명을 하느라 떠들었던
목은 콱 잠겨 있었고, 계단을 내려오는 눈앞은 어질거렸다. 몸
도 으슬으슬 추워서 저녁에 급하게 몸살 약을 지어 먹었는데,
그 약효 때문인지 기분도 몽롱해졌다.
　"타."
　학원 앞 길가에 서 있던 검은색 차의 문이 열리더니 지석이
불쑥 모습을 드러냈다. 운전석 반대쪽으로 와서 조수석 문을
열었다. 이연은 잠시 제자리에 서서 그를 바라보다 가벼운 한
숨을 내쉬며 올라탔다. 너무도 자연스럽게 자신의 일상으로
들어온 지석이 믿기지 않는다.
　"많이 기다렸어요?"
　"조금."
　문을 닫아주고 운전석으로 돌아온 지석의 시선은 그녀를
향해 있었다. 무표정하여 감정이 어떤 상태인지 알 수 없었지
만 눈빛만은 강렬하다는 것을 충분히 느낄 수 있었다. 온몸이

해후 두 번째 이야기

물에 젖은 듯 나른해져 견딜 수 없으면서도 그의 열기는 선명하게 느껴졌다. 눈빛이 닿은 곳이 바늘로 찌르는 듯 콕콕 통증이 느껴졌다.

"저녁은?"

하루 종일 윤의 병원에 있다고 한 지석이 저녁을 먹자며 전화를 해왔다. 하지만 오늘 그녀에게 틈이 있을 리 없었다.

"대충 먹었어요."

지석의 눈빛이 찰나 어두워졌다. 팔을 뻗어 마르고 거친 이연의 얼굴을 손등으로 쓸었다.

"이연아."

그가 이렇게 부르면 심장이 저릿해진다. 이연이 저도 모르게 그를 바라보며 흐릿하게 웃었다.

"네."

매번 그가 부르던 출석을 놓쳤던 기억이 떠올랐다. 착한 학생처럼 지금은 놓치지 않고 대답했다.

"밥 잘 챙겨 먹어. 얼굴이 이게 뭐야?"

책망하는 그의 목소리까지도 듣기 좋다. 언젠가, 아마 처음 그를 알던 그때쯤, 그는 이런 어조로 끼니도 제대로 챙기지 못하고 다니는 그녀를 타박했다. 등받이에 몸을 기대고 그를 바라보는 이연의 눈빛에 안도감이 들어찼다. 보고만 있어도 심장 쪽에서 무언가 몽글몽글한 것이 울컥거렸다. 계속 그가 곁에 있던 것처럼 지금 이 순간이 편안해졌다.

"지석 씨, 여기 이렇게 있어도 돼요?"

아직 잊지 못하고 있다. 무엇도 두렵지 않다고 다짐해도 현실적인 두려움은 존재한다. 그가 알았다면 자신과 윤의 존재가 드러나는 것은 시간문제이다. 아니, 그 누군가는 이미 알고 있을지도 모른다. 거래를 어겼으니, 아이라도 빼앗아간다고 나오면……. 봄날 햇빛에 녹은 것처럼 노곤하던 이연의 등골이 오싹해졌다.

"네가 신경 쓸 문제 아니야."

지석은 이연의 질문과 그 안에 묻어난 두려움을 일축했다. 그의 말대로 믿고 싶은데, 때때로 그녀는 자신이 없었다. 눈앞이 점점 더 흐려져 갔다.

"윤이…… 예쁘죠?"

"응."

짧게 대답한 지석이 천천히 덧붙였다.

"너 닮아서."

무뚝뚝한 어조, 그리고 표정 없는 얼굴. 그럼 나도 예쁘다는 뜻인가요? 모든 것이 신기루 같고 헛것을 들은 것 같아 고개를 갸우뚱한 이연이 다시 입을 열었다.

"아이가 하루가 달라요."

"그래."

"크는 거, 못 보여줘서 미안해요. 처음부터 함께 보고 싶었는데……."

해후 두 번째 이야기

가물거리는 눈앞. 이연이 혼잣말처럼 중얼거렸다. 지석이 듣지 못했을 거라 생각했지만 그는 정확히 그녀의 말을 들었다.

"미안하다. 혼자 보게 해서."

그것으로 되었다. 지석의 말 한 마디에 이연의 심장이 녹아내릴 듯했다. 지난 시간의 설움이 모조리 씻겨 내린 듯 콱 막혀 답답했던 가슴이 서서히 가벼워졌다. 이연은 희미하게 미소 지었다.

"첫째 아들 윤이한테는 미안하지만, 나는 괜찮아. 앞으로 다섯 번 이상의 기회가 있으니까."

다섯 번······. 피식 웃음이 나오려 했다. 욕심쟁이······. 뭐라 대꾸할 말이 많은데, 이연의 눈이 감겼다. 몸이 편안해지니 도저히 잠이 와서 견딜 수 없었다. 지석의 차가 천천히 움직이는 것이 어렴풋이 느껴졌다.

"병원 가는 길······ 알아요?"

"응."

"······조금만 자도 돼요?"

"그래."

단답형의 대답을 들으며 이연은 스르르 잠이 들었다.

잠시 후 그녀가 눈을 뜬 것은 작은 소음 때문이었다. 눈꺼풀이 천 근은 되는 양, 힘이 들었다.

"지석 씨······."

"더 자."

어느새 지석의 품에 안겨 있었다. 그의 품에 안겨 엘리베이터에서 내리고 있다는 것이 먼 곳에서 일어난 일처럼 느껴졌다. 그 느낌 때문에 어지러워 깬 듯했다.

"윤이는……."

"걱정하지 말고 자."

어렴풋이 그의 말이 들려 이연은 속으로 고개를 끄덕였다. 병원에 도착한 거라고 생각한 것이다. 오후에 그녀가 잠시 들러 확인했을 때는 진혜와 잘 놀고 있고, 의사는 퇴원도 가능하다고 했단다. 그래도 엄마의 마음으로는 지금 아이를 직접 봐야 마음이 놓일 것 같았다.

이렇게 몸이 늘어지면 안 되는데……. 무슨 말을 하려 하고, 눈을 뜨려 했지만 가위에 눌린 것처럼 몸이 말을 듣지 않았다. 눈앞에서 누군가 윤을 뺏어가는 것 같아 소리치고 싶은데도 목에서 끅끅거릴 뿐 아무 말도 나오지 않았다.

"……연아, 이연아!"

얼마나 그랬을까. 이연은 누군가 애타가 부르는 소리에 겨우 정신을 차렸다. 눈물범벅이 된 그녀를 바라보는 깊은 눈동자와 마주했다.

"지석…… 씨?"

지석이 진땀이 흐른 이연의 몸을 미지근한 수건으로 닦아내고 있었다. 이연이 얼굴에 닿은 그의 손을 찾아 잡았다. 따뜻하고 안온한 느낌이 좋아 남은 힘을 모두 모았다.

해후 두 번째 이야기

"여기가…… 어디에요? 윤이는……?"

머리맡에 놓인 스탠드의 불빛이 부드럽다. 그 빛에 드러난 지석의 얼굴에 음영이 졌다. 침대에 걸터앉아 그녀를 내려다보고 있던 그가 입을 열었다.

"호텔이야. 윤이는 아직 병원에 있어."

이연의 눈매가 잔뜩 일그러졌다. 벌떡 일어나려던 몸이 어지러워 그대로 침대에 몸을 뉘였다. 끙, 하는 신음이 목구멍에 걸렸다.

"밤새 열이 펄펄 끓었다. 조금 내려갔을 뿐이야."

아이가 나아진다 하니, 이제 자신이 아프다. 이연은 머리 위에 놓인 물수건을 더듬다가 문득 그를 바라봤다. 한 잠도 안 잔 것일까. 하루 새 지석의 얼굴이 까칠해 보였다.

"넌 아픈데 집은 불편해서 이리로 왔어. 그런 눈빛으로 보지 마라."

"그냥 좀 여러 가지 생각이 나서 그래요."

지석이 이연의 얼굴을 조심스레 쓰다듬었다. 마음이 복잡할 것이다. 그가 갑자기 찾아온 것도 아직은 그가 대면하지 못한 진실이 밝혀지는 것도 이연에게는 적지 않은 고통이 될 수 있다. 그 또한 지금 앞으로 벌어질 일에 긴장할 정도니까. 침대 위에 놓였던 물수건이며, 체온계 등을 정리하던 지석이 물끄러미 그녀를 바라보았다.

"더 자. 아침에 병원에 데려다 줄게. 너도 입원해."

"그 정도 아니에요. 며칠 무리해서 그래요."

"고집쟁이."

이불을 걷고 지석이 이연의 곁으로 쑥 들어갔다. 아주 오랜만에 느끼는 담백한 욕망. 아직은 열이 있는 이연의 몸을 지석은 바싹 끌어안았을 뿐이다. 한 몸처럼 맞붙은 곳이 모두 심장이 돼버린 듯 쿵쿵대며 뛰었다. 한참을 그렇게 안고 있어 이연이 잠이 들었다고 생각한 지석이 문득 물었다.

"이연아. 우리 밖으로 나갈까?"

"무슨…… 소리예요?"

그의 심장 소리를 듣고 있던 이연의 눈빛에 의아함이 담겼다. 그의 표정을 보고 싶었지만, 지석은 그녀를 얽어 안은 힘을 풀지 않았다.

"응?"

이연의 눈매가 움찔거렸다. 하지만 지석은 되물은 그녀에게 대답하지 않았다. 낮고 고른 숨소리가 그가 잠이 들었음을 알려주었다.

⋯⋯⋯❖⋯⋯⋯

지석의 차가 외조부 댁의 대문을 들어섰다. 넓은 정원을 돌아 현관으로 올라가는 계단 아래 차를 세우고 달려온 고용인에게 키를 넘기는데, 간발의 차이로 그 뒤를 따라와 차를 세운 지욱이 그에게 다가섰다. 싱글싱글 웃는 모습이 무언가 쫓기는 듯하던 예전과 달리 여유로워 보였다.

"우아, 형! 학회 때문에 못 온다더니!"

지석에 대해서는 아버지 같은 존경심을 지닌 지욱이다. 항상 목마른 듯 형의 자취를 따라다니지만, 그의 바람만큼 지석은 쉽게 만날 수 없었다. 미국에서 돌아온 이후에도 그가 본가에 발길을 끊은 탓이기도 하다. 어머니의 푸념 섞인 한탄으로 그 원인이 여자 때문이라는 것을 어렴풋이 짐작하고 있지만, 확실한 상황은 알 수 없어 궁금증만 더하고 있다.

"형 와서 엄마 엄청 좋아하시겠는데?"

그의 어머니가 준비하는 것이 무엇인지 지욱은 알고 있었다. 그러니 어떻게 해서든 오늘 지석이 이곳에 와야 한다고 어머니는 노래를 부르다시피 했는데, 정작 그녀의 아들은 며칠 전부터 소재파악 불능이 돼 어머니의 마음을 애타게 했다.

"어디 갔었어? 왜 연락도 안 돼? 엄마 난리 났어."

곁에 선 지욱의 말을 듣던 지석의 눈매가 매서워졌다.

"학교까지 오셨니?"

"안 가셨겠어? 실종신고 낼 분위기였다고."

지석의 눈매가 더욱 가늘어지고, 입가에는 희미한 조소가 스몄다. 어머니와는 영원히 평행선을 달릴 것 같은 예감으로 심장 쪽이 서늘하다.

"형 온 거 보면 맨발로 달려 나오실 텐데. 아직 모르시나 보네."

지욱이 안채 쪽을 기웃댔다. 그의 외조부의 생신이었다. 가까운 친인척만 부른 생일날이지만, 온 집안에는 불이 켜졌고, 푸른 잔디밭이 넓은 정원에는 파티 준비가 한창이었다. 불과 며칠 전만 해도 정말 오고 싶지 않던 길. 학회 준비로 참석 못 한다고 선언했던 그가 강원도에서 떠난 것은 오늘 점심이 지난 후였다.

"형. 내가 말해둘 게 있는데, 놀라지 마. 오늘 말이야."

뭐든지 정보랍시고 지욱은 지석을 보면 집안일 알리기에 여념이 없었다. 낮은 목소리로 하는 말에 지석의 눈매가 가늘어졌다. 무표정한 얼굴 위로 실낱같은 조소가 스쳤다.

"오늘 예비 형수님 와. 당황하지 말라고."

지욱이 뭔가 큰 비밀이라도 된다는 듯 말해준 그것에 지석의 얼굴이 확 일그러졌다. 평소 틈만 나면 모친은 결혼을 들이밀었다. 관심 없다는 그의 의견이 그대로 묵살이 된 지금, 걷잡을 수 없는 분노가 치밀었다. 표정을 살피던 지욱이 당황해 그의 팔을 꼭 잡았다.

"헉! 형, 지금 도망가면 안 돼! 내가 불은 줄 알면 엄마 난리 난단 말이야. 당장 이번 달 카드 빵구난 게 얼만데……."

아직 경제권 독립을 하지 못해 지욱은 온전히 모친에게 기대어 살고 있다. 얼마 전부터 제 마음에 든 여자가 생겼다고 가슴을 쥐어뜯었는데, 그럼에도 감히 모친에게 보여줄 생각조차 하지 못했다.

"형! 이렇게 왔으니, 이번은 제발 얼굴이라도 보여주고 가.
응?"

"너 곤란하게 할 생각 없어."

이곳까지 온 이상 다시 돌아갈 생각은 애초부터 없었다. 그
럴 바에야 지금처럼 아예 이쪽으로 발길도 돌리지도 않았을
것이다.

지석의 뜻을 확인한 지욱이 불이 환히 켜진 저택을 바라보
며 코를 실룩거렸다. 존경하는 형한테 자신이 알고 있는 정보
를 마저 전하려는 듯 덩치와 달리 목소리가 은밀해졌다. 그의
뒤를 따라 도착한 검은 차에서 내린 한 여자를 유심히 바라
보다 표정을 일그러뜨렸다.

"흠. 아무래도 정말 시간 공교로워. 예비 형수님도 지금 오
신 것 같네. 아주 수행원을 부대로 몰고 다니네. 누가 재벌 딸
내미 아니랄까봐."

상대 따위는 지석의 관심이 아니었다. 다만, 외조부의 뜻이
었건, 모친의 뜻이었건, 외조부의 생신을 빌미로 모두를 호출
한 의도가 불쾌할 뿐이었다. 얼굴도 마주치기 싫은 상대. 충분
히 알아들었다고 생각했건만. 지석의 눈매가 가늘어졌다. 이
대로 돌아가고 싶은 마음이 굴뚝이었지만, 시간을 지체하면
할수록 이연과 아이는 자신과 더 멀어질 수 있다. 그러니 지
금은 잠시 참아야 할 시간.

"한지욱. 아무한테나 형수 소리 붙이지 마."

"어?"

그래도 귀에 거슬린 말은 한 마디 했다. 의아한 듯 바라보는 지욱의 시선을 무시했다. 그리고 그들을 향해 다가온 여자에게 흘끔 시선을 줬을 뿐 지석은 바로 계단을 올라가기 시작했다.

"안녕하세요."

그런데 눈치 빠른 여자가 지석의 걸음을 붙잡았다. 시선이 마주친 찰나의 순간을 놓치지 않은 것이다. 올라가려던 걸음 그대로 우뚝 선 지석이 못마땅한 눈빛으로 인사를 대신했다. 경호원 둘을 함께 대동한 여자가 그들 형제를 향해 활짝 웃었다.

"한지석 씨, 우리 1년 만이죠? 작년 이맘 때 봤었으니까. 지욱 씨는 잘 있었어요?"

세련된 무채색 계열의 스커트 정장을 입고, 짙은 선글라스를 쓴 여자가 선글라스를 머리 위로 올리며 인사를 건네자, 지석을 의식한 지욱의 얼굴 표정이 일그러졌다. TV 화면에 종종 등장해 꽤나 눈에 익은 얼굴, 서글서글한 그녀의 눈매가 부담스러워졌다. 진한 화장 탓일지도 모른다.

"아, 안녕하세요."

모친인 숙현의 봉사 활동에 참가한 것을 한 번 보았을 뿐이었다. 그런데 이렇게 아는 척을 해오는 의도가 빤히 보여 지욱도 대처가 어려워졌다.

"얼마 전에 협박 전화가 있었지 뭐예요."

국내 최대 재벌가의 외동딸인 여자이다. 깊이 숨어 철저히 사생활을 가리는 사람들과 달리 경영에 참여해 활발히 활동을 하면서도 사교계까지 이름을 날리는 그녀의 일거수일투족이 세간에는 초미의 관심사가 되곤 했다. 그런 만큼 그녀를 노리는 일도 종종 있었다.

"본의 아니게 경호원과 함께 왔네요."

"아, 네."

지욱이 고개를 끄덕였다. 여자는 몇 마디 섞지 않아도 상대를 주눅 들게 할 만큼 화려한 말솜씨와 외양을 갖추었다. 천성적으로 강한 성격의 사람 앞에서 기를 펴지 못하는 지욱이 자동적으로 움츠러들었다. 여자는 그의 모친과 닮았다. 같은 극인 사람은 밀어내기 마련인데, 그녀가 모친인 김 여사와 잘 지낸다는 것이 아이러니할 정도이다.

"지석 씨는 참 만나기 힘든 사람이네요. 작년에 호텔에서 한 번, 그리고 이제야 만나네요?"

그녀가 지욱보다는 지석을 바라보며 싱긋 웃었다. 지석은 아무런 대꾸도 하지 않는데, 혼자 묻고 대답하는 형국이다.

한지석 씨, 이번에는 빠져나가기 힘들걸요.

그 여자, 소정의 얼굴 위로 의기양양한 소정의 미소가 퍼져 나갔다. 처음 호텔 커피숍에서 지석을 본 날 이후, 소정은 미련을 버릴 수 없었다. 명색이 정략이라면 상대가 이 정도는 돼야 한다는 생각이 지배적이었다.

"어떻게 한 번도 연락을 안 하세요?"

"생각보다 멍청하군. 말귀를 못 알아들어. 한지욱, 손님과 같이 들어와."

소정이 말도 끝내기 전이었다. 그녀 쪽으로는 시선도 주지 않던 지석이 지욱을 바라보며 말을 끊었다. 쌩, 겨울바람 같은 찬 기운을 일으키며 그는 그대로 계단을 올라갔다.

"헉, 형!"

남은 지욱이 난감해하는 것은 지석의 안중에 없었다. 혼잣말처럼 내뱉은 말들이 소정을 향한 것임이 분명하기 때문이다.

"저, 저기. 저 말은 저한테 한 말……. 에에……, 우리 형이 많이 무뚝뚝해요. 신경 쓰지 말고 들어가시죠."

강한 여자에게 약한 지욱이 당황해서 변명했지만, 소정의 시선은 지석에게만 머물렀다. 저 남자, 볼 때마다 이런다. 자존심을 꾹꾹 뭉개는데 그럴수록 오기를 불러일으킨다.

"지욱 씨한테 한 말 아니에요."

"네?"

"한지석 씨가 결혼에 관심 없다는 것, 알고 있거든요. 이미 제게도 선언했어요."

우뚝 솟은 한 그의 뒷모습을 바라보던 그녀는 입술을 지그시 깨물었다.

～❖～

집안 어르신의 생일을 맞아 하나둘씩 모여드는 손님맞이에
집안은 웅성거렸다. 즐거운 웃음과 담소소리가 정원 쪽에서
간간히 들려왔고, 온 집안 고용인들은 뒤치다꺼리에 정신없었
다. 그 와중, 서재에서 차 한 잔을 앞에 두고 외조부를 대면한
지석은 아무런 감정이 느껴지지 않을 만큼 무표정했다.

"무심한 녀석인 줄은 알고 있었지만, 살 날이 얼마 안 남은
늙은이까지 이리 홀대할 테냐? 얼마 만에 네 얼굴 보는지 나
는 셈할 수도 없겠다."

찻물을 한 모금 음미한 철훈이 입을 열었다. 말은 무심하다
하지만, 손자에 대한 믿음과 자부심이 듬뿍 묻어났다.

"산학 프로젝트 아직 안 끝난 것이냐? 며칠 전 이 총장 만났
는데, 네 성과를 많이 언급하더구나."

조부의 칭찬은 예전과 같았다. 이연이 사라진 후 그가 얼마
나 단조로운 생활을 해왔는지, 보고 받았으면서도 모른 척했
다. 그가 신뢰하는 손자가 지금 어떤 생각을 하고 있는지 전
혀 고려치 않았다.

"어제는 진 회장을 만났지. 너희들 약혼을 내달로 잡았다."

지석이 무슨 말을 하기도 전에 조부가 먼저 입을 열었다. 몇

년 동안 줄기차게 그를 자극해 온 결혼 문제에 결국은 어른들이 나서기로 결정한 것이 최근이었다. 상견례 자리는커녕, 여자와의 만남 자체를 거부한 지석의 의견과 달리 일은 추진되고 있었다. 그가 천천히 입을 열었다.

"할아버님."

"흠."

지석의 표정을 철훈은 무시하고 있었다. 새삼스럽다는 듯그는 손자를 바라봤다.

"그렇게 정색을 하고 부르니, 할애비 심장이 다 떨리는구나. 네가 특별히 만나는 여자가 없다고 해서 어른들이 나선 것이니, 너무 노여워하지 말거라."

노회한 정객답게 철훈은 지석의 말을 가볍게 받아 넘겼다. 하지만 그가 무슨 얘기인가를 마음에 품고 왔다는 것을 직감했다.

"커 오는 동안 제일 존경하는 분은 할아버님이셨습니다. 가장 믿었던 분도 할아버님입니다."

"허허. 그래. 할애비 생일이라고 네가 그런 말도 다 하는구나."

지석이 마음을 가다듬었다. 어차피 밝힐 일이라면 지금 밝혀야 한다.

"하지만 지금은 아닙니다. 손자의 믿음을 바탕으로 무서운 일을 벌이신 분이 할아버지셨더군요."

철훈의 굵은 눈썹이 꿈틀거렸다. 문득 짚이는 곳이 있어 미간이 일그러졌다.

"무슨 말인지 모르겠구나."

가볍게 대답했지만, 염색을 하지 않은 반백 노인의 눈빛이 순간 형형하게 빛났다. 자신을 바라보는 지석의 기운이 심상치 않음을 느낀 탓이다. 그에게 똑바로 향한 손자의 눈빛을 받아들이며 철훈은 표정을 감추려 온화한 미소를 지었다.

"제 아이 말입니다. 언제까지 숨기실 작정이셨습니까?"

조부의 미간이 움찔거렸다. 아이?

"무슨 아이?"

"끝까지 모른 척하시는군요. 정이연. 그녀가 낳은 제 아이 말입니다."

철훈의 주름 진 눈매가 가늘어졌다. 이내 쯧쯔거리며 노인은 혀를 찼다.

"그예 알았더냐?"

순간 폭발할 것처럼 차오른 분노를 지석은 차가운 이성 안에 묶어버렸다. 조부의 어조는 사돈의 팔촌, 혹은 동네 어느 누군가가 아이를 낳았음을 전하는 것과 같이 아주 평범하게 들렸다. 지석조차 냉정을 가장하기 힘들 정도의 분노로 들끓었다.

"알았다니 할 수 없군. 우 실장이 엄청난 일을 벌였지. 나도 얼마 전에 알게 돼서 어찌할까 고민하고 있었다. 밖으로 내보내야 할 것 같은데……."

"할아버님!"

지석의 눈빛에 파르라니 서슬 퍼런 분노가 스쳐갔다. 당장이라도 손에 닿치는 대로 부숴버리고 싶은 파괴의 본능을 아직까지는 정직한 이성으로 눌렀다. 힘이 모인 손가락이 말리고 꽉 쥔 주먹 위로 파란 핏줄이 툭 불거졌다. 그러나 지석의 격렬한 변화를 알면서도 철훈은 여유로운 동작으로 테이블 위의 찻잔을 들어 한 모금 마셨을 뿐이었다.

"우 실장 마음이 약해서 깔끔히 처리 못 했어. 그런데 이제 네게까지 말한 게냐? 사람, 못 쓰겠구나."

"우 실장님…… 아닙니다."

그에게 사실 확인은 했지만, 그전에 그 스스로 알게 된 사실이다. 지석이 미간을 찌푸렸다.

"이 일에 대해, 할아버님께서 설명해주십시오."

가장 존경하던 분, 그리고 가장 믿어오던 분. 그 믿음을 자신의 판단만으로 깨버리고 싶지 않은 얄팍한 기대가 작용했다. 빤히 그를 바라보는 외조부의 입에서 다른 말이 나오기를, 지석은 일말의 희망을 걸었다.

"아이는 받아주겠다고 했다."

철훈의 말이 시작되는 순간, 지석은 뒤통수를 누군가에게 맞은 듯 강한 충격으로 한순간 멍해졌다. 예상은 했지만, 직접 들으니 심장이 먹먹했다. 이연이 홀로 견뎌냈을 고통이 그대로 전해졌다.

"제안을 거절한 것은 그 아이지. 내 탓이 아니라고 본다. 분명히 처리했어야 했는데, 문제 일으키지 않겠다는 각서를 쓰고 우 실장이 그 아이 사정을 봐준 모양이다. 그러니 나머지는 그렇게 살겠다고 선택한 그 아이 몫인 게다."

"할아버님!"

결국 지석이 견디지 못했다. 자리를 박차고 일어나 차가운 눈빛으로 외조부를 바라봤다. 들끓는 분노로 지금 당장 미쳐 버릴 것 같았다.

"처리요? 각서라니요! 이런 분이셨습니까?"

"이런 버르장머리 없는 녀석! 누가 목소리 키우라 가르치더냐! 어느 앞이라고 자리를 박차고 일어나!"

노인의 노기 띤 음성이 커졌다. 화를 이기지 못한 그가 앉아 있던 소파의 팔걸이를 쾅 내리치자, 지석은 울컥 넘어온 분노를 억지로 삼켰다. 이성을 잃으면 안 된다는 생각이 뇌리를 스쳤다. 아직 이성적으로 해결해야 할 일이 남았다. 차갑게 굳은 얼굴로 지석은 어금니를 지끈 물었다. 지금은 외탁을 한 냉정한 성격이 그나마 고마울 정도이다.

"한 가지만 여쭤보겠습니다. 한지석이라는 남자가 한 아이의 아버지가 된 것도 모르고 1년이 흘렀습니다. 어떤 생각이 드십니까?"

철훈의 눈빛이 지석의 날카로운 눈빛과 허공에서 얽혔다.

노인의 주름진 눈가가 실룩거렸다.

"그것이 내 탓이냐? 애초부터 그 애가 제안을 받아들였다면 아무 일 없었어! 쉬운 길을 거부하고 진창에 빠진 것은 본인 스스로의 결정이야."

"훗."

지석이 짧게 코웃음 쳤다. 이 상황에서도 냉정한 자신이나 조부의 성격이 마음에 들지 않았다.

"그 사실을 아셨으니, 결혼을 그리 서두르셨군요. 진 회장님 댁에서는 자식 있는 유부남에게 딸을 내준다 하십니까?"

"뭐라?"

지석의 입가에 씁쓸한 미소가 스치듯 사라졌다.

"어머니도, 할아버님도 제가 서른넷이나 먹은 성인임을 잊으신 것 같습니다."

지석이 양복 상의의 안주머니에 넣어두었던 종이 한 장을 꺼냈다. '혼인관계증명서'라는 글자 아래 배우자 정이연의 이름이 또렷하게 적혀 있었다. 날카로운 눈길로 힐끔 넘겨보던 철훈의 입에서 끙, 하는 미세한 신음소리가 흘러나왔다.

"어떤 놈 짓이냐. 현호 그놈이 해줬냐?"

지석의 미간이 희미하게 일그러졌다.

"제가 했습니다. 제 손으로. 보이십니까? 정이연이 한지석의 배우자라는 분명한 현실이."

"너……, 너 한지석 이놈!"

철훈이 숨을 헐떡거리며 지석을 향해 고함을 지르려 했다.

"할아버님께서 앞과 뒤의 얼굴이 다른 무서운 분이시라는 것을 너무 늦게 깨달았습니다. 당신 손자를 눈 뜬 장님으로 만드실 줄은 꿈에도 생각지 못했으니, 떠난 여자에게만 이를 갈고 있었죠."

너무도 어이없는 시간. 다시 돌릴 수 없다면, 지금부터는 1분 1초도 헛되이 쓰지 않을 것이다. 지석의 입가가 한 일자로 굳어졌다.

"당신 손자가 손 들 때까지 계속 때려보십시오."

목소리는 단정했지만, 지석의 싸늘한 눈빛은 조금도 누그러들지 않았다. 차가운 분노로 온몸이 얼어붙을 것 같아 지끈 문 어금니가 깨져나갈 듯 아렸다.

"한 가지 더 말씀드릴까요? 저는 어머니나 할아버님께 오랜 시간 단련이 돼서 통증에 무감각합니다. 아픔 같은 것 모릅니다. 그 몸으로 제 여자와 아이 지킬 테니, 손대지 마세요."

마지막 통보였다. 피도 눈물도 없이 핏줄조차 부정당한 지금. 자신의 부모들이 인정할 수 없다 해도 아쉽지 않다. 눈 딱 감고 절연을 한다 해도 지켜야 할 이들 곁에 있고 싶다. 그러기에 다시는 바보짓하지 않겠다는 다짐을 얼마나 하고 또 했나. 철훈의 분노를 보면서도 지석은 냉정해질 수 있었다.

"세상에 널린 것이 여자야! 여자 하나에 네 인생을 망쳐?"

"지금까지 망친 것으로 충분합니다."

지석의 어조는 비아냥거림이 다분했다. 살아오는 동안 가장 존경하던 분. 하지만 이제는 무서울 뿐이다. 그가 더 이상은 이렇게 살지 않겠다고 말하려던 그때, 서재의 문이 열렸다.

"우리 아들 여기 있니? 왔으면 얼굴부터 비춰야지."

파티 준비에 바쁘던 숙현이 서재로 들어서다가 심상치 않은 분위기에 우뚝 섰다. 그녀의 뒤로 지욱과 소정이 따라오고 있었다.

"지욱아, 문 닫아."

서재의 분위기가 이상하다는 것을 이미 집 안에 있던 몇몇 사람들이 눈치 채고 거실을 서성였다. 보는 눈이 너무 많다. 철훈의 비서관이 서둘러 사람들을 밖으로 내보냈고, 지석의 일갈에 엉거주춤 서 있던 지욱도 놀라 후다닥 서재 문을 닫았다.

"아버지, 왜 그러세요? 한지석. 무슨 일이니?"

잔뜩 굳은 조손(祖孫)의 얼굴을 번갈아 바라보던 숙현이 철훈 쪽으로 다가오던 때였다. 그녀의 시선이 아버지 철훈이 여전히 들고 있는 구겨진 종이 한 장에 멎었다. 정이연? 언뜻 보인 이름이 그녀의 심장을 단번에 멎게 했다.

"이게…… 뭐야? 이게 뭐냐 물었다, 아들."

숙현이 부친에게서 뺏은 구겨진 종이를 손으로 문질러 폈다. 곱게 손질한 눈썹이 위로 홱 치켜 올라갔다.

"왜 이 이름이 여기 있는 거야?"

정이연이라는 이름을 잊었을 리 없다. 히스테릭한 음성으로 질문한 숙현의 눈에 불길이 확 일었다. 그리고 다음 순간, 서늘한 지석의 목소리가 이어졌다.

"무슨 증명인지, 한글 못 읽으십니까?"

"혼인증명서……? 누가 누구와 혼인을 해?"

지석의 볼 근육이 실룩거렸다. 지끈 물고 있던 볼 안쪽 살에서 씁쓸한 피맛이 배어나왔다.

"정이연. 제 아내, 제 아이의 엄마입니다. 받아들이세요."

"지석이…… 너…… 아악!"

날카로운 숙현의 비명에 문밖에 서 있던 지욱이 뛰어 들어왔다.

"엄마, 엄마 괜찮아?"

"지욱아! 지욱아, 네 형 왜 저런다니?"

숙현의 목소리는 평이함을 가장했지만, 손이 덜덜 떨렸다. 곁으로 다가온 지욱을 붙들고 세상에서 가장 슬픈 얼굴로 하소연을 했다. 싸늘히 그 모습을 바라보던 지석의 입가에 씁쓸한 미소가 서렸다. 그러자 영문 모르는 지욱이 성난 얼굴로 물었다.

"형, 무슨 일이야?"

"지석아! 이게 무슨 일이니. 넌 다음 달에 소정이와 약혼해야 할 아이야."

"어머니도, 할아버님도 쓸데없는 일 그만 하십시오. 제 인생에 또다시 간섭하시겠다면, 어머니가 그리 애지중지하신 큰아들, 없는 것으로 치십시오."

지석의 목소리는 바늘 들어갈 틈 하나 없이 단단하고 매몰찼다. 기가 막혀 하얗게 질린 어머니의 얼굴을 냉정히 직시했다.

"여자 하나가 집안을 망치는구나!"

소파에 털썩 앉은 철훈이 한탄처럼 지석을 향해 고함을 내뱉었다.

"그래, 좋다. 없는 것으로 치지. 나는 부모도 몰라보는 패륜아를 손자로 둔 일이 없다!"

"아버지! 무슨 말을 그렇게 하세요?"

당장 부친이 강경하게 나오자, 숙현의 얼굴이 새파랗게 질렸다.

"지석아, 엄마한테 설명해봐. 응? 너 싫다고 돈 받아 떠난 여자를 왜 네가 다시 만난다는 거니?"

"어머니가 잘못 알고 계셨습니다. 떠난 적 없고, 아이 지운 적 없습니다. 본능적으로 위험을 느껴 피한 것뿐입니다."

"아이를 지우지 않았어……? 그, 그럼 아이가 있어?"

숙현의 눈이 휘둥그레 커졌다.

"사연은 할아버님께서 더 잘 알고 계십니다."

지석의 서늘한 눈빛이 숨을 헉헉 몰아쉬고 있는 철훈에게 향했다.

해후 두 번째 이야기

"패륜이라 욕하셔도, 이연이와 제 아이를 받아들이지 못하셔도 할 수 없습니다. 어차피 제가 그 여자한테 미쳐 있습니다. 할아버님께서 깨닫게 해주신 사실입니다."

단호하게 마지막 말을 마친 지석이 돌아섰다. 그의 삶의 지표가 되어 오시던 분. 그분의 망연자실한 모습도 모른 척했다.

"형!"

다급하게 그를 부르는 지욱의 머리를 무표정한 얼굴과 손길로 쓱 훑어 준 다음 지석이 서재 문을 열었다. 그러자 기다렸다는 듯 줄곧 밖에서 서성이던 소정이 그에게 다가섰다.

"한지석 씨!"

지석의 눈매가 가늘어졌다. 이 여자, 쿨한 척하며 질척인다. 작년부터 지금까지.

"비서관님, 이 여자는 외부인 아닙니까?"

지석의 시선이 조부의 비서관을 향한 것도 무시한 채, 소정이 입을 열었다.

"무슨 일인지 정확히 모르겠지만, 제가 관련된 일 같아서 기다렸어요. 잠시 얘기할 수 있을까요?"

지석의 미간이 희미하게 일그러졌다. 무표정한 얼굴, 그리고 오만하게 들린 턱. 그의 시선이 여자를 미묘하게, 그리고 노골적으로 훑어 내렸다. 상대는 잘못이 없겠지만, 눈치 없이 나타나 그를 불쾌하게 만든 죄였다.

"그렇게 말 해줬는데, 이제는 정신 좀 차리지. 아이까지 있는 유부남과 엮여 사람들 입방아에 오르고 싶지 않으면."

오만방자한 시선 앞에 놓인 소정의 눈빛이 차갑게 빛났다.

"당신……, 아이가 있어요?"

지석의 입술 위로 씁쓸함이 번져갔다. 하지만 그는 일시에 표정을 지우고 무뚝뚝한 어조로 내뱉었다.

"궁금한 것 있으면, 안에 계신 분들과 상의해."

소정이 미간을 찡그린 것은 보지 않았다. 지석은 근심스런 얼굴로 서 있는 비서진을 뒤로하고 거실을 가로질러 성큼성큼 밖으로 나갔을 뿐이다.

19. 평범한 행복

오랜만에 맞는 이연의 느긋한 아침을 깬 것은 이삿짐센터 아저씨들의 걸걸한 목소리였다.

"아저씨. 저희 이사 안 해요. 동 호수 잘못 아신 것 같아요."

윤을 안고 문을 열었던 이연이 의아하게 바라봤지만, 이삿짐센터 소장은 계약서를 척 꺼내들었다.

"A동 302호 맞는데요? 오늘 I 아파트 입주한다고, 계약금까지 곱게 받았구먼."

"네? 저 좀 보여주세요."

I 아파트면 시 외곽에 새로 입주가 시작되고 있는 아파트 단지이다. 자신과 아무 상관도 없던 곳의 이름이 튀어나오자, 깜짝 놀랐던 이연의 표정이 일그러지기 시작했다.

"바깥양반 아니신가? 목소리 좋은 양반이 짐 없을 거라며 견적도 계약금도 일사천리던데."

이연이 계약서에 표기된 것들을 확인하는 순간에도 아주머니 한 분은 안으로 들어가 주방을 휘휘 둘러보았다. 변변한 가전제품 하나 없는 살림, 그릇 몇 개가 고작이었고, 냉장고 안은 깔끔히 정리되어 오히려 텅 비어 보였다.

"맞벌이 부분가 봐. 냉장고도 텅 비었고, 그릇도 이게 다야? 새댁이 알뜰살뜰 살았나 보네. 그러니까 이래 살다가 그렇게 좋은 집으로 이사 가지."

"짐도 별로 없으니 한 시간도 안 걸리겠어요. 귀중품 챙겨서 애기 데리고 나가 있어요. 먼저 집으로 가 있든가."

이삿짐센터 사람 세 명이 우르르 몰려 들어온 집. 정작 주인인 이연은 당황스럽고 어처구니가 없어 말을 잇지 못했다. 그때 주방식탁 위에 올려두었던 휴대전화가 울렸다. 주방 아주머니가 받아들고 뛰어왔다.

－ 아침에 이삿짐센터 사람들 갈 거야.

며칠 전 서울로 올라간 지석이었다. 이미 짐 쌀 준비를 마친 사람들 틈에서 이연은 화를 낼 기운도 없어 짧은 한숨을 내쉬었다.

"벌써 와 있어요."

지석은 그녀의 목소리가 좋지 않다는 것을 알아차렸지만, 지금은 잠시 의식하지 않기로 했다.

해후 두 번째 이야기

- 내가 못 가서 미안하다. 윤이 데리고 힘들겠지만, 조금만 참아.

"지석 씨, 이렇게 일방적으로……."

- 이연아.

이연의 말이 뚝 끊겼다. 나지막하되 단호한 지석의 부름에 온몸이 저릿해졌다. 부드러운 울림이 바로 앞에서 그녀를 어루만지는 것 같아 심장이 울컥했다.

- 너, 내 아이, 그리고 내가 함께 살 집이야. 그러니 조금…… 봐줘.

마지막 말이 너무 늦게 들려 이연은 꿀꺽 침을 삼켰다. 그의 말을 기다리고 있는 지금. 마치 그의 학생으로 돌아간 듯했다. 이연이 포기한 듯 가벼운 한숨을 내쉬었다.

"언제 와요?"

무심코 말해놓고 이연은 당황했다. 정말 아내라도 된 듯이 그의 스케줄을 챙기고 있다. 확실히 컨디션이 좋지 않은 거야. 아침부터 예상치 못한 일을 겪고 있으니까.

- 그렇게 보고 싶나?

곧바로 이어진 지석의 질문에 이연의 얼굴이 벌겋게 달아올랐다.

"농담도 아니면서 얼굴색 하나 변하지 않고, 그런 말 할 수 있는 사람은 교수님뿐이에요."

귓가에 나직한 울림이 느껴졌다. 기분 좋은 그의 웃음소리가 들리고 있어 이연의 얼굴에도 은은한 미소가 스몄다.

- 윤이와 가 있어. 현호와 유진이가 그리로 갈 거야. 사람 불렀으니까 절대 네가 손대지 마.

전화를 끊고 이연은 한동안 이삿짐을 싸느라 분주한 사람들을 물끄러미 바라보았다. 한지석다운 결정이라 해야 할까. 한꺼번에 밀려들어 정신을 쏙 빼놓는 것, 그 남자의 특징이다. 그 남자를 사랑한 것도 그랬다. 결코 감당할 수 없다 생각하면서도 먼저 손 내밀고 먼저 빠져들었다. 먼저 사랑한 이가 약자라면, 자신은 영원한 약자일 터.

"어머, 윤이네 이사 가는 소리였어? 오늘 이사 가?"

아래층 진혜가 올라오며 부른 소리에 이연은 생각에서 깨어났다. 그녀를 향해 손을 뻗는 아이를 고쳐 안은 이연이 멋쩍게 웃었다.

"네. 그렇게 됐어요."

"윤이 아빠가 성격이 불도저구만."

"죄송해요. 오늘 가서 정리하고 인사드리러 올게요."

"아이고, 됐어요. 우리 윤이만 안 아프고 예쁘게 크면 돼지. 이사는 어디로 가?"

아이를 받아 안고 어르는 진혜의 얼굴은 넉넉한 웃음으로 가득 했다.

"우리 집에 있는 도련님 물건도 챙겨줘야겠다. 큰엄마 보러 올 거야, 우리 윤이? 다음엔 네 발로 아장아장 걸어오겠지?"

해후 두 번째 이야기

진혜가 어르는 대로 까르르 웃는 아이의 웃음이 빌라의 좁은 계단에 가득 찼다. 이연의 얼굴도 조금씩 밝게 펴졌다.

～❖～

아무리 손을 놓고 있다 해도 이사는 힘들고 바쁘다. 아이가 필요한 것만 먼저 챙겨 이사 온 집에 이연이 도착했을 때, 그녀가 놀란 것은 이미 사람이 살고 있는 듯 아파트에는 살림살이가 모두 갖춰져 있던 점이었다.

"와. 윤이 엄마 이제 고생 안 해도 되겠네. 윤이 아빠 굉장히 부자인 건 눈치 챘는데, 자상하고 꼼꼼하기까지 하네. 언제 이런 건 다 챙겨뒀대?"

이사를 도와주려 함께 온 진혜가 감탄을 하자, 그곳에 먼저 와 있던 유진이 너털웃음을 터트렸다.

"한지석이 얼마나 몰아붙이던지, 이연씨 취향 물어볼 생각도 못 하고 백화점에서 바로 싸들고 오는 길이에요."

유진 또한 1년 만이다. 이연과 아이를 보고 놀랐던 눈빛이 점점 더 이해와 호감의 빛으로 변해갔다. 정말 궁금했다고, 그리고 걱정했는데, 상대는 연락 한 자 없더라는 투정을 살짝 부렸다.

"취향 안 맞으면 살면서 하나씩 바꿔요. 원래 친정엄마가 혼수 해주면 일방적이잖아."

자신을 친정엄마처럼 생각하라면서 하는 얘기가 그랬다.

"아뇨. 좋아요. 고맙습니다. 아이 방도 꾸며주시고."

아파트는 전체적으로 화이트 톤으로 심플한 인테리어였는데, 아이 방은 원색으로 알록달록하다. 들어가 있으면 동심으로 되돌아간 듯 기분이 좋아졌다.

"윤이가 우리 현수보다 세 달이 빨라요. 현수 방 꾸몄던 대로예요."

"어? 아이 낳으셨어요?"

"그러니 이연 씨가 너무 무심타고."

유진이 살짝 눈을 흘겼다. 미안함에 슬쩍 웃는 이연의 옆구리를 쿡 찔렀다.

"얼마 전에 백일 지났어요. 윤이랑 친구가 될 뻔했는데, 해가 바뀌어서 태어났으니, 형이라 불러야 하나요? 세 달 차인데, 우리 현수는 억울하겠다."

윤을 안고 있던 유진이 아이를 어르며 웃었다.

"사실 그때 혼수 준비하던 것, 반품하느라 꽤나 힘들었어요. 내가 둘째만 안 가졌어도, 이연 씨 찾아서 물어내라 했을 거야."

유진이 눈을 찡긋하며 지나가며 하던 말이 심장에 묵직이 남았다. 언제나 고맙게 받기만 한다. 다음에 만났을 때는 자신이 도움이 되길, 이연은 바라고 있었다.

"집들이해야 하는데, 오늘은 집주인이 없네. 다음에 거하게 차리고 불러요."

"자고 가세요."

"우린 여기 따로 콘도 잡았어요. 내일은 강릉으로 넘어가려고요. 나도 다음 달부터 출근해야 하는데, 이런 자유가 언제 또 있겠어요."

저녁을 먹고 현호와 유진이 돌아갈 때가 다 되어도 지석은 돌아오지 않았다. 아니, 지금은 이미 그들이 가고 또 윤이 잠들고도 한참이 지난 후였다. 잠이 오지 않는 것은 생각이 많은 탓. 그리고 다시 그녀의 삶에 찾아온 한지석이라는 남자 때문일 것이다.

"사실 오늘이 어르신, 지석이 할아버님 생신이세요. 지석이 거기 내려갔을 겁니다."

"그랬군요. 그런데 현호 씨는 안 가셨어요?"

"하하. 저는 당분간 피해 있어야 해서."

"무슨 일 있어요?"

"아니요. 나도 이연 씨한테 미안한 것 많아요. 뭐가 무서웠는지……, 이제부터 천천히 갚을게요."

현호가 지나가듯 슬쩍 농담조로 해준 말이었지만, 지석이 그곳에서 어떤 말을 했을 것인지 이연은 어렴풋이 짐작하고 있었다.

아무것도 후회하지 않는데……, 당신한테 많이 미안해.

이연은 거실 창에 기대어 그곳에 얼비친 자신의 모습을 바라보고 있었다. 베란다 쪽 미등만 켜둔 어슴푸레한 어둠이 실내에 내려앉았다. 조그만 시내의 야경이 모두 내려다보일 정도로 멋진 조망이었지만, 이연의 눈에는 들어오지 않았다.

문득 그때 혹시 해서 들고 있던 휴대전화의 진동이 울렸다. 한 번 울리자마자 받아든 이연의 눈가로 뜨거운 것이 치밀어 주룩 흘러내렸다. 황급히 닦아낸 손길. 울컥. 감정이 치민다. 너무나 보고 싶고 미치도록 그립다.

- 이연아.

심장이 쿵 내려앉았다. 이 남자를 잊고 어떻게 살아냈을까. 심장이 모두 녹아날 정도로 사무치도록 그립다.

"어디에요?"

- 아파트 앞.

당장이라도 뛰쳐나갈 듯 이연의 심장이 무섭게 뛰기 시작했다.

"들어오지 않고요."

- 동 호수를 잊어먹었어.

느릿하게 흘러나오는 그의 목소리에 슬그머니 긴장이 풀렸다. 한지석의 인간다운 면. 무언가 흘리고 잃어버리는 것은 그와 어울리지 않는다. 하지만 이렇게 간혹 발견하게 되면, 아기 윤이처럼 귀여워 보인다. 이연의 입꼬리가 살짝 말렸다.

해후 두 번째 이야기

"데리러 갈까요?"

- 응. 데리러 와. 아, 아니다. 윤이 자겠구나.

싫어하지 않으면서도 아이를 생각하며 만류하는 남자의 목소리가 오늘 따라 듣기 좋다. 그럼에도 왜 눈물은 계속 흘러나올까.

이연은 서둘러 화장실로 들어가 세수를 했다. 울었다는 티를 내고 싶지는 않았다. 그리고 침실로 뛰어가 얼마 있지도 않은 화장품 중 몇 가지를 찍어 발랐다. 마음이 급해져 마치 첫날밤을 맞는 신부처럼 심장이 무섭게 뛰었다. 어른침대에 붙여 놓은 유아 침대에서 잠든 윤을 멍하니 바라보기도 하고, 벌떡 일어나 안절부절 못하여 침실을 왔다 갔다 하기도 하고. 그러다가 문득 자신이 잠옷용으로 입고 있는 것이 반바지와 면티인 것을 깨달았다. 동시에 예전 그의 취향이라며 사 보냈던 레이스 풍성한 속옷이 떠올랐다. 단순하리만치 밋밋한 속옷을 보고 그는 미간을 찡그렸다.

"난 이게 좋아요."
"천천히라도 취향 바꿔. 난 그게 좋아."

자신의 취향이니 입으라던 것. 차마 버리지는 못하고 치욕스럽다는 생각만이 가득 찼던 그때. 그 속옷을 어딘가에 쑤셔 넣었었다. 그 생각으로 피식 웃음이 새어나왔다.

됐어. 지금은 이대로가 좋아.

이연은 그대로 거실을 가로질러 현관 쪽으로 나갔다. 지석과 전화를 끊은 지도 한참이 된 것 같은데, 아직까지 벨이 울리지 않는 것이 고개를 갸웃거리게 한다. 현관에도 나가보고, 현관 앞 모니터 화면도 확인해보다가 문득 이상한 기분이 들어 현관문을 살짝 열었다. 복도의 센서등이 환하게 켜지니 벽에 기대어 선 지석의 모습이 드러났다.

"지석 씨, 왜 여기 있어요?"

등도 꺼진 이 어둠 속에 얼마나 서 있던 것일까. 이연이 나오자 감고 있던 눈을 뜨고 마주친 시선에 지석이 희미하게 웃었다. 그에게서 묻어나는 바람 냄새, 그리고 술 냄새가 이연의 심장을 아리게 했다.

"운전했을 텐데. 술 마셨어요?"

전화 목소리로는 잘 느낄 수 없었는데, 지석의 눈빛이 부드럽게 풀린 것을 보니 상당히 마신 듯했다.

"아파트 앞에 포장마차 있더군."

지석의 대답에 이연은 마치 바가지라도 긁은 아내처럼 얼굴이 살짝 달아올랐다. 어제 오늘 무슨 일이 있었을까, 짐작을 하고 있는데, 혼자 술잔을 기울이고 있었을 그가 떠올라 심통이 났다.

"왜 혼자 마셨어요."

"그래. 너라도 부를 걸 그랬다."

지석이 벽에 기댔던 몸을 일으켰다. 그리고 뒤로 감추고 있던 물건을 이연 앞에 불쑥 내밀었다. 검붉은 장미와 이름 모를 꽃들이 소담하게 쌓인 작은 부케 모양의 꽃다발이었다. 그가 내밀어 얼떨결에 받아들긴 했지만, 왠지 영문을 몰라 쑥스러웠다. 코끝에 대고 향기를 맡는데, 장미꽃 알싸한 냄새가 잠시 가라앉던 기분을 들뜨게 한다.

"예쁘다."

입가에 빙그레 웃음이 돈은 이연이 비교적 짤막한 감탄사를 내뱉었다. 그런데 그녀를 스쳐서 현관 안으로 들어간 지석의 한 마디에 이연은 얼어붙고 말았다.

"너보다는 아니야."

무채색, 무감동. 높낮이 없이 그저 낮은 목소리를 툭 던졌을 뿐이다. 뒤도 돌아보지 않는다. 고개를 홱 돌린 이연의 눈에는 아무 일 없다는 듯 거실로 올라가는 지석의 뒷모습만 보였다. 이렇게 심장을 뜨겁게 해놓고, 이렇게 대책 없이 뛰게 해놓고…….

"못됐어, 정말……."

이연이 서둘러 다가서 지석의 팔을 잡았다. 무슨 일이냐는 듯 바라보는 오연한 시선. 하지만 이연은 그것만이 전부가 아님을 알고 있다. 이 서늘하고 냉정한 그늘 아래 흐르고 있는 화염 같은 뜨거움을 이제는 외면만 할 수는 없다.

"매번 나만 바보 만들고."

"누가? 왜?"

지석이 그녀를 향해 완전히 돌아섰다. 영문을 모르겠다는 듯 계속 반문하였고, 현관 센서등 아래 선 두 사람의 그림자가 서로의 발아래에서 아롱거렸다. 입술을 달싹이던 이연이 아랫입술을 삐죽 내밀었다. 지석의 심장이 튀어나올 듯 벌떡이는 것도 모른 채.

"그런 말을 그런 무서운 얼굴로 툭 던지는 게 어디 있어요."

"그래서 울어?"

지석의 이마에 희미한 줄이 갔다. 이연의 허리를 억세게 끌어안고 그녀의 볼을 한손으로 감쌌다. 엄지 손끝이 원을 그리듯 그녀의 볼을 부드럽게 어루만지며 흐르는 물기를 닦아 냈다. 당황한 이연이 제 손으로 닦으려 했지만, 지석이 몸으로 눌러 막았다. 주춤거리며 뒤로 밀린 이연의 등에 현관 벽이 느껴졌다. 온몸으로 느껴지는 그의 체온, 그 존재감이 지금은 반갑다.

"자기가 무슨 말 했는지는 알아요?"

차마 그를 똑바로 바라보지 못한 이연의 시선이 다른 한 손에 들고 있던 꽃다발로 향했다. 또다시 지석이 무심하게 말을 뱉었다.

"너보다 아니라는 말?"

그렇다고 대답해야겠는데, 얼굴로 뜨거운 기운이 확 몰리는 통에 입술만 달싹거렸다. 그런 그녀를 내려다보던 지석의

해후 두 번째 이야기

눈가가 희미하게 가늘어졌다.

"사실인 걸 그럼 어떻게 얘기하지?"

알아서 해석해야 하는데, 지석의 어조가 부드럽게 풀렸음에도 이연은 뭐라 대답할 수 없을 만큼 말문이 막혔다. 그런 이연을 바라보던 지석의 입가에 설핏 웃음이 걸렸다. 이 여자의 도전적인 눈빛이 그의 심장을 뛰게 한다. 그런데 지금은 볼 수 없어 서운하다.

"이연아."

뚝 떨어지는 목소리로 이름을 부른 지석이 그녀의 고개를 살짝 들어 올렸고, 안고 있던 허리를 더욱 강하게 끌어안았다. 긴장이 가득 담겨 마주친 시선. 혹. 허공에서 섞인 불규칙적인 호흡이 공기 중으로 흩어졌다. 음영이 져 더욱 뚜렷한 이목구비. 냉정하던 눈빛이 파르르 달아올랐다. 이연의 손끝이 저도 모르게 지석의 얼굴선을 쓰다듬었다. 까끌하니 돋은 수염 자국을 따라 손끝이 내려왔고, 살짝 그녀의 손을 잡은 그가 그 끝에 입 맞췄다. 저릿한 기운.

이연은 제대로 숨을 쉴 수 없었다. 바짝 바짝 입술이 말랐다. 손을 꽉 쥔 그의 긴장이 그대로 전해졌다. 그리고 뜨겁게 부딪쳐온 것은 시선만이 아니었다. 서서히 달아오른 열기에 동화된 그의 남성이 이연의 중심에 정확히 맞닿았다. 긴장과 함께 그의 흥분이 고스란히 느껴져 그녀 또한 온몸으로 찌르르한 전율이 흘렀다.

"나도 그런 건 어려워."

지석이 이연의 귓가에 낮은 목소리로 속삭였다. 얼굴이 온통 벌게진 이연이 결국 더 견딜 수 없어 그대로 그의 품을 파고들었다. 잿빛 양복자락을 젖히고, 드레스셔츠에 감싸인 단단한 가슴에 얼굴을 묻었다. 그 순간 어금니를 악 물어 버티던 지석이 가늘고 긴 이연의 목덜미에 입술을 댔다. 심장을 압박하던 깨끗한 향기를 들이마시듯 목을 따라 그의 입술이 올라오자, 이연의 몸이 움찔거렸다. 도톰한 귓불을 핥고, 자근자근 깨물었다. 뜨거워. 어딘가 숨어 있던 격렬함이 삽시간에 불타올라 소름끼치는 전율이 발끝까지 전해졌다. 온몸이 튕겨 오를 것 같아 그녀는 지석의 몸을 꽉 붙들었다. 흡, 깨질 듯 허공으로 흐트러지는 호흡. 이미 둘이라는 사실은 무의미하다. 하나가 되고 싶어 들끓는 두 몸이 서로를 탐닉했다.

"하!"

강하게 입술이 맞부딪쳤다. 지석은 이연의 가는 몸을 부서질 듯 끌어안았고, 이연은 입술을 벌려 그를 맞아들였다. 거침없이, 격렬하게 두 개의 혀가 얽힌 순간, 그녀가 손에 들고 있던 꽃다발이 툭 소리와 함께 바닥으로 떨어졌다.

"호흡!"

호흡이 빨려 들어갔다. 세차게 빨아들인 서로의 입술 사이로 타액이 넘나들었다. 잡히는 대로 서로의 몸을 더듬으며 각인된 상대를 확인했다. 달아오른 몸이 끊임없이 갈구하고 지독하게 열망한다. 이연의 옷옷 사이로 미끄러져 들어온 지석의 커다란 손이 강한 힘으로 그녀의 가슴을 움켜쥐었다. 발딱 솟아난 젖꼭지가 브래지어 위로 도드라지자, 이연은 나직한 신음을 흘렸다. 톡톡. 젖꼭지를 긁고, 비비고, 살짝 잡아당기고…… 참을 수 없다. 그의 손톱 끝이 만들어내는 쾌감에 맞붙은 입술 새로 탄식이 흘렀다. 혀를 감고 빨아들이며 거침없이 그녀를 탐한다. 이연이 그런 지석의 목을 강하게 끌어당겼다. 성급한 손길이 그의 목덜미를 더듬고, 바지 속에서 셔츠 자락을 뺐다. 매끄러운 가슴 근육이 손끝에 닿았고, 이연은 그가 한 것처럼 단단한 남자의 가슴을 어루만졌다. 이미 센서등은 꺼져 어두운 곳에는 그들의 달뜬 호흡이 어지럽게 흩어졌다.

"지석 씨……, 지석 씨……."

갈증이 일었다. 이렇게 호흡하고, 그의 몸을 만지면서도 신기루처럼 사라질까 이연은 겁이 물씬물씬 일었다. 거친 호흡 사이, 그의 이름을 애타게 불렀다. 그리고 그에 호응하듯 지석은 이연의 숨을 더욱 가쁘게 했다. 엉덩이를 움켜쥐고, 하체를 자신에게로 더욱 바짝 붙였다. 거친 손길로 그녀의 옷가지를 하나씩 벗겼다. 티셔츠를 벗겨내고, 브래지어는 후크도 풀지 않은 채 훌렁 걷어냈다. 어둠 속 뽀얗게 드러난 봉긋한 가슴. 지석은 거칠게 삼켰다. 아이처럼 빨아 당기고 혀끝으로 젖꼭지를 굴렸다.

"흐읏!"

통증과 같은 쾌감. 견디지 못한 이연의 고개가 위로 들리고, 허리가 점점 활처럼 휘었다. 그리고도 그의 손길은 멈추지 않아, 커다란 손이 그녀의 반바지 안으로 들어와 단숨에 뜨거운 기운이 가득 찬 중심을 감싸듯 덮었다. 본능적으로 다리를 오므린 사이로 그의 탄탄한 허벅지가 밀고 들어와 벌렸다.

미치겠어. 견딜 수 없어.

왈칵. 뜨거운 것이 중심으로 몰렸다. 체모를 가른 그의 손가락이 갈라진 틈으로 들어와 어루만지자, 이연의 몸이 은빛 연어처럼 튀어 올랐다. 그 순간, 틈을 주지 않고 그녀의 속살로 손가락이 미끄러져 들어갔다.

"헉!"

외마디 비명이 터졌다. 좁은 곳을 밀고 들어온 것이 지석의 손가락임에도 견딜 수 없는 통증이 동반됐다. 너무 오래된 기억과 같아 견딜 수 없었다. 고통으로 일그러진 이연의 눈가에 지석의 입술이 닿았다.

"괜찮니?"

"……네."

"흑!"

그의 빠르고 거친 호흡이 함께 쏟아졌다. 그리고 다음 순간, 그의 손가락이 천천히 움직이자, 이연은 다리가 후들후들 떨려 제대로 서 있을 수도 없었다. 점점 더 빨라지고 그녀의 여성 또한 매끄러워졌지만, 그와 동시에 두 사람의 호흡은 걷잡을 수 없이 달뜨고 급해졌다. 당장이라도 바닥으로 쓰러질 것 같아 온 힘으로 그에게 매달렸다.

"지석 씨, 지석 씨…… 못 참겠어."

이연이 애타게 소리쳤다. 되는 대로 서로의 옷을 벗어던졌지만, 그는 아직 바지도 채 벗지 못했다. 주춤주춤, 침실을 향해 가보려 했지만, 이대로는 역부족이다. 지석이 이연을 안고 그대로 거실 바닥에 쓰러졌다.

"이연아, 미안."

그가 다급하고도 짧게 뱉은 한 마디가 무엇을 의미하는지 이연은 당장에는 이해하지 못했다. 그의 입술이 사정없이 그녀를 물고 빨아 그 숨결을 따라가는 것도 벅찼기 때문이다. 하지만 이내 벼락을 맞은 듯 쭈뼛 머리카락이 섰다. 흡, 숨을 멈추고 그를 올려다봤다. 아픔, 그리고 묘하게 어울린 기쁨으로 물기가 서린 눈으로 지석의 얼굴이 뿌옇게 보였다. 걱정으로 표정이 일그러졌다는 것을 알긴 하겠는데, 화살에 꽂힌 새처럼 털끝도 움직일 수 없었다. 숨 쉴 틈도 없이 깊게 들어온 그의 페니스가 그녀의 안을 터질 듯 채웠다.

"사랑한다, 정이연."

깊게, 더 깊게 사랑하고 있다.

지석이 이연의 귓가에 속삭였다. 엉망으로 엉클어져도 그 말만은 또렷이 들려 이연의 눈물이 왕 하고 터졌다. 천천히,

그러나 격렬하게. 그러다 견딜 수 없이 빠르게 지석의 허리짓이 시작됐다. 그의 남성이 강인한 생명력을 가진 것처럼 그녀의 안에서 살아 펄펄 들쑤시고, 허전하게 밀려나갔다가 또다시 불꼬챙이처럼 온몸을 꿰뚫었다. 격한 신음이 쉴 새 없이 흐르고, 매끄러운 살갗 위로 몽글몽글 땀방울이 돋았다. 화염처럼 날뛰는 욕망, 당장이라도 한 줌 재로 사라질 것 같다. 하나로 결합된 곳에서 마찰된 열기와 사랑하는 남자가 몸으로 전하는 열기가 섞여 그녀의 몸에서 활화산 같은 폭발이 터졌다.

"하앗!"

이연의 허리가 허공 중으로 튀어 올랐다. 격렬한 환희 끝에 다다른 절정. 한꺼번에 밀려와 부서진 파도처럼, 그녀의 눈앞에 하얀 빛이 터졌다. 정적. 그리고 그녀의 절정을 느끼며 멈칫거렸던 지석이 더 이상 견디지 못해 또다시 움직였다. 뜨거운 동굴이 그의 것을 움찔움찔 강하게 조여 불끈 힘을 준 팔뚝에 퍼런 힘줄이 돋았다.

헉헉. 억눌린 호흡. 격렬한 움직임 끝, 회오리처럼 몰아친 쾌감 앞에서 지석은 잠시 숨을 멈췄다. 동시에 단단하게 굳은 그의 몸 끝에서 뜨거운 것이 한가득 그의 여자 안으로 쏟아졌다. 지석은 그제야 훅. 격한 숨을 이연의 목덜미에 토해내며 천천히 그녀 위로 쓰러졌다.

"울지 마."

격렬함이 지나간 후, 왜 눈물이 나오는지, 왜 그가 사라질까 두려운지 이연은 알지 못했다. 그녀의 상처를 핥듯 축축한 뺨을 핥는 지석의 목소리가 그녀를 감싸 안았다. 오랜만에 마음이 더할 나위 없이 편안해졌다.

~~~❖~~~

깊은 밤, 호텔 창 밖으로 펼쳐진 야경에 시선을 둔 지욱의 얼굴빛이 심상치 않았다. 보통 외조부의 생신날이면 하룻밤은 자고 올라왔는데, 오늘은 그러고 싶은 생각이 눈곱만치도 들지 않았다. 지석이 한바탕 뒤집고 사라진 뒤의 상황은 설명하여 무엇할까. 먼저 서재에서 쫓겨난 지욱이었지만, 그의 손에는 종이 한 장이 들려 있었다. 결코 무시하지 못할 내용이 들어 있는 그 종이가 지욱의 심장을 철렁거리게 했다.

당연한 수순이었지만, 외조부의 서재에서 나온 모친의 컨디션은 최악이었다. 손님들이 많아 내색은 못 하고 아무리 평소와 같이 표정을 꾸몄다지만, 외조부도 모친도 심기가 상당히 안 좋다는 것을 그는 확연히 느끼고 있었다. 그곳에서 언제 떨어질지 모를 불똥을 기다리며 마음 졸이고 싶지 않았다. 과 스터디 핑계를 대 일찍 서울로 올라와 이것저것 알아보던 그의 어깨가 시간이 갈수록 아래로 처졌다.

"한지욱. 뭔 일 있어? 너 오늘 이상하다?"

욕실에서 나온 여자가 지욱을 바라보며 물었다. 그녀는 지욱이 요즘 만나고 있는 여자, 희주였다. 두 살 연상의 그녀는 학교 선배로 지욱이 첫눈에 반한 상황이었다. 창 밖을 향했던 그의 시선이 희주를 향했지만, 그럼에도 지욱은 쉽사리 입을 열지 못했다.

집안에서 반대하는 상대, 혹은 만남 자체를 거절하는 상대. 형인 지석의 여자가 그랬다. 정확히 그를 붙들고 설명해준 것은 아니지만, 지욱이 어렴풋이 느낀 것은 모친과 외조부의 반대로 형이 여자와 헤어졌다는 것이다. 이유는 짐작컨대 상대의 집안이 별 볼일 없다는 것.

아직 자신이 결혼을 생각할 나이는 아니지만, 지석은 희주가 모친의 기준에 미치지 못한다는 것쯤은 알고 있다. 이제 졸업반인 그녀와의 사이를 의심해본 적은 없지만, 분명 이 관계 또한 모친에게 결코 환영받지 못할 것이다. 그녀는 모친의 기준이 되는 소위 있는 집 자식이 아니기 때문이다.

끈적끈적하고 미심쩍고 불안한 마음을 그녀와 한바탕의 섹스로 푼 그였지만, 얼굴빛은 달라지지 않았다. 희주가 샤워를 하러 들어가던 그때와 같은 자세, 침대헤드에 상체를 기댄 그대로 지욱은 무언가를 뚫어지게 바라보고 있었다. 글씨를 알아보지 못할 정도로 심하게 구겨진 종잇장이 그의 손 안에 있었다.

"그게 뭔데?"

해후 두 번째 이야기

흰색 샤워가운을 입고, 수건으로 머리를 말리던 희주가 지욱의 발치 쪽 침대에 걸터앉으며 물었다.

"선배."

"왜?"

"인연이란 게 정말 있을까?"

진지한 지욱의 얼굴을 들여다 보다 희주가 코를 찡긋거렸다.

"한지욱, 네가 철학적 고민을 하고 있으니, 나름 우습다."

"왜 이래? 나도 생각은 하고 살아."

지석이 퉁명스럽게 말하자, 희주는 알았다는 듯 고개를 끄덕이며 그가 보고 있던 종이를 살짝 빼냈다. 타이틀을 들여다 보던 두 눈이 의아함으로 커졌다.

"뭐야? 혼인관계증명서? 이게 누구 건데?"

"형."

그가 대답하기 전, 희주는 이미 그 위에 쓰인 이름과 주민번호를 읽은 후였다.

"너희 형 결혼했어? 안 했다고 그랬잖아."

지욱이 허탈한 듯 웃었다. 어깨를 으쓱하며 일어서 테이블 위에 놓아두었던 맥주 한 캔을 툭 땄다. 단번에 마셔버린 그가 하, 한숨을 내쉬더니 이번에는 미친 사람처럼 허허허, 웃었다.

"미혼이었지. 며칠 전까지."

"그새 결혼했다고?"

희주의 놀람에도 지욱은 허, 짧게 웃었을 뿐이었다. 그리고 덧붙여 설명했다.

"그게 말이야, 선배."

지욱이 그녀가 들고 있는 종이를 가리켰다.

"세상에 사람 사이의 인연은 존재하며 때로는 복잡해질 수도 있다는 증거야. 그걸 선배가 눈앞에서 보고 있어."

"무슨 말인지 이해 안 간다. 혹시 형이 몰래 혼인신고라도 한 거야? 부모 반대 무릅쓰고?"

"보이는 대로."

지욱이 어깨를 으쓱거렸다. 그의 형이 떠난 여자를 못 잊어 연구실에만 처박혀 거의 폐쇄적 성격이 되어버렸다는 얘기는 평소 지욱이 간간히 하던 이야기였다. 그러니 갑작스레 결혼을 했다는 지금은 그렇게밖에는 추측이 되지 않았다.

"네 형은 금세기 마지막 로맨티스트인가 보다. 그렇다 해도 그게 너랑 무슨 상관인데 이렇게 기분이 안 좋아?"

"나, 미치겠어. 선배."

"왜 그래? 너답지 않아."

지욱이 하도 불안한 표정을 짓자, 그제야 희주도 상황이 심상치 않다는 생각이 들었다. 슬며시 일어서 지욱의 뒤에서 허리를 껴안았다. 등에 얼굴을 묻고 나직하게 물었다. 그녀의 손을 맞닿은 지욱이 한참을 망설이다 입을 열었다.

"내가 그분……, 형수님 되신 분한테 잘못한 게 있어. 그런데 우리 형은……, 몰라."

외조부의 집에서 '정이연'이라는 이름을 봤을 때만 해도 지욱은 반신반의했었다. 세상에 같은 이름이 얼마나 많던가. 지석이 교수로 재직한 학교와 자신을 가르쳤던 정이연이라는 여자가 다니던 학교가, 그리고 과가 같은 것은 충분히 일어날 수 있는 우연으로 치부했다. 하지만 떨칠 수 없이 스며드는 것은 불안. 형인 지석을 떠났던 여자, 그리고 지금 지석이 혼인신고까지 한 여자가 그 여자라는 것을 결국 학적부의 주민번호로 대조했을 때, 지욱은 등골을 훑는 서늘함에 어지러웠다.

"언제 잘못한 건데?"

"2년쯤 전."

"오래된 일은 아니네. 무슨 일이었는지 물어도 돼?"

희주가 차분한 목소리로 물었다. 지욱은 자신이 저질렀던 끔찍한 일이 기억나 표정이 일그러졌다. 창문에 얼비친 표정이 괴물 같았다.

"너무 충동적이었어. 그때 내가 그분을 좀……."

아니, 많이. 지욱은 희주한테 미안하더라도 정정하고 싶은 마음을 꿀꺽 목 뒤로 삼켰다.

"좋아했거든. 그래서……."

"어려운 얘기면 하지 마."

지욱이 더 이상 말을 못하고 침울해지자, 희주는 듣지 않아도 짐작이 간 듯 현명하게도 더 묻지 않았다.

"짜식. 마마보이라 그런가. 완전 연상 취향이야."

지욱이 피식 웃었다. 마마보이라 놀린다 해도 지금은 어쩔 수 없다. 모친의 그늘에서 벗어나지 못하는 것은 사실이니까.

"선배 말이 맞아. 마마보이뿐만 아니라, 여자도 아니면서, 엘렉트라 콤플렉스(Electra complex)의 경향까지 보여."

희주가 하, 한숨을 내쉬었다.

"참 여러 가지 한다, 한지욱. 너 어머니 정말 싫어해?"

"좋아도 싫어도 우리 엄마인데 어떡해. 그냥 좀 무서워."

아. 모르겠다. 머리가 복잡해져. 지욱의 이마에 굵은 주름이 졌다.

"그분께 사과는 했어?"

그때, 사과를 한 것이 맞긴 한 걸까.

"사과하고 싶었지. 바로 후회했었으니까. 하지만 일이 많이 꼬였어. 우리 엄마도 관련이 됐고, 게다 우리 형이 그 사실을 알면……."

지욱은 생각하기도 싫다는 듯 부르르 몸서리를 쳤다.

아마 나 죽일 거야.

창 밖을 바라보는 지욱의 얼굴빛이 점점 더 어두워졌다. 이 밤, 아직까지는 자신이 어찌해야 할지 갈피를 잡지 못했다.

~~◆~~

해후 두 번째 이야기

5월의 싱그러운 햇살이 창으로 쏟아져 들어왔다. 지석은 뭉근하게 밀려오는 숙취 속에서도 무언가 얼굴을 자꾸만 간질여 떠지지 않는 눈을 억지로 떴다. 햇살인가 싶었는데, 침실로 들어온 햇살은 아직 침대발치에도 들어오지 않았다. 대신 하얗고 작은 것, 고사리 같은 손길이 그의 얼굴을 만지작거리고 있었다. 살짝 가늘게 눈을 뜬 그와 윤의 동그란 눈동자가 장난을 치듯 허공에서 딱 마주쳤다.

"이 녀석. 잠이 없구나."

아기침대에서는 분명 제 엄마가 내려줬을 테지만, 언제 다시 침실로 들어온 건지, 아이는 열린 문으로 기어들어와 침대를 붙들고 일어섰다. 마치 새로운 장난감이라도 본 듯, 덜렁거리는 손으로 지석의 얼굴을 만지작거리니 그는 간지러워 가벼운 웃음이 쿡 하고 터졌다. 그새 몇 번 얼굴을 봤다고 윤은 이제 지석을 보고 울지 않는다. 오히려 눈빛이 마주치자 씩 웃어 동그란 얼굴에 볼살이 포동포동 도드라졌다. 하얗고 예쁜 이가 살짝 드러났다. 아이를 좋아하지 않는 지석조차 충분히 감동시킬 만큼 귀여운 아이이다.

아빠가 너와 엄마한테 많이 미안하다. 이렇게 예쁜 녀석, 세상에 나오는 것을 못 봐줘서. 그 고통의 시간, 함께 있어주지 못해서.

지석이 미안함을 담아 아이의 손을 잡았다. 씩 웃는 아이의 볼을 사랑스럽게 쓰다듬었다.

"아빠는 조금 더 자고 싶은데."

낮은 목소리로 웅얼거리던 지석이 아이의 손을 잡아 살짝 입술로 물었다. 그때 작은 목소리로 윤을 부르며 들어선 이연이 그 모습을 보았다.

"윤아. 이리 와."

"괜찮아. 일어났어."

지석이 벌떡 상체를 일으켰다. 숙취로 머릿속이 멍한 상태인데도 이연이나 아이 앞에서 그런 모습을 보이기 싫었다. 시트가 그의 몸을 따라 흘러내리자, 웃옷을 입지 않은 지석의 탄탄한 상체가 드러났다. 순간 시선이 마주친 이연이 살짝 얼굴을 붉혔다. 마치 첫날밤을 치른 신부처럼 온몸에 화끈 열이 올랐다. 그 마음을 읽었을까. 지석이 짓궂어졌다.

"윤아, 올려달라고?"

기어이 지석이 침대에서 내려섰다. 기어와 매달린 아이를 번쩍 안아 침대에 올려두자, 아이는 좋다고 웃으며 손뼉을 쳤다. 그런데 이연의 얼굴은 더욱 더 붉은 홍시가 되어 갔다.

"왜?"

"오, 옷 찾아줄게요. 내 반바지라도 입을 수 있으면……."

이연은 허둥지둥 고개를 돌렸다. 영락없이 지석의 쭉 뻗은 다리가 눈에 들어온 탓이다. 그나마 아래 속옷은 입고 있는 것이 불행일까, 다행일까. 딱 붙은 브리프 위로 건장한 남성이

라는 상징처럼 불룩 솟은 모양이 여과 없이 그녀의 눈에 비쳤
다. 단단하게 일어선 모양이 그대로 상상이 돼서 아침부터 은
근히 민망해졌다. 새벽까지의 격렬함이 떠오른 탓이다. 뜨거
운 전율이 아직까지 남아 마음을 잔잔히 흔들고 있었다.

급하게 드레스 룸으로 피하려는 이연의 허리를 지석이 홱
잡아 끌어당겼다. 그녀의 엉덩이를 움켜잡아 하체와 하체가
딱 맞게 붙여 놓고 마주보았다. 그의 맨가슴에 시선이 닿자,
이연은 어찌할 바를 몰라 두 눈을 꾹 감았다.

이 여자, 정말 모르나 보다. 당황할수록 더 약올려주고 싶다
는 것을.

"키스해."

"네?"

이연이 눈을 번쩍 떴다. 평소와 변함없는 지석의 얼굴을 일
그러진 표정으로 올려다봤다.

"모닝 키스하라고."

그런데 키스가 아닌 뽀뽀라도 바라듯 지석이 고개를 숙이
고 입술을 내미는 것이 아닌가. 그들이 무엇을 하나 유심히
바라보던 윤이 씩 웃으며 이연에게 기어왔다. 그녀는 아이를
한 팔로 안아 들어 그들 사이에 세우고, 지석의 입술에 가볍
게 입술을 맞췄다.

"이게 뭔가?"

지석이 볼멘소리를 했지만, 지금은 어쩔 수 없다. 이연의 얼

굴 위에 함박웃음이 퍼져나갔다.

"어서 씻고, 식사하세요. 오늘 서울 가야 한다면서요."

"내가 그런 말까지 했나?"

이연이 대답 대신 고개를 끄덕였다.

"술 마시면 말이 길어지던데요? 많아지고요."

아이를 안고 일어나며 이연이 싱긋 웃었다. 새벽까지 잠들지 못한 그의 말을 받아 대답해준 기억이 나는데, 정작 지석은 숙취라기보다는 잠결이라 기억하지 못하리라.

그런 이연의 웃음을 흘끔 보더니 지석이 흥, 가볍게 코웃음치며 일어섰다.

"계속 내가 취한 모습만 보이는군. 다음엔 네가 취해봐."

"취하면 나 감당 못 할 텐데요?"

지금은 살짝 눈웃음치는 이연을 감당할 수 없어, 지석은 그녀의 뒷머리를 강하게 끌어 입술을 훔쳤다. 짧고 격렬한 입맞춤. 저릿하게 심장을 파고드는 감정이 그들 사이에 가득 찼다. 답답한지 꼬물거리는 윤이 아니었다면 이 아침 몇 번이라도 그녀를 가졌으리라.

지석은 아이의 얼굴을 쓰다듬고 머리를 쓸어준 다음, 훌쩍 일어서 욕실로 들어갔다.

20. 살얼음 위의 행복

　중간고사가 끝난 아이들과 워터파크를 가기로 약속한 주말.
진혜에게 아이를 맡기고 돌아온 이연은 아침부터 들이닥친
이삿짐에 당황스러웠다. 이번에는 이사를 가려 하는 빈 트럭
이 아니라 무언가 가득 실린 트럭이 도착했다고 전화를 한 탓
이다. 서울에서 출발했다는 트럭에는 책인 한가득 실려 있었
는데 이연은 그것이 지석의 집 서재에 있던 책들이라는 것을
묻지 않아도 알 수 있었다.
　"책이 왔어요. 어떻게 된 거예요?"
　- 네 서재에 대충 넣어둬. 가서 정리할 테니까.
　급히 지석에게 전화를 걸었을 때, 그는 간결하고도 단순하
게 대답했다. 이연은 무슨 소리인가, 미간을 찡그렸다.
　"지석 씨, 여기서 살려고요?"

놀란 이연의 물음에 잠시 지석의 목소리가 들리지 않았다. 작은 한숨소리를 들은 것 같기도 해서 이연의 표정은 더욱 어두워졌다.

- 가족이 함께 있는 것은 당연한 거야. 쫓아내지 마.

"그런 의미가 아니라요. 여기서 서울은……."

너무 멀다. 강의가 있는 날만 학교에 나가야 하는 것이 아님을 알고 있다. 하지만 이연은 선뜻 자신이 아이와 함께 서울로 옮기겠다는 말을 하지 못했다. 아직은 이것저것 두려운 것들이 많다.

- 방 하나 안 줄 텐가? 네 침실도 써야 하긴 하겠지만. 밥값 충분히 할 거다.

지석의 목소리에 간절함이 실렸다. 수화기를 타고 스민 그것이 심장을 간질거리게 한다. 그리고 이 남자는 점점 더 마음을 곤란하게 하고 조급하게 한다. 보고 싶어 미칠 정도로. 하루뿐이었는데도 벌써 그립게 만들고 있다.

"안 주긴요. 나, 힘없는 것 알면서. 그런데 이런 일 있으면 미리 말 좀 해줘요. 아침마다 당황하잖아요."

지석의 웃음소리가 낮고 은은하게 들려왔다. 듣고 있는 그녀의 기분까지 흐뭇해질 정도로.

- 알았어. 말해야지 생각했으면서도 너나 윤이와 있으면 자꾸 잊는다.

"미안해요."

- 뭐가?

"제가 꼭 바가지 긁는 것 같죠?"

이연이 나름 애교 있는 목소리로 묻는 순간 지석의 웃음소리가 유쾌하게 들렸다. 슬그머니 이연의 입가에도 미소가 지어졌다.

- 상관없어. 네가 물어보거나 확인하는 거……, 기분 좋아. 네 남자라고 확인하는 것 같아.

네 남자. 지석의 한 마디가 심장을 관통했다. 예고 없이 덜컥거렸다. 정말 놀래키는 데에는 일가견이 있는 남자이다.

- 나 지금 출발했어.

어제 서울로 올라간 그는 주말에는 세미나에 참석해야 한다고 했었다. 문득 이연은 세미나에 참석하니 집에 들르겠다며 연락했던 상휘를 떠올렸다.

생각해보니 최근 상휘의 연락이 없었다. 아이를 낳던 위험하던 순간에 모든 것을 제치고 달려와 준 상휘였다. 기가 막히고 궁금할 텐데도 그는 윤의 아빠에 대해 묻지 않았다. 언제가 이연 스스로 꺼내 보여주기를 기다리고 있을지도 모른다. 먼저 말해야 하나.

지석의 전화를 끊은 후, 휴대전화를 만지작거리던 이연은 상휘의 전화번호를 누르려다 이내 그만두었다. 아마 바빠서 그럴 거라는 생각을 하며 폴더를 접는데, 마침 진동이 울렸다. 상휘이다. 양반은 되지 못할 거라 중얼거림에는 반가움도 섞이고, 뭔지 모르는 불안한 기운도 슬쩍 섞였다.

"상휘 선배!"

평소와 같이 이연이 웃으며 전화를 받았다. 하지만 상휘는 쉽사리 대답하지 않았다. 머뭇거리다 결국은 체념을 했는지 목소리가 조심스러웠다.

- 이연아. 나 지금 너희 집 앞이야. 올라가도 되냐?

이연이 저도 모르게 흠칫 놀랐다. 눈이 커져 짐을 나르는 사람들 너머 현관을 바라보았다.

"선배, 내가 지금 집이 아닌데."

- 먼저 살던 곳 말고. 이사 온 집 앞이야.

눈이 커지고 심장이 쿵, 내려앉았다. 어떻게 알았을까.

- 아까 윤이 데려다 주고 나오는 거 봤어. 네 뒤따라 왔는데, 부르지 못했다. 미안해.

그랬구나. 이연은 작은 한숨을 내쉬었다.

───◆───

아파트로 올라온 상휘의 얼굴은 밝은 햇살과 어울리지 않게 어두워보였다. 전화를 걸어왔을 때의 목소리와도 다르다. 왠지 무언가 주저하고 머뭇거리는 듯했다. 거실 소파에 앉아 커피가 든 머그잔을 내어놓는데, 짐을 나르느라 부산한 아저씨들의 소음 안에서 이연과 상휘는 말이 없었다.

해후 두 번째 이야기

"서울에서 일찍 출발했나 봐? 세미나는 몇 시부터 시작인데?"

"이따가 10시."

"밥 먹었어?"

"휴게소에서 간단히."

왜 이사 왔느냐, 어찌된 일이냐, 물을 만도 한데, 상휘는 이연의 질문에 간략히 대답하고는 묵묵히 침묵을 지켰다. 이연 또한 무엇이라도 그에게 털어놔야 할 것 같아 입술을 달싹거렸지만 생각만큼 쉽게 말이 나오지 않았다.

"교수님, 책이 많네. 워낙 학구파시긴 하지."

아저씨들이 일하는 모습을 담담히 보던 상휘가 문득 입을 열었다. 지석의 얘기라는 것이 확실했다. 두 눈에 힘이 들어가 흠칫거렸던 이연이 후, 긴 한숨을 내쉬었다. 더 이상 숨기는 것이 무리인지 모르겠다.

"선배는 알고 있었네?"

"네가 사라졌던 그때부터 알았던 건 아니야."

상휘가 어깨를 으쓱거렸다. 진심을 알아달라는 듯.

"그럼?"

"너 윤이 낳고 마취 막 깨어서 정신없었을 때."

"어?"

이연의 눈빛이 흔들렸다. 무의식중에 자신이 무슨 말을 했었을까, 순간 당황스러웠다. 그리고 상휘가 털어놓은 얘기는 그녀의 당황을 더욱 부채질했다.

"뭐라…… 했는데?"

"교수님 찾으며 많이 울었어. 처음에는 왜 교수님을 찾나, 어떤 교수님을 말하나 궁금했었는데 마지막엔 이름도 부르더라. 그래서 알게 됐어."

얼굴이 벌게진 이연을 바라보며 상휘는 멋쩍어 손바닥으로 마른세수를 했다. 그때의 충격이 고스란히 떠올랐다.

"당장 잠든 너 깨워 묻고 싶었는데, 막상 눈 뜨니까 말이 안 나오더라."

"선배, 다 알고 있었으면서……."

이연의 어이없다는 듯한 말에 그는 결국 한숨을 푹 쉬었다. 마음의 부담이 어찌 되었건 숨기고 있던 것은 자신이다.

"젠장. 더한 사실 알려줄까? 지금 내 지도교수가 한지석 교수야."

이연의 눈빛이 움찔거렸다. 놀라 멍한 눈빛으로 상휘를 바라봤다. 그가 어깨를 으쓱거리며 후, 하는 한숨소리를 냈다.

"최 교수님이 지난겨울 갑자기 돌아가셨거든. 너한테 말할 새도 없었다."

잔뜩 굳었던 이연의 얼굴이 서서히 펴졌다. 피식, 씁쓸한 듯 웃다가 이내 빙긋 입꼬리를 올렸다.

"그런데도 선배는 모른 척해주느라고 힘들었겠다."

"널 보는 게 힘들었어. 네가 왜 이렇게 살아야 하나, 속상한

적이 한두 번이 아니었다. 여기 왔다 가면 더했어. 하루에도 열두 번씩 한 교수님한테 다 불어야 하나 고민도 하고. 막상 교수님 얼굴 보면 얼어서 할 말 다 쏙 들어가고."

이연이 희미하게 웃었다. 학생들에게 지석이 그리 편한 상대는 아닐 것이다.

"그래도 널 믿은 게 사실이야."

"언젠가는 내가 다 털어놓기를?"

이연이 상휘의 얼굴을 빤히 바라봤다.

"그래. 네 좋은 날 다 가기 전에 정신 차리라고 말해주고 싶었어. 아니면 미친 척하고 한 교수님한테 먼저 불었을 수도 있고."

표정이 일그러지는 이연을 바라보며 상휘가 급히 덧붙였다.

"사실 내가 부주의해서 한 교수 앞에서 너랑 통화하는 것을 들킨 적은 있다. 한두 번 정도?"

"최근에?"

이연의 눈이 둥그레졌다.

"한 교수님이 우리 연구실 맡은 후에. 긴가 민가 했는데, 이번엔 조금 느낌이 이상하더라. 너 아냐? 그 양반, 젊은 사람이 잠도 없어. 우리야 연구실에서 먹고 자고 한다지만, 불쑥불쑥 나타나는데 환장하겠다. 그러니 내가 기밀 유지가 되겠니."

그러고 나서 목이 바짝바짝 타는지 상휘는 앞에 놓인 커피를 쭉 들이켰다.

"솔직히 이훈이나 이진이 너 어디 있는지 아냐 했을 때는 잘도 오리발 내밀던 말이, 한 교수님은 물어보지도 않는데, 눈빛만으로도 쫄아서 내 스스로 불고 싶더라고."

상휘의 말에 이연이 픽, 웃음을 터트렸다. 상휘의 말이 이해가 간다는 것이 우스웠다.

"한 교수님……, 이번에 찾아왔던 거지?"

상휘의 질문에 웃음을 거두고 말없이 그의 얼굴을 바라보던 이연이 천천히 고개를 끄덕였다. 그의 눈빛이 조금씩 가라앉았다.

"너한테 어떻게 얘기해야 하나 걱정했는데, 표정 보니 넌 정리된 거 같다."

"응."

대답을 바라는 것 같았지만, 이연은 짤막하게 대답하고 말았다.

"이런 얘기 주제넘지만……, 한 교수님, 많이 힘든 사람이라는 것, 알지?"

까칠하고, 오만하고, 자기중심적이고……. 그에 대한 것들은 이연이 충분히 알고도 넘친다. 그녀는 씩 웃어넘겼다.

"알아. 그래서 도망 왔잖아."

웃으며 말한 이연의 말이 농담 삼아 들리지 않는 것은 이연의 힘겨움을 그동안 표면적으로나마 봐왔기 때문일 것이다.

해후 두 번째 이야기

"하지만 그만두라느니, 접으라느니, 그런 얘기 나한테는 안 들려. 교수님……, 내가 먼저 사랑했거든."

"네 웃음, 내 마음이 다 아프다."

"상휘 선배, 꼭 친정 오빠 같이 말해."

상휘가 씁쓸히 웃었다. 그의 첫사랑. 하지만 자신이 좋아한 사실을 이연은 죽을 때까지 모를 것이다. 아마도.

"사랑에 용감한 정이연. 누가 뭐래? 윤이까지 있는데, 감안하고 노력해서 잘 살라는 말이지."

이연이 후후, 작게 웃었다.

"처음부터 용감했으면 좋았을 텐데, 그때는 사랑과 별개로 힘들었어. 그 사람뿐만 아니라, 사는 것 자체가 힘들었던 것 같아."

"그래. 넌 너무 짧은 시기에 많은 일을 겪었어. 정이연 초년 운이 안 좋은가? 어디 관상 좀 보자."

상휘가 웃음 띤 얼굴로 농담 섞인 말을 건넸다. 빙글거리는 표정이 예전 모습과 같다. 이연 또한 하하거리며 웃고 싶을 정도로 거리낌 없다.

"선배는 공학도보다는 철학관을 열라니까."

"중년 이후의 운은 너무 좋겠다. 귀인들이 사방에서 몰려들어."

"풋. 그 중 제일인 이상휘이니라……. 그러고 싶지?"

"아는군."

한바탕 웃음이 터졌다. 학창시절의 어느 때로 돌아간 듯 이연의 눈매에 생기가 돌았다. 바라보고 있던 상휘가 슬쩍 물었다.

"잘 살아. 교수님 집안에서도 이제는 아는 거지?"

이연의 표정이 살짝 굳었다. 지금은 그다지 하고 싶지 않은 얘기들이다. 숨기고 피한다고 될 일은 아니지만, 집안 얘기를 바깥사람까지 알리고 싶지는 않았다. 그녀는 알 듯 말 듯 고개를 끄덕이고, 서둘러 화제를 돌렸다.

"그래도 지금은 교수님이 조금 편해졌어. 선배 말대로 쉬운 분은 아니니까."

어릴 때부터 알던 옆집 꼬마. 아이 엄마가 되더니 훌쩍 자란 것 같다.

"남자는 여자하기 나름이라는 말을 이럴 때 쓰나 보다. 안 그래도 한 교수님 요즘 기분 좋아 보인다고 했다."

"정말 좋아 보여?"

이연의 눈빛이 다시 반짝거리자 상휘는 못 말린다는 듯 피식 웃었다. 지석의 얘기만 나오면 그녀의 눈빛이 반짝거린다.

"얼마 전에 연구실 수현이 녀석이 한 교수님이 콧노래 불렀다고 얼마나 호들갑을 떨던지. 잘못 들은 거라고 선배들한테 몇 대 쥐어 박혔거든. 그런데 정말 콧노래를 나도 들었어."

"정말?"

상상이 가질 않았다. 지석이 콧노래를 부르고 다녔다고?

"그래. 꼭 새신랑처럼 기분 좋아 보여. 부드러워졌더라. 솔직히 지난주까지 우리 정말 죽을 거 같았어. 미친 듯이 몰아붙이는데, 미친개라는 별명이……."

상휘가 헉, 소리와 함께 입을 막았다.

"사모님 앞에서 이런 말을."

상휘는 너스레를 떨듯 말했지만, 이연의 심장은 사르르 아파왔다. 지난 시간, 그가 어떻게 지냈을지 떠오른 탓이다.

"그래도 불안한 건 어쩔 수 없네. 윤이 있는 것도 한 교수님 댁에서 알아?"

"응. 아실 거야. 선배! 나, 늦었는데. 세미나 언제 끝나? 그러고 보니, 같은 세미나였네? 교수님 잘 모셔."

이연이 상휘의 말을 끊고 일어섰다. 농담을 하며 씩 웃었다. 마침 이삿짐센터 직원이 짐을 다 정리했다며 그녀를 부르니 상휘도 더 이상 아무 말도 하지 못했다.

※

워터파크는 주말에 꽃놀이 철이라지만 사람이 그렇게 많지는 않았다. 공간은 넓고 쾌적했고, 아이들과의 물놀이는 예상 외로 즐거웠다. 어쩌면 요즘 들어 마음이 가벼워진 탓일 수도 있다.

"혜지야, 천천히 먹어."

점심을 먹었는데도, 물 속에서 놀다보니 한두 시간이 지나자 아이들은 배고픔을 호소했다. 아마 격렬한 물놀이 탓일 것이다. 에너지 넘치는 아이들과 있어서인지, 어느새 그녀조차 희미하게 피로를 느꼈다. 배가 고파했던 아이들은 스낵코너에 둘러앉아 간식을 먹기에 여념이 없었다.

"이제 두 시간만 더 놀자."

"에에, 선생님! 너무 짧아요. 우린 저녁까지 놀 수 있는데."

물론 아이들은 당장 반감을 표시했다. 동글동글한 눈빛으로 간절하게 호소했다.

"선생님도 더 놀고 싶지만, 부모님과 약속한 시간이 있잖아. 아쉬우면 여름 방학 때 다시 오자."

"정말요? 약속한 거예요!"

"기말고사 잘 보기, 약속!"

아이들 눈이 반짝거리다가 이연이 내건 조건에 야유가 터졌다.

"에이, 그러는 게 어디 있어요!"

"어디 있긴, 이 녀석아! 선생님 맘이지. 자, 이럴 시간 있으면 어서 가서 더 놀아."

아이들의 엉덩이를 툭툭 쳐 다시 수영장으로 몰고 들어가며 문득 생각이 난 그녀는 가방을 놓아둔 탈의실로 발길을 돌렸다. 윤이가 궁금해진 탓이다. 이제 아이들만 제대로 데려다 주면, 오늘 일정도 끝이 나고, 그녀에게도 주말이 기다리고 있었다.

가방을 찾아 진혜에게 전화를 걸고 끊는데, 이연의 손에 들린 휴대전화 액정 위로 문자가 들어왔다는 표시가 반짝거렸다.

- 호텔로 올라와. -

지석이다. 앞뒤 잘라먹은 한 줄 메시지, 이연의 콧등에 살짝 주름이 잡혔다. 그녀는 지석이 같은 리조트 단지 내에 있다는 것은 알고 있었지만, 자신이 갈 곳은 알려준 적이 없다. 그리고 이렇게 단조로운 그의 문자를 받을 때면, 예전 생각이 나서 살포시 웃음이 돌았다.

- 아직 일 끝나기 전이에요. 세미나 내일까지죠? 끝나고 천천히 오세요. -

이연은 신중히 답문자를 보냈다. 그리고 아이들이 놀고 있는 슬라이드 풀을 돌아보고 건물을 휘돌아 길게 이어진 수영장으로 들어섰다. 한낮의 대담한 햇살 아래, 그녀의 몸매가 눈부시게 빛났다. 하얗게 빛이 나는 피부, 비키니 수영복 대신 원피스 수영복을 입었다지만 그녀의 몸매까지 가리진 못했다. 아이를 낳고 더욱 살이 빠져 볼륨감이 두드러졌다. 그녀는 물안경을 끼고는 깊이 심호흡한 후 수영장 물 속으로 깊게 잠수해 들어갔다.

한참을 잠영으로 헤엄치다 물 위로 나오는 순간이었다. 누군가 뻗은 팔이 그녀의 몸을 확 낚아챘다. 놀라 바라볼 틈도 없이 이연은 한 남자의 가슴 안에 깊게 안겼다. 물 속이라지만 상대의 단단한 몸이 온몸으로 덮쳐왔다.

"지석 씨! 놀랐잖아요."

얼굴로 쏟아지는 물을 닦아내며 이연이 낮게 소리쳤다. 그리고 가벼운 이연의 책망에 지석은 살짝 입술을 비틀었다. 가쁜 숨을 내쉬는 이연의 입술을 뚫어지게 바라보았다.

"왜 여기 있어요?"

"오늘 일정 끝났으니까."

"여기 있는 것은 어떻게 알고…… 혹시……."

"이상휘가 불었냐고 묻는 거라면, 답은 아니야."

지석의 표정이 험악하게 굳었다. 이연을 바라보던 사내들의 얄궂은 시선에 이미 상하기 시작한 기분으로는 목소리가 좋게 나올 리가 없다.

"상휘 선배, 오전에 왔다 간 건 알고 있네요?"

"너에 대해 모르는 일이 있을 것 같아? 그런 건 지난 1년으로 충분해."

이연의 입술 끝에 희미한 웃음이 서렸다. 살며시 손을 들어 지석의 굳은 입술가를 손끝으로 매만지자, 그녀의 손끝을 따라 그곳이 움찔거렸다. 스치는 그의 몸 어딘가가 불편하게 커지는 것을 이연은 충분히 느끼고 있었다. 물 속이라지만 그의 손길이 닿은 허리 쪽이 화끈거렸다. 지석의 어깨에 닿을 만큼

해후 두 번째 이야기

물은 깊었지만, 쭉 뻗은 그의 다리까지 보일 만큼 물은 투명했다.

"일하는 중이 맞나?"

"맞아요. 아이들 잘 노는지 관리해야 해요. 지석 씨는요? 세미나 끝났어요?"

지석은 대답하지 않았다. 충동적으로 치민 욕망이 이성과의 경계에서 아슬아슬하게 걸렸다. 온몸에 힘이 불끈 들어갔다. 고통스러울 정도로.

"수영 잘하는 것 같던데. 따라와."

그녀가 대답할 틈도 없이, 지석은 그녀의 손을 잡고 물 속으로 들어갔다. 흡, 숨을 들이켠 이연이 급하게 그의 뒤를 쫓아 가라앉았다. 거센 힘에 끌려가다가 조금씩 숨이 막히던 순간이었다.

읍. 물 속에서 이연은 두 눈을 크게 떴다. 삽시간에 밀려들어온 것은 막막하던 숨통을 트게 하는 강렬한 기운. 정신이 번쩍 들고 온몸에 소름이 돋았다. 돌아서 그녀의 뒷머리를 꽉 끌어당긴 지석이 입술을 맞췄다. 숨결이 밀려오고, 강한 힘이 밀려들었다. 틈도 없이 밀착된 입술 사이로 그의 혀가 밀려들어왔다. 휘몰아치는 폭풍처럼, 거세게 몰아쳐 그녀의 입술을 빨아들였다.

저릿한 열기. 몸 전체가 오그라들 것 같다. 너무도 버거워 그의 가슴을 밀어 버리려했지만, 물 속에서 움직이기란 녹록치 않았다.

환한 5월의 햇살은 수영장 깊은 곳까지 강렬히 꽂혀 상대의 모습이 환하게 보였다. 그가, 한지석이라는 남자가 오로지 자신에게만 집중하고 있다. 그 사실 하나만으로 그녀를 온통 열기로 들뜨게 한다. 당장이라도 몸을 포개 그를 느끼고 싶었다. 온몸을 받아들이고 싶었다. 하지만 실낱같이 살아 있는 이성.

멀찍이 떨어졌다지만, 다른 사람들의 모습이 어른어른 스쳐갔다. 당장이라도 들킬 것 같은 아슬아슬함. 묘하게 심장을 울리는 열기. 뜨겁다. 심장이 뜨거워져 수영장의 물이 팔팔 끓는 열탕처럼 답답해졌다.

사랑해, 지석 씨.

결코 감당할 수 없는 열기. 오로지 상대를 느끼고 싶고, 상대의 숨결을 느끼고 싶은 순수한 열망만이 남아 가슴을 헐떡이게 했다. 맑은 물 속에서 마음이 통하듯 이연은 지석의 눈빛을 읽어냈다.

그 순간, 파핫 하는 물소리와 함께 두 사람의 몸이 물 밖으로 튀어 올랐다. 가쁜 숨을 토해내는 두 사람은 타인에게는 이제 막 잠영에서 올라온 사람들로 보였지만, 정작 본인들은 아무 생각이 떠오르지 않았다. 마주 잡은 손에 강한 힘이 들어갔다.

"지석 씨!"

그때, 다급하지만 조용한 목소리가 지석을 불렀다. 당장이라도 그곳에서 이연을 끌고 나가려는 그를 진정시킨 것은 그의 여자. 열망에 반짝이는 눈으로 그를 바라보지만, 결코 그처럼 앞뒤 가리지 않고 미치진 않는다. 언제나 한 발 빼고 빠지는 것 같아 기분이 좋지 않을 때도 있지만, 그것은 신중한 이연의 성격이라고 이해하기로 했다.

여전히 남아 있는 얼굴의 물기를 한 손으로 쓸어내리던 지석이 훗, 작게 웃었다. 긴장이 풀린다. 굳었던 얼굴이 그제야 편해졌다.

"아이들한테 가야 해요."

이연의 눈을 똑바로 바라보던 지석이 천천히 고개를 끄덕였다.

"너라도 이성적이니 다행이다."

"아뇨."

지석의 말을 부정한 이연이 싱긋 웃었다. 조심스럽게 벌린 입술이 발갛게 부풀었다.

"잊었어요, 교수님? 언제나 장작불에 뛰어드는 불나비는 저였어요."

이연의 입술 끝이 유혹적으로 휘었다. 지석의 눈동자를 똑바로 바라보면서 그의 허리를 안았던 물 속의 팔이 조심스럽게 쓸려 내려와 엉덩이를 쓰다듬었다. 분명 물 아래 탄력 있게 조여진 엉덩이가 움찔거렸지만, 표정 하나 변하지 않는 지석을 지그시 응시했다. 오만하게 들린 턱, 고집 있어 보이게 다물린 입술조차 깨물어주고 싶을 만큼 사랑하고 있다.

"지금 희롱당하는 쪽은 나인 것 같은데."

지석의 입술 끝이 말려 올라갔다. 그가 이연을 더욱 당겨 안자, 그녀는 웃던 끝에 작은 한숨을 붙였다. 탄식과 같아 숨소리조차 달콤하고 야릇하게 느껴졌다. 이연이 그의 귓가에 봄바람처럼 속삭였다.

"집으로 와요. 오늘밤."

그녀가 할 수 있는 최선의 유혹. 살짝 귓불을 깨물어주고, 이연은 웃으며 몸을 뗐다. 더 이상 붙어 있다가는 그도 자신도 이 풀장 안에서 무슨 일이라도 낼 것 같다. 최악을 막으려면 이렇게 피할 도리밖에는 없다.

다시 잡히기 전에 이연은 몸을 솟구쳐 풀장가로 올라섰다. 못내 아쉬움 섞인, 하지만 어쩔 수 없다는 듯 체념한 지석의 미소는 그녀를 설레게 했다.

"선생님! 선생님!"

그때, 한 아이가 달음질쳐 이연을 향해 달려왔다.

"동호야! 무슨 일이야?"

"혜지가요. 배가 아프대요, 선생님!"

"언제부터? 지금 어디 있니?"

"휴게실 쪽에 있어요. 배 아프다고 막 울어요."

이연이 급히 물 밖으로 뛰어 나갔다. 지석 또한 그녀의 뒤를 따라 나와 다급히 함께 뛰었다.

~~~❖~~~

　이진이 이연이 살고 있다는 아파트에 도착한 것은 늦은 오
후였다.

　"이렇게 좋은 데 살면서, 연락 한 번 안 한 거야? 참나. 너무
하네."

　이진의 갸름한 얼굴 위로 불쾌한 감정이 스쳐갔다. 한적한
외곽에 새로 지어진 넓은 아파트 단지는 쾌적해 보여 마치 시
골의 전원주택단지를 연상케 했다. 그녀는 다시 한 번 자신이
메모해 두었던 동과 호수를 흘끔 보고 입구에 도착해서 심호
흡을 했다. 이곳까지 오는 동안 피로와 더위에 시달려 잔뜩
치솟았던 짜증스러운 감정도 지금은 긴장을 해서인지 조금
옅어지고 오로지 입이 바짝바짝 말랐다.

　괜찮아, 정이진. 죄책감 따위가 밥 먹여주니. 오히려 죄책감
은 언니가 받아야지. 안 그래?

　이진은 자신을 찾아왔던 이를 떠올리며 침을 꿀꺽 삼켰다.
그리고 비교적 당당한 걸음으로 마침 들어가는 사람을 따라
열린 입구 문을 통과해서 엘리베이터로 향했다. 거침없이 메
모에 적힌 15층에 도착하자, 또다시 망설이지도 않고 어느 집
의 현관벨을 꾹 눌렀다. 경쾌한 벨소리가 조용한 복도에 가득

찼다.

～✦～

배가 아프다고 울상이던 혜지를 데리고 병원을 다녀왔다.
과식을 한 후, 바로 물놀이를 한 탓이라고 한다. 그나마 지석
이 빨리 움직여 주고 남은 아이들을 맡아준 덕에 허둥지둥하
지 않았다는 안도감도 잠시. 물놀이를 끝낸 아이들을 모두 데
려다 주다보니 귀가 시간이 늦었다. 서둘러 씻고 옷을 갈아입
은 그녀가 언뜻 시계를 보니 시간은 이미 7시가 다 되어가고
있었다. 아무리 진혜가 이해한다 해도, 아이를 너무 오래 맡겨
두었다. 병원을 다녀오고 혜지의 집에 사정을 설명하느라 시
간이 늦어진 탓이었다.

그때, 그녀의 급한 마음이라도 읽은 듯 때마침 인터폰이 울
렸다. 현관 모니터를 확인하던 이연의 얼굴이 갑자기 몰려온
먹구름이 끼듯 한순간에 어두워졌다. 심장이 덜컥 내려앉은
것도 잠시. 그녀는 차분한 마음과 표정으로 돌아와 현관으로
나가 문을 열었다.

"이진아⋯⋯."

1년이 넘은 시간이었다. 당장 자신의 눈앞의 것들이 힘겨워
외면했던 동생이 아닌가. 이진의 냉랭한 기운이 그대로 느껴
졌다. 표시 낼 수는 없었지만, 이연은 어느 정도 동생을 이해

해후 두 번째 이야기

할 수는 있었다.

"들어오란 말 안 해? 같이 사는 남자 있어?"

이연의 얼굴빛이 단숨에 굳었다. 같이 사는 남자. 이진은 적당한 호칭을 찾지 못해 그랬겠지만, 그 적나라한 호칭은 이연의 얼굴을 달아오르게 했다. 그녀는 애써 이진의 말을 무시하고 담담하려 애썼다.

"들어와."

이사 온 지 며칠 되지도 않은 지금. 그동안 연락을 주고받지도 않던 이진이 이렇게 직접 찾아왔다는 것이 어딘지 불안했다.

"여긴 어떻게 알았니?"

"언제까지 숨어 살 거니, 언니?"

이연의 질문을 무시한 채, 이진은 오히려 되물었다. 이연보다 조금 더 크고 날카로운 인상의 이진이 눈을 가늘게 떴다. 이연의 어깨가 툭 아래로 쳐졌다.

"무슨 얘기 하려 왔는지 모르겠지만, 들어와 일단 앉아. 저녁은 먹었어?"

피붙이라고 먼저 끼니부터 챙긴다. 이연은 주방으로 가며 이진을 향해 물었다. 그녀가 알기로 이진은 아직도 고시원에 있었고, 그곳에서 챙겨 먹는 밥이 어려울까, 마음이 짠해진 탓이었다. 하지만 이진은 이연의 관심 따위 처음부터 대꾸할 마음이 없었다.

"없던 관심, 갑자기 생긴 척 그러지 말고 언니도 여기 와서 앉아."

이진이 넓은 소파의 한곳에 턱 주저앉았다. 사방을 흘끔흘끔 둘러보는 눈빛이 날카로웠다.

"아이가 있다더니 정말인가 보네. 그런데 아이는?"

툭 던진 이진의 말에 이연의 느슨했던 태도 또한 팽팽히 당겨졌다. 본능적으로 아이한테 생각이 미친 탓이었다. 그녀의 말대로 소파로 와서 이진의 맞은편에 앉았다.

"무슨 얘기 하려 온 거야? 돌리지 말고 말해."

"아이 지금 여기 없는 것 확실하지?"

이진이 그녀에게 다짐하듯 묻더니 메고 왔던 숄더백에서 주섬주섬 담뱃갑과 라이터를 찾았다.

"미안한데 좀 필게."

"이진아, 너 담배도 배웠니?"

이연이 휘둥그레 눈이 커져 물어보자, 이진은 피식 웃었다.

"새삼 왜 그래. 오랫동안 이러고 있음 다들 이래. 스트레스가 장난 아니니까. 거기 문 좀 열어줘."

이진은 깊게 들이마신 연기를 그나마 열린 베란다를 향해 뿜었다. 실망감을 감추지 못해 바라보는 이연의 시선을 무시했다.

"공부는…… 계속 하고 있지?"

"해. 점점 바닥이 드러나서 탈이지만."

이연의 눈빛이 끝을 모르게 가라앉았다. 툭툭 내던지는 이진의 어조가 어딘지 모르게 가슴을 긁었다.

그동안 힘들었구나. 동생의 눈빛이 예전보다 더욱 삭막해졌다. 그동안 그녀가 얼마나 팍팍하게 살아온 것인지, 반증이리라.

"공부할 시간도 없는데, 돈 번다고 또 시간 까먹고 있었거든. 많이 힘들었어."

이진의 목소리에는 감출 수 없이 원망이 서렸다. 자신도 그렇지만, 스무 살이 넘도록 손끝에 물 한 방울 안 묻히고 살아온 동생이 할 수 있는 일이 과연 얼마나 될까.

이연은 두 눈을 꾹 감았다 떴다. 똑바로 이진의 얼굴을 바라봤지만, 책임을 묻거나 무엇을 하며 살았냐고 묻지 않았다. 지석의 조부가 줬다던 돈, 그리고 그녀가 떠나오며 쥐어준 돈으로 당분간은 버틸 줄 알았는데, 이진은 그것도 아니었나 보다. 하지만 이미 스물 중반의 성인들이니 그녀도 이제는 상관하고 싶지 않았다. 그것이 솔직한 심정이었다.

"언니. 나 하나만 물어보자. 이렇게 도망 오니까 좋아? 우리 내버려 두고 정말 좋았니?"

이연의 얼굴 위로 미세한 경련이 스쳐갔다. 참을 수 없어 결국 지끈 이를 물었다.

"너…… 무슨 얘기야? 무슨 얘기 듣고 온 거야? 아니, 내가 여기 있는 거, 누구한테 어떻게 들어 알았니?"

지석의 외조부를 또 만난 것일까. 이연의 목소리가 날카롭게 변했다. 무언가 섬뜩한 감정이 등골을 좌륵 훑었다.

"그런 게 지금 중요한 거 아니잖아? 지금 언니 꼴을 좀 봐. 최고 대학, 최고 학부 나온 여자가 이게 뭐니? 남자 때문에 이런 촌구석으로 도망 와서 숨어 사는 거, 기가 막히지 않아? 엄마, 아빠 계셨어도 언니 이랬을까?"

이진의 강변에 이연의 심장이 문득 서늘해졌다. 심장이 먹먹해진다. 그러다 갑자기 혈류가 도는 듯 그곳이 빨리 뛰었다. 뜨거워지고 있었다.

"부모님 얘기까지 꺼내지 말고 본론 말해. 무슨 얘기 들었어?"

이연의 눈매가 가늘어지고, 눈빛이 툭 꺾였다. 꾹 다문 입술이 바르르 떨었다.

"그래. 솔직히 말할게. 내가 무슨 얘기 들은 것 상관없이 내 생각에도 그 남자와 언니, 안 어울려. 기울어도 정도껏이지. 우린 아무것도 없고, 게다가……, 지금은 부모님도 안 계시잖아."

"그 말뿐이었니?"

이연의 목소리에 냉기가 서렸다. 뜨겁게 치민 분노가 목구멍에서 걸려 차마 터지지 못하고 끅끅거렸다.

"들은 것 전부 말해봐."

"우리, 밖으로 나가자."

"밖?"

"그래. 우리 식구 전부 나가면 돼. 언니, 나, 그리고 이훈이. 우린 하고 싶던 공부 다 하면 되잖아. 그리고 이 땅엔 돌아오지 말자. 여긴 우리 삼 남매만 남았잖아. 무슨 미련이 있어. 여기서 또 헤어지면 우린 끝이야. 언니가 조금이라도 우리 생각한다면……."

"우리, 우리, 우리! 이훈이도 같은 생각이야?"

이연의 눈빛이 분노로 번뜩였다. 이진은 대답하지 않았다. 알았다면 이훈은 당장 자신부터 죽이려 들었으리라.

"이훈인……."

"그 대가가 뭐니? 이제 뭘 내놓으라 하는데?"

이연이 자리에서 벌떡 일어섰다. 말을 할수록 점점 더 애원의 빛을 띠는 이진을 완전히 무시했다. 천적 앞에서 날카로운 발톱을 드러낸 암고양이처럼 이연의 신경이 날카로워졌다. 매서운 눈빛으로 이진을 쏘아봤다.

"그 사람들이 내게 포기하라는 게, 우리 윤이니?"

"윤? 아……."

이진의 심장이 자신도 모르는 사이 뜨끔거렸다. 생각해보니 아이 이름도 모르고 이 자리에 앉아 있다. 조금 남은 양심이 그녀의 마음을 불편케 한다. 그리고 선뜻 대답 못하는 이진을 쏘아보던 이연이 굳은 표정으로 돌아섰다.

"넌 몰라, 정이진. 내가 왜 모든 것을 포기해야 했는지. 그러니까 날 찾아와 이런 말 아무렇지도 않게 하겠지. 그런데 이진아. 이건 말이야. 네가 내게 찾아와 돈 마련해달라고 하던 것과는 차원이 다른 거야. 무슨 말인지 이해 돼?"

이연의 단호한 말에 이진의 눈빛이 멈칫거렸다. 지끈 어금니를 악물었다.

"언니! 나라고 생각이 없는 줄 알아? 처음 언니가 찾지 말라 하고 사라졌을 때는 원망도 했지만, 미안한 게 더 컸어. 하지만 지금은 언니가 불쌍해서 이런 거잖아."

이연의 눈꼬리가 파르르 떨렸다. 지지 않고 바라보는 이진을 무섭게 노려보았다.

"사랑, 그까짓 게 밥 먹여주니? 우리 원하는 대로 공부할 수 있게 해주고, 껄렁대는 이훈이 제자리로 돌려놓을 수 있어?"

"네가 무슨 자격으로 그런 얘길 해?"

이연의 목소리는 낮지만 강했다. 쥐고 있는 주먹이 부르르 떨었다. 동생이라 오냐오냐 한 것이 후회될 만큼 도가 지나치다.

"네가 땀 흘린 만큼의 대가만 바라. 너와는 하등 상관없는 사람들 말, 귀 기울지 마."

"언니. 우리 그냥 떠나자. 이렇게 사는 거 지겹지도 않아? 언니만 맘 바꾸면 모두가 편하잖아."

"모두? 누구? 너?"

이연이 날카롭게 쏘아붙였다. 당황한 이진이 입을 열기 전,

그녀가 일어서 현관 쪽을 가리켰다.

"정이진. 나가."

"언니!"

"나가란 말 안 들려?"

"내가 나간다고 포기할 사람들이 아니야. 언니가 생각할 시간이 필요하면 나중에 다시 올게. 그 정도 시간은 기다려……!"

"나가라 했잖아! 너 따위, 동생으로 치고 싶지도 않아!"

기어이 참지 못한 이연이 큰소리를 질렀을 때였다. 테이블 위에 놓아두었던 이연의 휴대전화가 윙윙거리며 진동소리를 냈다. 액정 위에 떠오른 번호는 진혜의 것이다. 크게 숨을 들이 쉰 이연이 전화를 받았다.

"네, 가연 어머니."

- 윤이 엄마! 얼른 와야겠어.

진혜의 목소리가 심상치 않았다. 듣는 순간 이연의 심장이 쿵 내려앉았다.

"왜 그러세요? 무슨 일 있어요? 혹시 윤이 아파요?"

- 윤이 엄마! 정신 단단히 차리고 들어. 윤이 친가 사람들이라고 하면서 갑자기 쳐들어왔는데…….

"안 돼요!"

진혜의 말이 끝나기도 전이었다. 심상치 않던 예감이 들어맞았다. 생각할 틈도 없이 소리친 이연이 정신없이 현관을 향해 달려 나갔다.

- 가연 아빠가 경찰 부른다고 난리인데도 눈 하나 깜짝 안 해. 할머니가 보고 싶어하신다고 막무가내로 아이를 데려가겠다고 하니……. 나, 지금 몰래 나와서 전화하는 거야.

"가연 어머니! 절대 안 돼요. 윤이……, 그 사람들이 데려가면 절대 안 되요!"

무슨 정신으로 집을 뛰쳐나왔는지 이연은 알 수 없었다. 그녀는 어느새 지석의 전화번호를 누르고 있었다.

21. 평행선, 좁힐 수 없는 거리

제발……, 제발 받아 지석 씨.

교묘하다. 정말 이렇게 교묘하고 치밀할 수 없었다. 이진의 말로 이미 마음이 피폐해진 이연은 도저히 혼자서는 감당할 수 없는 현실 앞에서 절망했다. 애타게 지석의 전화번호를 누르며 아파트 현관을 나오는데, 다른 전화가 계속 들어오고 있었다. 낯선 예감이 든 그녀가 급한 손길로 통화버튼을 눌렀다.

"안 돼요! 지금 가고 있어요!"

모골이 곤두선 이연이 상대도 확인 못 하고 소리를 지를 때였다.

- 정이연 씨?

택시를 잡기 위해 아파트 밖으로 뛰던 이연의 걸음이 우뚝 멈췄다. 자신을 부르는 딱 한 마디에 벼락이라도 맞은 듯 충격을 먹었다. 어떻게 이 목소리를 잊을 수 있을까. 김 여사, 지석과 지욱의 어머니인 그녀를 어떻게 잊을 수 있을까. 한가함과 여유가 듬뿍 묻어나는 여자의 목소리는 이연의 피를 거꾸로 솟구치게 했다. 휴대전화를 들고 있는 손이 바들바들 떨었다.

- 지석이 엄마예요.

모골이 쭈뼛 섰다. 눈으로 확 뜨거운 기운이 몰렸다.

"우리 윤이……, 윤이 어떻게 한 거예요?"

- 무슨?

숙현의 목소리가 의문에 가득 찼다. 한참을 대답하지 않다가 무슨 소리인지 알겠다는 듯 아, 하는 짧은 감탄사가 들려왔다.

- 아이 이름이 윤인가 보구나.

"아이 데려가신다고 하셨어요? 경찰에 신고하기 전에 그대로 두세요."

이연의 한 마디 한 마디에 독이 서렸다. 새끼를 빼앗긴 어미의 심정으로 이를 갈았다.

- 경찰?

그러나 상대 숙현은 가볍게 그녀의 말을 일축했다. 이연은 볼 수 없지만, 그녀는 한참 어이가 없다며 웃어버렸다.

- 왜 여기서 경찰 얘기가 나오나 모르겠어. 제 할머니가 손자가 보고 싶어 데려갔다는데. 정이연 씨, 그렇게 경찰이나 법 같은 것 좋아해? 대뜸 한다는 소리가 그거야? 그렇게 해서 잘 살아왔니?

역시 정이연 씨와 나는 코드가 통하질 않네.

"아이가 당신들 마음대로 할 수 있는 물건은 아니잖아요!"

이연이 낮게 으르렁거리듯 소리를 지르자, 수화기 반대편 숙현의 눈매가 가늘어졌다.

- 대화가 그다지 통할 타입을 아닌 것 같군요. 나는 합법적인 그 애 친할머니야.

숙현이 '합법적'이라는 단어에 힘을 주었다.

- 지석이 꼬여서 혼인 신고는 간 크게도 마음대로 하더니만, 이런 것은 생각 안 했나 봐?

혼인 신고……? 이연의 눈이 커졌다. 뒤통수를 맞은 듯 순간 멍해졌다.

- 우리 서로 싫다 해도 손자는 손자지. 우리 지석이 아이잖아? 할머니가 1년이나 모르고 있던 손자가 보고 싶어 데려오라고 했는데, 무슨 문제 있니? 어린 것이 혼자 얼마나 힘들었겠어. 이제부터라도 원하는 것 다 해주고, 공을 들여야지.

숙현의 목소리가 울릴수록 커지던 이연의 두 눈이 점점 더 빛을 잃었다. 그러다 기어이 아무것도 없이 비어가기 시작했다. 자신이 어떻게 할 수 없는 힘 앞에서 너무도 버거워졌다. 힘이 들었다. 누군가 도와줬으면 하는 바람이 절실해졌다.

"우리 윤이…… 돌려줘요."

이연이 두 주먹을 꽉 쥐었다. 지금 당장 미칠 것 같다. 바닥에 주저앉아 목 놓아 울 것 같고, 이대로 정신을 놓아버릴 것 같았다.

"당신들과 아무 상관없는 아이에요. 내 아이에요. 돌려줘요."

- 미련 맞게 혼자 낳아놓고 그런 소릴 해? 내 아들 발목 다 잡아 주저앉히고 이제와 그런 얘길 하는 게 말이 돼?

이연은 눈앞이 아찔해져 두 눈을 꾹 감았다 떴다. 한 발 한 발, 저도 모르게 비틀거리는 것을 간신히 버텼다.

"내가, 내가 어떻게 하면……."

이연의 목소리는 지푸라기라도 잡을 듯 간절했다. 상대가 원하는 바를 알고 있지만, 그것을 입 열어 말하기에는 지금 지석이 곁에 없다.

"어떻게 하길 바라세요?"

- 난 처음부터 네게 말했어. 결혼? 내 아들과 그렇게 결혼하고 싶으면 해. 그런데 너 아니? 그럼 나하고도 함께 살아야 해. 그렇게 할 수 있니? 나는 못 할 것 같은데…….

의외로 숙현의 목소리는 가벼웠다. 그녀는 할 말을 다 마쳐 홀가분하다는 어조였고, 이연은 더 이상 버티지 못한 채 자리에 털썩 주저앉았다.

"그거면 되나요? 어머니……, 어머니 모시고 함께 살면……."

꾹 눌렀던 이연의 눈에서 눈물이 주룩 흘러내렸다. 뜨거운 것이 바닥으로 뚝뚝 떨어져 내렸다. 이렇게 무기력한 자신이 한없이 초라해졌다.

  ― 사정이야 어찌 되었든, 아이는 내 손자라 하니, 궁금한 건 사실
이야. 너도 당장 아이가 보고 싶으면 지석이와 함께 올려오렴. 네가
네 아이 보고 싶어하는 만큼, 나도 내 아들이 보고 싶으니까. 아이
는 잘 돌봐주고 있을 테니 걱정하지 마라.

  휴대전화 통화가 끊겼다. 이연의 흐르던 눈물도 멎었다. 잠
시잠깐, 사랑이 전부인 줄 알고 행복에 취했는데, 이 행복이
자신의 것이 아닌 것 같던 불안도 애써 미뤄두었는데 결국은
이런 수순이 기다리고 있었다. 이연은 어금니를 악 물었다. 더
이상 울고 있을 수만은 없다.

~~❖~~

  지석과 통화가 되어 그가 집으로 온 것은 두 시간 뒤였지만,
이연에게는 그가 없던 지난 1년의 시간보다 더 긴 시간처럼
느껴졌다.

  "이연아!"

  급한 일이라고만 하였다. 그러니 이쪽으로 와 달라고. 평소
그다지 보채지 않는 그녀의 성격을 알기에 지석은 불안함이
밀려오는 것을 애써 눌렀다. 그렇게 달려온 길이다. 그런데 전
화로 듣던 초조한 목소리와 달리 이연의 눈빛은 차라리 담담
했다.

"윤이는⋯⋯?"

조금 이상했다. 침실에서 아이의 기척이 느껴지지 않아 설마 하며 묻는 지석을 향해 이연이 입을 열었다.

"어머님이 데려가셨어요. 아이가 궁금하셨대요."

"무슨 소리야?"

지석은 순간 낙뢰를 맞은 듯 소리를 버럭 질렀다. 그를 올려다보는 이연의 눈빛은 오히려 덤덤하고 무색이었다. 반짝이던 눈빛은 빛이 가셨다.

"당신과 함께 오라셨어요."

자세히 듣지 않아도 짐작이 되었다. 들고 있던 휴대전화의 번호를 꾹 누르는 지석의 얼굴이 무표정하게 굳었다. 그리고 이내, '지석이니?' 하는 경쾌한 목소리가 웃음과 섞여 들렸다.

"아이 데려다 놓으세요."

— 어머, 아들 무슨 소리야?

"아이, 데려다 놓으라는 말, 안 들리십니까?"

지석의 목소리가 너무도 살벌하게 들려 수화기 저쪽 숙현이 움찔거린 것도 그는 몰랐다.

— 그 아이한테 듣지 못했니? 내가 너무 손자가 보고 싶어 데려오라 했다.

"어머니 아들, 바보로 아십니까!"

지석이 낮게 으르렁거리자, 담담히 그를 바라보던 이연이 지석의 손목을 꾹 잡았다. 태연한 척 하는 외양과 달리 이연의 손이 덜덜 떨렸다.

　- 아휴, 아들. 그 애가 뭐라고 그러던?

　바로 이어진 숙현의 목소리에는 서운함이 가득 실렸다. 듣고 있던 지석이 움찔거릴 정도로.

　- 말은 바로 해보자. 내 아이가 남의 집, 남의 손에 맡겨져 있는 것, 애 엄마는 아무렇지도 않다니? 나는 너희들 키울 때, 한시도 손에서 놓지 않았어. 말로만 들었어도 어찌나 가슴이 미어지던지.

　"어머니! 각자의 사정이란 것이 있는 겁니다. 그리고 지금 그런 얘기할 시점이 아니신데요. 이렇게 통보도 없이 아이 데려가시면……."

　- 아휴, 그래 됐다. 그건 나중에 얘기하고. 지석아, 엄마 서운한 거 모르겠니? 정말 내 손자가 보고 싶고, 그동안 못 해준 거 얼른 해주고 싶었다니까?

　숙현의 목소리가 점점 더 애원조로 변해갔다. 지석이 믿지 않아 그녀 또한 답답하다고 가슴을 쳤다. 지석은 표정이 없는 이연을 바라보다 휴대전화를 고쳐 잡았다.

　- 너도 생각해보렴. 1년 동안 있는지도 모르던 내 손자야. 얼마나 보고 싶겠니. 그래서 한 번 보자 했는데, 그 아이는 왜 앞뒤가 다른 말을 하는지 모르겠구나.

　"무슨 말씀이십니까?"

　지석이 눈매를 가늘게 떴다. 모든 것을 초월한 듯 무덤덤한 시선의 이연을 빠르게 살폈다.

- 보고 싶어서 연락을 했지. 그런데 다 이해하더구나? 이제 함께 살게 됐으니, 엄마가 더 어떤 말을 하겠니? 그 아이, 참 맹랑하지 뭐니. 나한테는 나까지 모시고 살면서, 잘 한다고 그랬는데.

"어머니 모시고 살겠다고 했다고요?"

지석의 눈빛이 멈칫거렸다. 이연을 바라봤지만, 그녀는 입술만 깨물 뿐 다른 반응이 없었다.

- 아이, 지금 거의 다 왔다니까, 너희들이 올라와서 데려가. 주말이겠다, 엄마도 손자 재롱 좀 보자. 너도 와서 엄마랑 얘기 좀 하고. 할아버지 댁에서 그렇게 가면, 내가 어떻게 하겠니?

지석은 여운을 남긴 모친의 전화를 끊고 돌아서 이연 앞에 우뚝 섰다. 똑바로 바라보는 이연의 눈빛이 한없이 흔들렸다. 두려움에 젖은 눈망울이 지석의 심장을 꽉 죄고 놓지 않았다.

"정이연. 그때 네 눈빛이 이랬다."

날카로워진 눈빛으로 지석이 몸서리쳤다. 이연이 이별을 통고하고 사라지기 전, 모든 것을 체념한 그녀의 눈빛은 무엇도 남지 않은 듯 공허했다. 그걸 모르고 떠나보낸 것은 어리석은 자신. 지석이 어금니를 꽉 깨물자 볼 근육이 실룩거렸다.

"여전히 날 못 믿니?"

"지석 씨……."

지석이 이연의 어깨를 꽉 잡았다. 흔들림 없는 시선으로 그녀를 바라봤다.

"너, 숨기는 거 있어. 말해. 네가 내게 숨기면, 내가 할 수 있

해후 두 번째 이야기

는 것들이 없어."

찰나의 망설임. 지석을 바라보는 이연의 얼굴이 말끔하였다. 운 흔적이 사라진 눈빛은 오히려 또렷해졌다.

"지석 씨, 우리 집으로 들어가서 어머니 모시고 살아요."

"뭐라고?"

지석이 믿기지 않아 되물었다. 이연의 목소리가 조금 더 정확해졌다.

"어머니와 함께 살고 싶어요."

"정이연, 너 제정신이야?"

지석의 고함소리에 이연이 고개를 번쩍 쳐들었다. 꾹꾹 눌러 놓아 들끓던 감정이 일시에 터졌다. 분노로 물든 눈동자가 불길처럼 펄럭거렸다.

"제정신 아니죠."

"이연아!"

"내가 제정신일 거 같아요? 당신 어머니? 할아버지? 나는 몰라요. 누가 이러는 건지, 알고 싶지도 않아요. 그런데 이건 제정신인 사람들이 할 짓이에요?"

울면 안 돼. 넌 엄마야. 네가 울면 네 아들이 아파.

이연이 으득 이를 갈았다. 작은방 쪽으로 달려가 문을 확 열어젖혔다. 숨죽이고 바깥의 소리만 귀 기울이던 이진을 끌고 나왔다. 조금은 뻔뻔하던 그녀의 얼굴빛이 백짓장처럼 창백해졌다.

"어, 언니!"

"나와."

"언니. 나한테 왜 이래?"

"얼굴은 봐야 할 거 아니니? 네가 궁금해하던 그 남자야. 내가 죽고 못 산다고, 이렇게 도망까지 와서 살게 한 그 남자야. 실컷 봐!"

이연의 눈빛이 번뜩였다. 이연의 이런 모습을 이진은 처음 보았다. 언제나 미련할 정도로 참고 인내하던 그녀가 아닌가. 이진은 낯선 두려움에 당황했다. 지석의 건너편 소파에 앉은 그녀의 표정은 완전히 일그러졌다.

"네 입으로 말해. 네가 들은 것, 나한테 한 그대로 말해. 외국 나가서 하고 싶은 공부하고 원 없이 돈 쓰고 싶다 했지? 이 남자도 그 정도는 들어줄 능력 되니까, 번거롭게 기다리지 말고, 차라리 지금 이 남자한테 말해."

이연의 말은 차라리 명령이었다. 영문을 몰라 이연이 하는 대로 듣던 지석이 어느 정도 감을 잡자 이진을 죽일 듯 노려보았다. 이연이 사라진 후 몇 차례 그를 찾아왔던 여자. 지금 이 순간 이진이 이곳에 있다는 것이 놀라웠다.

"또 뭐가 필요해서 나타난 거지?"

이진을 향한 지석의 어조는 차가웠다.

"언니…… 언니, 나한테만 이러지 마. 나도 무서워. 무서워서 더 그랬어. 그 목소리…… 너무 무섭다고……."

해후 두 번째 이야기

눈앞이 아득해진 이진이 어느새 뚝뚝 눈물을 흘리기 시작
했다.

"똑바로 말해. 네가 알고 있는 대로, 들은 대로."

"그분은 항상 전화로 얘기하는데, 이번에도 그랬어. 네 언니
설득하라고. 그렇지 않으면, 평온하게 살지 못할 거라고······.
다시는 언니도, 동생도 만나지 못할 거라고······."

지석의 눈에서 불꽃 같은 분노가 파편처럼 튀었다. 감정을
이기지 못한 그가 주먹으로 힘껏 테이블을 내리쳤다. 쿵 하는
소리가 들린 후, 거실에는 이진의 울음소리 외에는 흐르지 않
았다. 이진이 쿨럭쿨럭 눈물을 토해내는 동안, 누구도 섣불리
그 기묘한 정적을 깨지 못했다.

~~◈~~

클럽에서 놀다가 밤늦게 집으로 돌아온 지욱은 집안이 떠
나라 들리는 아이 울음소리에 고개를 갸웃거렸다. 그의 집에
서 아이 울음소리가 들릴 리가 없는 탓이다.

"무슨 소리예요?"

그때, 어린 아이를 안고 거실을 왔다 갔다 하는 안성댁의 모
습이 보였다. 안고 있는 아이가 안쓰러운 듯 등을 토닥토닥 하
며 지욱을 향해서는 쉿, 조용하라는 눈짓을 했다. 차츰 아이
의 울음소리가 잦아들고 있었다.

"사모님 신경 날카로우세요."

김 여사의 신경 날카로운 것이 어제 오늘 새삼스러운 일도 아니다. 지욱이 고개를 갸웃거렸다.

"웬 아이예요? 애기, 왜 우니?"

지욱이 안성댁에게 안겨 있는 아이에게 호기심을 갖고 다가 가자, 가물가물 졸린 눈을 하고 있던 아이는 새로운 사람을 마주친 호기심에 눈물을 뚝 그치고 그를 바라봤다. 사내아이 치고 커다란 눈에 눈물이 그렁그렁 달려 바라보니 묘하게 지 욱의 감성을 자극하고 움찔거리게 했다.

"지석 도련님네 아기예요."

순간 지욱의 눈동자가 커졌다.

"형네요? 아……. 네가 윤이구나."

지욱의 눈에 힘이 들어갔다. 이연이 아이를 낳았다는 증명 을 보고도 차마 믿지 못했는데, 눈앞에서 보고 있는 지금도 믿지 못하는 것은 마찬가지이다. 지욱의 심장이 세차게 쿵쾅 거렸다.

"맞아요. 이름이 윤이랬어."

"근데, 왜 애가 여기 있어요? 애 부모는요?"

지욱의 목소리가 다급해졌다. 좋지 않은 예감이 등골을 오 싹하게 했다.

"에휴, 몰라요. 사모님이 손자 보고 싶다 하셔서, 사람들이 가서 데려온 모양인데."

해후 두 번째 이야기

하, 지욱은 짧게 코웃음 쳤다. 우리 엄마가?

"손자를 보고 싶대요? 언젯적 손자라고? 보고 싶으면 가서 봐야지, 애만 달랑 데리고 올라와요? 아, 정말 우리 엄마지만……."

지욱이 할 말을 잇지 못했다. 무엇이든 자신을 중심에 놓고 해결하려는 어머니는 자식조차 본인의 뜻으로 조종하려 하신다. 지금껏 살아오며 한 번도 엄마에게 대들지도 못했는데, 욱하니 반감이 치솟았다.

"그래놓고 지금은 어디 계신대요?"

"잠자리가 바뀌어서 그런지 아이가 자꾸 우니까, 사모님은 머리 아프시다고……."

안성댁이 닫힌 침실 문을 눈짓으로 가리켰다. 그곳을 쏘아보는 지욱의 눈초리가 가늘어졌다.

"보고 싶다고 데려와서는 아이는 나 몰라라 울리신다고요? 형하고 형수가 정말 아이만 보냈대요? 이 어린 아기를? 혼자?"

"그렇다니 믿어야지, 어쩌겠어요."

안성댁의 말에 반박하고 싶지 않았다. 하지만 모든 상황이 지석이나 이연이 보냈다고 생각하기 어려웠다. 무슨 생각을 깊게 하는 듯 눈매가 가늘어진 지욱이 짧은 한숨을 내쉬었다.

"윤아……, 삼촌한테 한 번 와볼까?"

아이를 제대로 돌본 적은 없지만, 지욱은 아이를 좋아하는 편이다. 그가 손을 내밀자 아이도 호의를 느꼈는지 그를 향해 두 팔을 뻗었다. 아마 지석과 닮은 그가 익숙한 모양이라고 지욱은 그리 생각했다.

"옳지. 착하다. 그만 울어. 삼촌 방에 갈까? 삼촌이 장난감도 주고⋯⋯."

엄마한테 데려다 줄게.

지욱의 머릿속이 점점 더 한 가지 생각으로만 가득 차기 시작했다. 아이를 안고 자신의 방 쪽으로 가며 주머니에 넣어두었던 휴대전화를 꾹 눌렀다.

"형, 지욱이야."

- 집에 가고 있어.

지석의 목소리가 깊게 가라앉았다. 지욱의 말이 다급하게 그 뒤를 이었다.

"오지 마!"

- 어머니 옆에 계시니?

"아니. 형, 윤이 내가 데려다 줄게. 그리고 형한테 할 말도 있으니까, 정말 여긴 오지 마. 응? 형수⋯⋯."

지욱이 잠시 망설였다. 이연을 부르는 호칭이 차마 마음 편히 나오지 않았다.

"형수님께도 걱정하지 마시라 전해줘."

- 그래. 그래도 넌 그대로 있어. 지금 거의 다 왔어. 지욱아.

이름을 부르는 지석의 목소리가 왜 그런지 지욱의 코를 찡하게 했다. 항상 무서워했지만 그래도 아버지 같이 따른 형이기 때문일 터.

- 우리 아기……, 잘 있지?

"응. 잘 있어. 지금 내가 안고 있어. 요 녀석 자는 것 같아. 걱정 마."

지석과의 전화를 끊고 지욱은 어느새 잠이 들어버린 윤을 자신의 침대에 조심스레 내려놓았다. 저도 모르게 손끝으로 형을 닮고, 그리고 이연을 닮은 아이의 선한 얼굴을 조심스럽게 쓰다듬고, 또 쓰다듬었다.

"넌 마음 따뜻하고 서로를 존중하는 부모 아래에서 웃으며 자랐으면 좋겠다. 열렬히 사랑하는 건 기본이고 말이야."

지욱의 입가에 씁쓸한 웃음이 서렸다.

~~❖~~

30분쯤 흐른 후 도착한 지석이 거침없이 집으로 들어가 윤부터 찾았다.

"지석아!"

잠을 못 이루던 숙현이었다. 아이 울음소리가 이제는 들리지 않아 거실로 나왔던 그녀가 제일 먼저 집으로 들어온 지석을 맞이했다. 그 밤중에 아이 때문에 올라왔다는 서운함도 잠시. 아들이 왔다는 기쁨으로 얼굴 표정이 달라졌다. 그런데 아들을 발견하고 달려간 그녀를 지석이 매서운 손짓으로 쳐 내자, 숙현의 눈이 휘둥그레졌다.

"아들, 이게 무슨 짓이니?"

아무것도 모르는 얼굴로 숙현이 지석을 올려다보았다. 그녀 보다 훌쩍 큰 아들의 안색이 안 좋은 것으로 미루어 무슨 얘 기가 나올지 그녀는 직감했다.

"이 집안 어른들의 두 얼굴 지긋지긋합니다. 제가 이 집안 사람이라는 것이 부끄러울 정도예요!"

지석이 칼 같은 어조로 어머니를 힐난하자, 그제야 숙현 또 한 표정이 싹 바뀌었다.

"무슨 말이니? 내가 뭘 했다고 이러는 거니?"

"어머니! 정말 아무것도 모르고 계셨습니까?"

서늘하고 냉정한 기운 아래 활활 타오르는 불길. 지석의 눈 빛을 마주한 숙현이 입술을 달싹거렸다.

"무, 무얼? 아들, 너무 무섭게 왜 그러니?"

"이연이가 왜 아이 지웠다고 거짓말하고 숨어버렸는지……, 어머니는 정말 모르셨습니까?"

숙현의 심장이 뚝 떨어졌다. 일말의 양심이 움직여 그녀에 게 했던 말들이 하나 둘씩 떠오르기 시작한다. 지석의 냉랭한 눈빛 아래, 파르르 분노가 타고 있었다. 오싹하게 드는 한기, 지석이 들끓는 화를 참고 있다는 것을 숙현 또한 느끼고 있었다.

"지석아, 네가 왜 이렇게 됐니? 나, 네 엄마야. 엄마한테 이러는 게 어디 있어? 네가 이러는 게 여자 때문이니? 널 이렇게 변하게 만든 게……."

"몰라 물으십니까?"

지석의 음성은 가라앉아 산산이 갈라졌다. 김 여사의 얼굴이 흙빛이 되었다.

"어머니가 제 여자에게 한 짓을 제 입으로 까발려드려요?"

"한지석! 내가 무슨 짓을 했다고 이래? 이러지 말고 우선 앉아봐. 너 엄마한테 왜 이래? 응?"

"더 이상 어머니가 제 어머니인 것을 부끄럽게 하지 마세요!"

"한지석, 너!"

숙현의 손이 위로 번쩍 들렸다가 바로 지석의 뺨 위로 내리꽂혔다. 그녀의 눈빛이 이글이글 분노로 불타올랐다. 놀란 이연이 지석의 팔을 잡았지만, 그는 아무렇지도 않은 듯 어머니를 바라봤다. 한쪽 뺨이 부어올라 벌겋게 변해갔다.

"더 때리시려거든 지금 때리세요. 그걸로 마음이 가라앉으신 다음에는 어머니께서 이연이에게 한 일을 다시 한 번 생각해보십시오."

"내가 무슨 일을 해! 너희 결혼한다 했을 때, 나는 하라 했다. 아이 낳는다고 했을 때도 낳으라 했어. 그 외 무슨 말을 했다던? 제 발이 저려 도망간 얘기는 안 하디?"

김 여사의 눈빛이 이연에게 향했다. 그녀를 날카롭게 노려보며 붉은 입술을 물었다.

"정이연 씨! 네 입으로 얘기해봐. 네가 내 아들들에게 무슨 짓을 했는지! 지욱이한테 접근해서 안 되니까, 지석이 알아보고 바로 접근한 건 너잖아!

이연이 숙현의 두 눈을 똑바로 바라보았다. 지석의 손을 마주 꼭 잡았다. 그녀의 목소리가 떨림도 없이 단호하게 흘러나왔다.

"어머니."

"어머니?"

숙현이 어이없다는 듯이 혀를 차는 것도 이연은 담담히 무시했다.

"그것 외에는 제가 사랑하는 남자의 어머니를 부를 호칭이 없어서 그렇게 부릅니다."

"하! 이제 두 눈 똑바로 뜨고 당당하구나."

"어머님이 한 마디 하시면 너무도 무서워하던 예전의 정이연은 없어요. 제겐 아들 윤과 이 사람이 있으니까요."

이연의 목소리가 거침없이 흘러나왔다.

"이제 슬슬 버릇없이 자란 본색이 나오니? 지석이가 네 편이라 아주 신이 났구나?"

숙현의 이죽거림에 이연이 작게 한숨을 내쉬었다. 긍정의 뜻으로 고개를 끄덕였다.

"네. 원래 꼬박꼬박 말대답하던 여자였어요. 그나마 지금 아이를 키우다 보니, 어머님이 어떻게 낳고 키우셨을까, 지석 씨 어렸을 때는 병치레가 잦았다니 얼마나 노심초사하셨을까, 이제는 어머님의 심정을 이해할 수 있어서 참고 있을 뿐이에요."

"이, 이……."

숙현이 차마 소리는 지르지 못하고 바들바들 떨었다. 울화가 치민 두 눈에 파란 불꽃 같은 울화가 넘실댔다.

"이 사람과 어떻게 만났는지 궁금해하셨죠? 어머니가 듣고 싶어하시던 질문의 대답은 아닐 겁니다. 전 지석 씨 그때 몰랐어요. 지금 생각하면 그것이 저희 인연인지도 모르겠네요. 이 집에서 뛰쳐나간 그날 지석 씨를 만났으니까요."

"너 지금 뭐 믿고 내 앞에서 까부니?"

숙현의 얼굴이 죽은 사람처럼 굳었다. 목소리가 낮게 울렸다.

"내가 널 그냥 놔둔 게 그나마 불쌍히 여겨서 그런 줄도 모르고. 뻔뻔하게 다시 나타나서 고개 빳빳이 세워? 내 자식들을 네가 감히!"

지석의 싸늘한 시선이 모친을 향했다.

"어머니 이런 분이셨군요. 어머니가 데려온 윤이도 어머니 자손, 어머니 핏줄입니다. 이연인 그 아이의 엄마고요."

"내 손자일 뿐이야. 아직 며느리로 인정한 적 없어!"

"엄마! 제발 그만 해요. 아이가 깼잖아요."

숙현이 신경질적으로 대답하던 그때, 방에서 자다가 깨 삐죽대는 윤이를 안고 지욱이 나왔다. 바로 엄마를 알아본 윤이 이연을 향해 고사리 같은 두 손을 뻗치며 안기려 했다.

"윤아!"

지욱에게 다가간 이연은 두 눈이 뜨끔하고 시큰해졌다. 겨우 치밀어 오르는 눈물을 참고 윤을 받아 안았다.

"울 엄마 정말 불쌍하시다."

결국 잠자코 지켜보던 지욱이 나섰다. 숙현이 이연에게 쏟아 붓던 말들이 견딜 수 없었다.

"엄마, 엄마 아들들이 세상에서 가장 잘났다는 편견 좀 버려요."

"한지욱 넌 나서지 마!"

"아뇨. 엄마 둘째 아들도 이제 스물두 살이나 먹은 어른이라고요. 저도 할 말 좀 하고 살게요."

지욱이 모친을 바라보다 이연과 지석을 차례로 둘러보았다.

"그때 나만 아니었으면 선생님이 그런 오해 받을 일도 없었을 테니까, 다 말해야 해요."

"지욱아!"

이연이 다급히 지욱을 불렀지만, 그는 그녀를 향해 걱정 말라는 듯 싱긋 웃고 말았다.

해후 두 번째 이야기

"너무 늦게 말해 죄송해요, 선생님."

선생님? 지욱과 이연이 서로 아는 사이라는 것을 밝히자, 지석의 눈빛이 매서워졌다.

"말해. 무슨 일이 있던 거냐?"

"형. 모두 내 잘못이야. 내가 죽일 놈이야."

지욱이 고개를 아래로 푹 숙였다. 자신의 과오를 끄집어내 자니 용기가 많이 필요했다. 그러나 언제까지 비겁할 수만은 없다.

"형 연수 갔던 동안, 형수님이 내 과외선생님으로 오신 적이 있었어. 그때 선생님을 내가 좋아했는데, 내가 그놈의 술기운 에……."

"제대로 말해."

지욱이가 말끝을 흐리자, 지석이 날카롭게 다그쳤다. 낮지 만 위엄 있는 목소리가 지욱을 움찔거리게 했다.

"선생님 진짜 좋아했어. 그런데 한 번도 제대로 봐주지 않 아서……. 정말 충동이었어. 형 들어오던 날, 내가 술을 좀 마 셨거든. 선생님이 왔고, 처음에는 입만 맞추고 싶었는데, 나도 모르게 그만 욕심이 생겼어."

지욱이 더듬거리며 변명할수록 지석의 눈앞이 흐릿해졌다. 자제하기 위해 꾹 쥔 주먹 위로 두둑 혈관이 불거졌다.

"그만!"

지석이 더 이상 듣고 싶지 않아 지욱을 제지했다. 듣지 않아도 대충 상황이 짐작되었다. 그의 시선이 어머니 숙현에게 향했다. 매서운 눈길에 그녀의 몸이 움찔거렸다.

"그걸 어머니가 보신 겁니까?"

"아무 일 없었어, 형! 선생님이 안 된다고 하는 것을⋯⋯!"

그 순간이었다. 휙 돌아선 지석의 주먹이 지욱의 턱을 가격했다. 그리고 억, 소리 한 번 내지 못한 채, 지욱이 바닥에 쓰러졌다. 턱이 얼얼하여 한동안 입을 열 수 없었다.

"이 새끼! 넌 가만있어라."

지석의 눈빛이 매섭게 번뜩였다.

"지석 씨!"

이연이 다급히 그들을 말리려 지석의 몸을 잡았고, 상황을 몰라 두 눈이 휘둥그레진 윤이 삐죽삐죽 눈물을 터트렸다.

"하아! 이게 무슨 일이야. 여자 하나 잘 못 들어와서. 머리가 정말 지끈거려."

"엄마! 왜 자꾸 선생님을 뭐라 해. 잘못은 내가 했는데, 엄마가 그때 선생님 억지로 쫓아냈잖아! 설명도 제대로 안 듣고."

쓰러졌던 지욱이 모친에게 한 소리를 하자, 숙현 또한 기운이 빠졌는지 소파에 털썩 주저앉았다. 이연은 차마 그들을 제대로 볼 수 없어 등을 돌렸다.

"그랬군요."

지석이 지극히 이성적으로 한 마디 내뱉었다.

"그런 어머니셨군요. 가뜩이나 정이연이라는 여자, 무엇 하

나 맘에 안 드셨을 텐데. 그 다음은 안 들어도 됩니다. 어머니
와 할아버님……, 결론적으로 같은 분이셨어요."

결론을 내리듯 지석이 음울하게 중얼거렸다. 그리고 선고를
하듯 단호히 마지막 말을 내뱉었다.

"앞으로 이 집에 발 들일 일 없을 겁니다. 저와 제 아내, 아
이들……, 모두 이 집안과 상관없는 사람들입니다. 그럼에도
다시 저희에게 접근하시면, 법의 도움을 받겠습니다. 그리고
도 안 된다면, 어머니 아들, 어머니 손으로 죽이십시오."

지석이 단호히 돌아섰다.

"지석 씨!"

"됐어. 가."

아이를 안고 있는 이연의 어깨를 감싸고 그 집을 빠져나왔
다. 불안하게 바라보는 그녀의 눈빛을 굳건히 외면했다.

"지석아, 지석아!"

놀란 숙현이 따라 나왔지만, 그는 아무것도 안 들리는 듯
엘리베이터 버튼을 눌렀다. 그리고 지하에 멈춰서는 이연과
아이를 차에 태웠다. 이연이 아이를 카시트에 옮겨 태우니, 윤
은 피곤한지 스르르 잠이 들었다.

"지석 씨!"

이연이 나지막한 목소리로 그를 불렀다. 운전을 할 수 있을
까, 걱정이 된 탓이다. 말은 하지 않지만, 운전대에 올린 그의
손끝이 미세하게 떨림을 이연은 알 수 있었다.

"정이연."

"네."

"괜찮아. 모두 괜찮아질 거다."

무언가 할 말이 있는 것 같았는데, 지석은 다시 입을 열지 않았다. 신중히 운전에만 열중하고 있었다. 그런데 이연은 고속도로를 달리는 캄캄한 차 안에서 그의 나직한 목소리를 이어 들었다.

"이연아."

대답하고 싶었지만, 몸이 너무 곤했다. 부유한 신경처럼 몸이 제대로 말을 듣지 않고 눈을 뜨지 못했다. 지석은 그녀가 잠이 들었다고 생각했다.

"다시는 너 울게 하지 않아. 그러니 나만 믿고 따라와. 우리 둘……, 그리고 윤이……, 더 많은 우리 아이들과 그렇게 살자."

알았다고, 나도 괜찮다고 대답을 해야 하는데, 이연은 입을 열수 없었다. 그래서 그저 입가에 미소를 지었고, 알았다는 뜻으로 고개를 끄덕였을 뿐이다. 더불어 그녀는 지석이 그녀의 뜻을 알아들었으면 하고 바랐다.

22. 융화 融化

　뒤척이다 깜빡 잠이 들었나 보다. 침대에서 돌아눕던 이연은 무언가 허전한 느낌이 들어 몸을 일으켰다. 무드 등의 낮은 불빛으로 보이는 시각은 새벽 5시. 서울에서 내려온 지 두 시간 남짓 지났을 뿐인데, 이미 창 밖이 어슴푸레 밝아오고 있었다.

　이연은 지석의 흔적이 남아 있지 않은 침대에서 일어나 조용히 침실 문을 열었다.

　지석은 거실에 있었다.

　지석 씨…….

　부르고 싶었지만, 차마 입을 열지 못했다. 거실 유리문에 기대 우뚝 선 남자의 뒷모습이 어딘지 쓸쓸해 보였다. 테이블 위에는 마시다 놓은 술잔까지 덩그러니 놓여 있었다. 약한 모습

을 보이면 누가 죽인다고라도 했나. 이 남자는 혼자 삭이는 것
이 몸에 배었나 보다. 가족에게 그렇게 하고 돌아온 마음이
말이 아닐 터인데.

"조금이라도 자요."

이연이 지석의 등 뒤로 다가서 허리를 감싸 안았다. 넓고 강
한 등 위에 얼굴을 묻었다. 언제나 안아주는 것은 그였는데,
오늘은 그녀가 안아주고 싶었다. 지석이 허리에 두른 그녀의
팔과 자신의 것을 포갰다. 깊게 풍기는 체향. 심장이 뛴다. 그
가 겹친 손등을 부드럽게 문지르자 마음이 조금씩 차분해졌
다.

"왜 안 자고 나와?"

"잤어요."

한동안 말이 없었다. 같은 곳을 향한 시선. 동이 터오는 하
늘을 물끄러미 바라봤다.

"이연아."

지석이 돌아섰다. 너무 오래 서 있었다고 생각했는지, 그녀
를 데리고 소파로 와 나란히 앉았다. 정확히 마주한 눈빛이
깊게 가라앉았다. 무슨 말을 하려고 이렇게 주저하는 것일까.
한지석에게는 어울리지 않아 이연이 먼저 입을 열었다.

"얘기해요. 무슨 얘기든 다 들을 수 있어요."

"한국 떠날 거다."

이연의 눈이 둥그렇게 떠졌다. 지난 번 잠결에 들었던 말이

문득 떠올랐다.

"이연아. 우리 밖으로 나갈까?"

그냥 지나가던 말이 아니었다. 지금껏 고민했을 그의 고뇌
·가 느껴졌다. 이연의 입술 끝에 미소가 서렸다.

"언제까지요?"

"지금 생각으로는 안 돌아올 거야. 하고 싶은 얘기 있겠지
만, 이 건에 대해서는 내 말대로 하자."

지석이 이마로 흘러내린 이연의 머리카락을 쓸어 올렸다.
'내 말대로 해!'가 아니라 의견을 구하고 있다. 언제나 자신의
독단으로 일처리를 하던 사람이.

이연의 얼굴 위로 희미한 염려와 안도가 스쳐 지났다.

"걱정하지 않아도 돼."

"걱정 같은 건 안 해요. 긍정적이야. 나는 공부 다시 시작하
고, 우리 윤이는 넓은 세상 보고⋯⋯."

"그래도 걱정하는 표정이다. 굶길까 걱정하나?"

"풉."

이연이 작게 웃음을 터트렸다.

"아뇨. 지석 씨가 음식점 하면 정말 잘 될 것 같다는 생각이
지금 떠올랐어요."

"해야 한다면 해야지. 밥 절대 안 굶길 테니 걱정 마."

"그런데 지석 씨, 가족들은……."

"연락할 일 없다. 너도 신경 쓰지 마."

지석의 어조는 확고했다. 이내 그가 이연의 허리를 끌어 당겨 가슴에 안았다. 그녀의 머릿결을 다독이듯 쓰다듬었 다.

"우리끼리 살자."

우리끼리……? 그를 바라보는 이연의 눈망울이 미세하게 흔들렸다.

잘 살 수 있을 것이다. 당신과 나, 둘만 생각한다면 많이 행복할 수도 있을 테지. 하지만 당신은…….

이연은 대답을 못한 채 눈을 감았다. 모든 인연에서 벗어난 자신은 상관없지만, 지석은 다르다. 있는 가족조차 절연하게 만든 당사자가 자신이라는 사실이 못내 마음에 걸렸다.

"정이연, 딴 생각 하지?"

지석이 그녀의 마음을 읽었다. 품에서 떼어내 손바닥으로 얼굴을 감싸 들어올렸다. 흔들리는 이연의 눈동자를 깊게 마음에 담았다.

"다른 생각하지 마라. 넌 내 생각만 해."

소유욕 가득한 지석의 입술이 그녀의 것을 덮었다. 깊게 파고들어 그녀의 혀를 제 안으로 빨아들였다. 조금 더, 조금 더……. 그와 완전한 하나가 되고 싶은 욕망이 불끈 치밀었다. 이연은 힘주어 그의 목에 매달려 그를 끌어당겼다. 수염이 자란 턱이 쓸리는 것도, 말캉한 입술과 혀를 맛보는 것도 기분 좋은 일이었다. 흔들리는 마음을 다독여준다. 이연이 낮은 목소리로 속삭였다.

"지석 씨……."

당신을 처음 봤을 때부터 그랬어요. 당신은 날 잊게 만들어요.

불안한 모든 것들을 잠시 묻었다. 지금만큼은 사랑하는 이의 숨결이 가까이 느껴지는 이 순간을 만끽하고 싶었다. 그의 입술이 주는 온기, 그리고 단단한 무게감. 이연의 온몸이 활짝 열렸다.

"………사랑해요."

격한 숨결 속에 튀어나온 한 마디. 활화산처럼 펄떡이던 지석의 몸이 일시에 굳었다. 소파 위에 눕혔던 이연의 눈을 똑바로 내려다보았다.

"다시 말해."

사랑한다 말한 적이 없던가. 처음 듣는 것처럼 지석이 보챘다. 이연이 입을 모아 입모양으로만 말했다.

'사랑해요. 아주 많이.'

언제나 차갑게 반짝이는 이성 아래, 지석의 열정은 화염처럼 들끓어 이연 또한 달아오르게 한다. 그리고 그녀는 화답하여 기꺼이 몸을 열고, 그리고 뜨겁게 그를 받아들였다.

환히 쏟아지는 아침햇살처럼 그렇게 세상 속으로 부서져

내렸다.

"사모님, 오랜만이세요."

안성댁이 문을 열어주며 반색을 했다. 숙현의 대학동기로 강남에서 손꼽히는 병원의 원장을 남편으로 둔 최 여사였다. 챙이 짧은 밀짚모자를 멋들어지게 쓴 그녀가 안성댁을 향해 생긋 미소를 지었다.

"안성댁, 김 여사 어디가 아프대요? 계속 모임도 안 나오고, 걱정이 돼서 말이지."

지석이 이연과 아이를 데리고 간 소동이 있은 뒤로 며칠이 지났다. 지욱은 바깥으로 돌고, 숙현은 그길로 머리 싸매고 드러누웠으니 집 안은 썰렁하기 이를 데 없었다. 하지만 그 사정을 속속들이 말할 수 없는 안성댁이 미묘한 표정을 지었다.

"저희 사모님 머리가 매우 아프시대요."

"머리 아프면 병원을 가야지. 미련스럽게 그냥 누워만 있어?"

"마음의 병이시죠 뭐."

"왜……, 지욱이가 또 속 썩였어요?"

숙현의 걱정거리는 항상 지욱이었으니, 최 여사가 그리 묻는 것도 이상하지는 않았다. 하지만 별다른 대답을 하지 못한

해후 두 번째 이야기

채, 안성댁은 난처한 표정으로 고개만 저었다. 오랜 친분으로 눈치가 빠른 최 여사가 알겠다는 표정으로 혀를 끌끌 찼다.

"김 여사! 김 여사 자? 나 좀 들어가도 돼지?"

최 여사는 높은 톤의 목소리로 숙현을 부르며 침실로 들어섰다. 기운 없이 침대에 누워 있던 숙현이 끙, 하는 신음을 내며 돌아누웠다.

"대체 어디가 아파서 이렇게 두문불출이야?"

"몰라. 머리 아프니까 떠들지 말아줘."

"일어나, 일어나. 누워 있으면 머리만 더 아파."

최 여사가 숙현의 몸을 일으켰다. 얼마나 누워 있었던지 항상 깔끔한 모습으로 한 치의 흐트러짐도 없던 숙현의 모습이 부스스했다. 눈은 퀭하고 본인이 확인하면 펄쩍 뛸 기미도 점점이 보였다.

"쯧쯧. 이런다고 누가 알아주나? 내 몸만 아프지. 옷이나 갈아입어. 머리 복잡하고 아픈 날에는 자고로 뜨거운 물에 몸 푹 담그고, 전신 마사지 받는 게 최고라니까."

최 여사의 채근에 숙현은 더 누워 있을 수가 없었다. 그리고 그렇게 그녀의 침실로 들어갔던 최 여사의 모습은 두 시간 뒤 시내 특급 호텔에서 볼 수 있었다.

"김 여사, 아직도 머리 아파?"

특급 호텔 지하에 위치한 최고급 스파의 휴게실에는 은은한 허브 향기가 떠다니고 마음을 차분히 진정시켜 주는 음악이 낮게 흘렀다. 방금 전신 마사지를 받고 나온 최 여사가 푹 신한 소파에 털썩 주저앉으며 숙현에게 물었다. 목욕 가운조 차도 맵시 있게 졸라 맨 그녀는 직원이 가져 온 음료 잔을 들 어 한 모금 목을 축였다.

"무슨 일이야, 대체? 이젠 좀 털어놓을 때도 됐잖아. 지난 번 봤을 때보다 얼굴이 말이 아니게 안 좋아."

생각할수록 힘이 빠진다. 하루 종일 먹을 것도 입에 들어가 지 않고 기운이 없다. 멍하니 앉아있기 일쑤인 숙현이 최 여사 의 관심에 하늘이 무너져 내릴 것 같은 한숨을 내쉬었다.

"김 여사 같이 고민거리 없는 사람이 어디 있다고 그렇게 한 숨을 쉬어? 정말 요즘 무슨 일 있어? 지욱이가 또 말썽 피워?"

휴게실에는 지금 아무도 없다. 답답하리만치 속에만 쌓아 두었던 숙현이 속이라도 풀 생각으로 한숨을 푹푹 내쉬었다.

"속 모르는 소리 마. 내가 요즘 속이 문드러져."

"그러니까 왜 그런지 얘기를 해야 알지."

자존심상 누구에게 털어놓지도 못했던 일이다. 하지만 이렇 게라도 털어놓지 않으면 답답함에 당장 자신이 죽을 판이었 다.

"우리 지석이 말이야."

"지석이? 한 교수?"

지석의 얘기가 나오는 것이 의외였나 보다. 최 여사의 표정 이 의아함으로 가득했다.

"하아. 그게 말이지. 우리 지석이가 여자가 생겼어요."

"여자? 진 회장 댁하고 혼담 있던 것 아니야?"

"그게 그렇게 됐어."

"의외네. 한 교수는 여자에 관심 없는 줄 알았는데."

숙현의 한숨이 깊어졌다. 서서히 실마리를 잡아 지석의 여자 얘기부터 시작해서 털어놓기 시작한 얘기가 며칠 전 한밤중에 올라와 집안을 홀라당 뒤집어 놓고, 아이와 여자를 데려갔다는 얘기로 넘어왔을 때는 눈물이 글썽대기까지 했다.

"내가 저를 어떻게 키웠는데……."

그럼에도 아들에 대한 원망은 사라지지 않는다. 그녀의 얘기를 유심히 듣던 최 여사가 흠, 목울림 소리를 냈다.

"그래서? 제 엄마가 머리 싸맬 걸 빤히 알면서도 그 이후로 연락 한 번 없는 거야? 고약한 자식이긴 하네."

최 여사의 동조가 마음을 더욱 약하게 했는지 숙현의 눈에서는 닭똥 같은 눈물이 뚝뚝 흘렀다. 한 일자로 입술을 꾹 다물었던 최 여사가 흐흠, 소리와 함께 고개를 저었다.

"그런데 김 여사. 내가 볼 때 지금은 김 여사가 지고 들어갈 수밖에 없겠어."

"최 여사야 사돈댁 번듯하니 무슨 걱정이야. 남의 일이라 말이 쉽지."

"그거야 말로 속 모르는 소리. 속사정은 다 따로 있는 거야. 우리 아들 별거하는 거 몰라?"

숙현이 처음 듣는 소리라는 듯 눈을 크게 떴다. 아들 또한 의대를 졸업하여 개인병원을 개업했고, 평판 있는 집안의 변호사 며느리를 본 것이 두 해 전이다.

　"아이 생기기 전에 갈라서겠다는 것, 지금 양쪽 집안이 말리느라 곤욕이야."

　"거긴 문제가 뭔데?"

　"똑똑한 며느님이 집에서 놀고 있는 시엄마가 싫대요. 호호."

　최 여사가 어색하게 웃자, 숙현의 표정이 더욱 의아해졌다.

　"아니, 최 여사 같은 시어머니가 어디 있다고?"

　"농담이야. 둘의 성격 차이라지 뭐."

　"그랬구나."

　"내 요즘 심정은 어쨌든 좋으니 둘만 잘 살면 좋겠다야. 김 여사네 부족한 것 없잖아. 사돈 맥 덕 볼 일 있어? 지금보다 더 잘 나가서 뭐하려고? 한 교수 대통령이라도 시키려고?"

　최 여사에 힐난에 숙현은 할 말이 없었다. 문득 떠오른 것은 친정아버지 철훈이었다.

　"우리 아버지는 지석이한테 그런 희망을 갖고 계실지도 몰라."

　"그 어르신이야 살 날이 얼마 안 남으셨고. 중요한 건 당신이잖아. 내리사랑 몰라? 아이들 1년이나 떨어져 있었다면서. 그만큼 했으면 됐으니, 이젠 당신이 져줘도 되겠네. 아이도 있다잖아."

"아휴, 몰라. 머리 아파. 내가 동네 창피해서 얼굴을 못 들어. 지금 생각하면 사라졌던 그 애도 괘씸하고."

숙현이 머리를 짚으며 소파에 깊게 몸을 기댔다.

"참, 세월 빠르다. 격세지감을 느낀다는 게, 김 여사 당신 결혼한다고 했을 때 기억 안 나?"

"뭘? 무슨 소리 하려고?"

놀라 눈을 반짝 뜬 숙현을 향해, 최 여사는 빙그레 입술 끝을 올려 웃었다.

"지석이 아버지 아니면 안 된다면서. 당신 가출해서 우리 집에 몇 날 숨어 있던 것 기억 안 나?"

잊을 수 있겠나. 아버지가 반대할 것이 두려워 처음부터 강경수를 두었다. 하지만 그녀의 기우였던 일. 아버지 철훈은 처음부터 딸이 좋다 하니 무조건으로 남편을 받아주었다.

"당신 결혼할 때, 아이들 아버지 일로 당신이 속 썩을 때, 당신 아버님 심정은 어땠겠어. 그러면서도 다 큰 딸, 네 의견 먼저 존중해주신 거잖니."

"그렇긴 하지만……."

숙현이 말끝을 흐렸다.

"당신 아들 성격 몰라? 그리고 본인이 그렇게 낳아 키워놓은 것을 누굴 원망해?"

"나는 제대로 낳았어."

"그래. 제대로 낳았지. 당신 성격 그대로 닮았구먼."

최 여사의 힐난에 숙현이 흥 코웃음을 쳤다.

"10년이나 냉대 당했으면, 이제 슬슬 맞춰줄 때도 됐잖아. 다른 건 똑똑한 애가 왜 그걸 못 맞춰? 그러다 다 늙어서 혼자 쓸쓸히 명절 맞을래?"

생각만 해도 오싹했다. 지석의 성격상 그렇지 말라는 보장이 없다. 녀석이 절연을 선언할 때의 표정은 아마 죽을 때까지 잊지 못할 터였다. 그래도…….

"그 애가 싫어."

"누구? 손자 엄마?"

숙현의 단호한 어조에 최 여사가 눈을 동그랗게 떴다.

"얘는! 네가 데리고 사니? 정말 아들에 대한 집착 좀 버려. 네 아들이 그 아이 좋다잖아. 네가 그렇게 낳은 걸 누굴 원망해? 잘 구슬려서 네 사람 만들어봐. 김 여사 그런 거 잘하잖아."

친구의 책망이 예사롭게 들리지 않는다. 속으로 삼킨 숙현의 한숨이 점점 더 짙어졌다.

~~~❖~~~

날이 더워지고 있었다. 구름 한 점 없이 쨍한 날씨는 여름으로 가는 길목이라기보다 여름의 한복판에 선 듯한 착각을 일으킨다. 나른한 오후, 점심을 먹고 윤이와 놀아주다 거실 놀이매트 위에서 깜빡 잠이 든 것 같았는데 눈을 떠보니 침실이었다. 화들짝 놀라 몸을 일으킨 이연이 사방을 둘러보았다. 정갈한 침실 어디에도 윤과 지석의 흔적이 보이지 않았다.

"윤아? 지석 씨!"

그녀가 작은 목소리로 아들과 지석을 부르며 거실로 나왔을 때였다. 또록거리는 물소리와 함께 까르르 터지는 아이의 웃음소리가 왁자하게 들려왔다. 욕실 쪽이다. 아이를 데리고 물놀이라도 하는 것일까. 궁금한 이연이 욕실문을 살짝 열었다.

"꽥꽥. 나는 오리 엄마야. 우리 애기들이 윤이가 보고 싶대서 데리고 왔어."

입을 쭉 내밀고는 오리 소리를 내고 있는 이는 지석이었다. 아들 윤을 안고 욕조에 들어앉아 한창 물놀이 인형을 갖고 동물놀이를 하고 있다. 요즘 뜻을 알 수 없는 옹알이를 퍼붓는 윤이도 물놀이 친구들을 첨벙대며 꺄꺄 즐거워하고 있었다. 서로 붕어빵처럼 닮은 아빠와 아들. 다른 누가 저 남자의 이런 모습을 볼 수 있을까. 언제나 오만하고 근엄한 나의 교수님. 보고 있노라니 저절로 흐뭇해져 이연의 입가에 빙그레 웃음이 서렸다.

그때 인기척을 느낀 지석이 고개를 들었다. 욕실 밖 이연이 빙긋 웃었다.

"왜 벌써 일어났어?"

"다 잤어요. 깨우지 그랬어요. 내가 씻겨도 되는데."

"이 정돈 나도 할 줄 알아. 앞으로 아이들 목욕은 전부 내가 시킬 거다."

"아이들요?"

아직 아이는 윤이뿐인데, 지석이 또 앞서 나간다. 풋, 이연이 감추지 못하고 웃음을 터트렸다.

"원한다면 아이 엄마 목욕도 시켜줄 수 있어. 그것도 지금 당장."

"음. 아이 엄마는 혼자 할 수 있는데요?"

지석의 눈빛이 위험해지고 있었다. 얼굴 가득 웃음을 머금은 이연이 슬쩍 그 자리를 피하려 했다.

"정말 안 들어올 건가? 지금 튕기면 밤이 고단할 거야. 내일 낮도, 밤도 계속 고단할 거라고 예언할 수 있어."

지석의 얼굴 표정이 짐짓 험악해졌다.

"이제 보니 한 교수님 순전히 협박범이었어요."

"그래서 싫다는 건가?"

지석이 으르렁거렸다. 조금 더 하면 욕조에서 뛰어나와 강제로라도 이연을 끌고 갈 기세이다.

"꼭 같이 해야 해요? 지금 아직 환한데."

"환한 게 어때서? 목욕하는데 낮밤이 따로 있나? 정이연, 이상한 생각 하지?"

지석이 짐짓 너스레를 떨었다. 억울하다는 표정을 지어 이연이 피식 웃었다.

"아빠는 담백해요. 물놀이만 함께하자는 건데, 엄마가 딴 생각을 해요. 그렇지, 윤아?"

아이는 지석이 눈을 맞추며 어르자 그것이 재밌어 또 까르르 웃었다.

"엄마, 얼른 오세요. 아빠가 안달이 났어요."

지석이 아이의 팔을 잡고 오라는 듯 손짓을 했다. 작은 손바닥이 물을 찰랑거렸다. 그것이 또 놀이로 여겨졌는지 아이 또한 신나서 손을 흔든다.

"부끄러운데."

"정이연. 아직도?"

이연이 고개를 끄덕였다. 아직까지도 그의 시선을 받으면 부끄러워 얼굴이 붉게 달아올랐다.

"할 수 없군."

그때 지석이 어깨를 으쓱거렸다. 포기한 줄 알았는데 이내 목소리 톤을 바꿨다.

"벗어."

눈이 웃는다. 장난을 치고 있다는 것을 알고 있어 이연 또한 풋 웃어버렸다. 그리고 그렇게까지 하는데 할 수 없다는 듯 조금 머뭇거리던 이연이 입고 있던 실내복을 조심스레 벗었다. 흠. 조금씩 드러나는 이연의 나신에 지석의 눈빛이 은밀해졌다. 기어이 커다란 욕조 한쪽으로 들어온 이연의 허리를 홱 낚아채 한 팔로 안았다. 풍만해진 가슴골에 얼굴을 묻었다.

"앗, 안 돼. 윤이가 봐요."

"내가 뭘 어째서? 내 마누라 안는 것도 아들 눈치를 봐야 하나?"

급습한 입술이 떨어지고 지석이 이연의 귓가에 속삭였다. 기어이 참지 못해 귓불을 살짝 핥더니 그녀의 볼과 목덜미에 더운 숨을 뿌렸다. 물 속에 잠긴 그의 남성이 성이 난 듯 불거져 불편해졌다.

"만져봐."

이연의 입술을 찾아든 지석이 그녀의 손을 잡아 팽팽해진 남성 위에 살짝 얹었다. 아이가 장난감에 정신이 팔린 틈이었다. 그의 목소리는 욕망에 젖어 탁하게 가라앉았다.

"담백하다면서요."

이연의 책망도 지금은 들리지 않는다. 조심스럽게 쓰다듬는 아내의 손길에 당장이라도 끝을 볼 것 같았다. 맞닿은 입술과 입술. 아슬아슬하게 숨결이 섞였다.

"이따 밤에 많이 괴롭혀줄게요. 지금은 아들을 위해 조금 참아요."

그의 귓가에 속삭이며 이연이 웃었다. 손 안에 든 것을 살짝 주무르자 억눌린 신음이 지석의 목을 타고 흘렀다.

해후 두 번째 이야기

"점점 더 못 따라가겠어, 정이연."

"훌륭한 제자라 그래요, 교수님."

아쉬운 듯 강한 입맞춤을 나눈 이연이 싱긋 웃었다. 들어온 지 얼마 안 된 듯 따뜻한 물이 기분을 좋게 만들었다. 지석이 이연을 안고, 이연은 윤을 안아 한 덩이가 된 가족의 유쾌한 물놀이가 시작되었다. 휴일 오후, 새로운 시작을 하는 젊은 부부의 집안에는 끊임없이 웃음소리가 울려 퍼졌다.

~~❀~~

지석의 모친인 숙현이 찾아온 것은 서울서 내려온 열흘 뒤였다. 지석이 수업이 있는 날이라 일찍 집을 비운 날이기도 했다. 성큼 다가온 여름, 화창한 날씨가 뜨겁기까지 한 그런 날이다.

"얘기 좀 하려고 왔다."

김 여사의 목소리는 여전히 싸늘하고 냉정했지만, 어딘지 모르게 기운이 없었다.

"사모님, 이것들은 어디에 둘까요?"

그녀의 뒤를 따라 들어온 기사의 손에는 아기옷이 가득 든 쇼핑백이며, 장난감 상자 등이 들려 있었다. 백화점 완구 코너를 싹 쓸어온 듯 선물상자는 끝이 없었다.

"윤이 거야. 어디에 놔야 할지 알려줘. 할머니가 처음 주는 선물이니까, 안 받겠다느니 그런 소리 말아."

이연의 미간이 희미하게 금이 갔다. 무거워 보이는 짐을 나눠들어 아이의 방에 가져다 놓았다.

"차 같은 거 필요 없다. 와서 앉아라."

김 여사가 이연이 안고 있는 윤이의 얼굴을 흘끔 보았다. 작게 한숨을 쉬며 관자놀이를 짚는 그녀의 얼굴은 이 열흘 새 초췌하게 말라 있었다. 완벽한 화장으로 지우려 해도 충혈된 눈과 짙게 내려온 다크서클은 감출 수 없었다. 그리고 무엇보다 피로해 보인다. 신경질적인 느낌이 나지만, 지쳐 보이기도 했다.

"정이연 씨⋯⋯."

김 여사가 이연의 이름을 부르다 입을 닫았다. 다음 말이 안 나온 탓이다. 흠흠, 목소리를 가다듬고 한참 후에야 그녀가 다시 입을 열었다.

"새아가⋯⋯."

인정하기 힘들다. 그렇다 해도 이렇게 호칭부터 바꾸어야 대화가 용이할 것 같았다. 김 여사는 맞은편에 앉은 이연의 얼굴을 뚫어져라 바라보았다. 잘 보면 예쁜 구석이라도 찾을 수 있을까. 엇나가려는 마음을 억지로 다잡았다.

그 한밤 지석이 제 아이와 집을 떠난 후, 김 여사는 분한 마음과 억울한 마음이 엇갈려 잠을 제대로 이루지 못했다. 아무리 마음을 다스려도 어려운 것은 어려웠다. 특히 타인에게 단한 번도 고개 숙여본 적 없는 그녀이기에, 오로지 아들을 생각하며 참고 있을 뿐이다. 앙상한 나뭇가지에 걸려 펄럭거리는 연처럼 위태한 아들과의 천륜, 아무리 부모 자식 간의 천륜은 끊을 수 없다 해도 지석은 충분히 그러고도 남을 성격임을 김 여사는 지난 10년의 경험으로 충분히 알고 있다. 그러니 억지로, 억지로 마음을 다스려 이곳까지 찾아온 것이 아닌가.

그런 김 여사가 부른 '새아가'라는 호칭에 이연은 놀라 표정이 굳었다.

"새아가에 대해 내가 오해한 부분이 있었어. 지욱이나 지석이……, 참 공교로웠잖니? 그럴 수밖에 없었다는 것, 이해하지?"

얘기를 꺼내는 김 여사는 어딘지 모르게 초조해 보였다. 이연은 대답대신 묵묵히 그녀의 말을 듣고 있었다.

"유감으로 생각해. 지욱이 일은 일단 오해는 풀어서 다행이고. 그 다음에 말이야……."

김 여사가 이연의 눈치를 흘끔 보았다. 새로 갖게 된 장난감에 정신이 팔려 놀고 있는 아이도 한 번 눈여겨봤다.

"말씀하세요, 어머니."

이연의 음성이 차분하게 흘러나왔다. 그럴수록 김 여사의 초조감은 더해갔다.

"나, 난 우리 아버지가 지석이나 새아가한테 그렇게까지 하실 줄은 정말, 정말 몰랐구나. 새아가 동생과 연락하셨다는 것도 이제 알았지 뭐니."

이연이 슬며시 시선을 들었다. 정도의 차이는 있겠지만, 상처를 받았다는 사실은 경중이 없다. 하지만 겉으로나마 미안함을 표시하는 김 여사에게 이연은 어떤 반박의 말도 할 수 없었다.

"미워도 고와도 내 아버지라 뭐라 할 순 없지만, 솔직히 나도 충격을 받아서……."

김 여사가 작게 한숨을 내쉬었다. 이곳에 오기 전 아버지를 만났던 일을 떠올렸다.

"지석이에게 할아버지는 삶의 멘토였어요. 그 아이에게……, 아니요. 우리 모자에게 어쩜 이러실 수 있죠?"

"숙현아. 이 늙은 애비가 다 누굴 위해서 그랬겠니. 다 너를 위하고, 우리 자손들을 위해……."

"그런 말씀 하지 마세요. 십몇 년 전 그 일도 아버지가 손 쓰셨다는 거 다 들었어요. 아버지가 하신 일 때문에 모자 사이가 갈라진 것을 보고도 또 그러시다니. 어떻게 지석이한테……."

"너까지 왜 이러는 것이니. 넌 날 이해해야지."

"지석이는 제 삶의 희망이었어요. 무능력한 남편 만난 죄로 제 인생에서 남자는 포기하고, 아이만 바라보고 살았어요. 어떻게 그 아이 키웠는지 아버지가 더 잘 아시잖아요. 우리 모자관계를 망쳐놓은 건 다

아버지시라고요!"

늙은 아버지의 파릇한 경련을 애써 모른 척했다. 내리사랑
이라 하였으니, 자신 또한 지끈 눈감아야 했다. 지금 이렇게
하지 않으면, 아들은 영원히 그녀 곁을 떠날 것이다.

"평생을 그렇게 사신 분이시잖아. 이제와 당신과 생각이 다
르다고 따질 수도 없는 노릇이잖니. 새아가……, 하지만 우린
개선의 여지가 있지 않니? 잘 지낼 수 있단다."

이연은 숙현의 얼굴을 담담하게 바라보았다. 자신을 모질게
내치던 그때의 그녀와 달라진 것은 없다고 생각했다. 그녀를
달래듯 목소리는 나긋하고, 한 발짝 뒤로 물러난 모습이 어딘
지 어색해 보여 이연은 쓴웃음을 지었다.

"저도 어머니와 잘 지내고 싶어요."

"그래, 그래. 네가 여러모로 부족하지만, 그런 것쯤이야 내
가 눈 딱 감아야지. 내 아들이 좋다 하고, 아이까지 이렇게 큰
마당에 어쩌겠어."

김 여사가 좀 뻔뻔한 소리를 해도 이연은 묵묵히 듣고 있었
다. 시부모님이니 어쩔 수 없는 부분이 있다는 것을 이연은 알
고 있다.

"그런데 말이다. 지석이가 학교에 사직서를 냈다는데, 네가
어떻게 말려줄 수 없겠니? 응?"

결심을 하자 지석의 행동이 빨라졌다. 이미 오래전부터 외

국의 연구원 자리는 얘기가 오가고 있었으니, 그곳으로 건너가 당분간 마음 정리부터 할 예정이라고 했다.

"새아가, 난 우리 지석이 없음 못 산다. 너도 윤이 데려왔다고 울며 쫓아왔잖니. 그거 생각해서라도 지석이 좀 말려줘. 우리 아버지가 다시는 너희들 손 못 대게 할 테니까. 부탁이다, 새아가."

어쩌면 영영 아들을 보지 못할지도 모른다는 불안감이 점점 더 거세게 몰려왔다. 지금 그녀가 지푸라기처럼 붙잡을 수 있는 것은 이연뿐이었다.

"나도 많이 도와주마. 손자 재롱도 기꺼이 보아주고, 좋은 할머니가 될 거야."

이연의 얼굴이 천천히 아래로 향했다. 커다란 장난감을 지탱하여 끙끙대며 일어난 아이를 애잔한 눈빛으로 바라봤다. 눈빛이 마주치자 씩 웃는 아이가 모든 근심걱정을 녹게 한다. 초조해 보이던 김 여사의 얼굴 위로도 언뜻 감추지 못한 미소가 떠올랐다.

숙현이 이연을 만나고 돌아간 이틀 뒤였다. 이연의 아파트 앞에 검은색의 위용도 당당한 대형 승용차가 한 대 멈춘 후 제일 먼저 숙현이 차에서 내렸다. 그런데 한참이나 기다렸는데도 함께 온 사람이 내리지 않자, 그녀의 채근이 시작됐다.

"아버지! 여기까지 와놓고 왜 이러세요?"

지난 이틀. 친정집에 내려가 꼬박 애원하기도 하고, 아버지 딸 죽는다고 하소연 반 협박 반으로 어떻게 아버지 철훈을 모시고 이곳까지는 오게 됐다. 그럼에도 이 꼬장꼬장한 노인네는 여전히 이렇게 고집불통이시다.

숙현의 애원이 다시 시작됐다.

"아이라도 한 번 보세요. 그럼 아버지도 생각이 달라지실 거예요. 네?"

철훈은 여전히 묵묵부답이었다. 숙현만이 조급증으로 안절부절 하지 못했다.

"정말 저 죽는 꼴 보고 싶으세요?"

오십이 훌쩍 넘은 딸이라도 철훈에게는 여전히 어리고 철없는 딸일 뿐이다. 이길 수 없으니 못 이기는 척 따라는 왔지만, 자존심상 굽히고 들어갈 수는 없다.

"흠."

철훈이 완고한 얼굴로 숙현을 바라보다 옆에 두었던 지팡이를 들고 차 밖으로 나섰다. 짙은 색 양복을 입은 풍채 좋은 노인의 시선이 눈앞의 아파트 건물에 멎었다. 초여름의 부드러운 오전 햇살이 살랑거리는 나뭇잎 위로 찬란히 부서져 내린다. 노인의 눈가에 깊은 주름이 졌다.

"앞장 서."

"약속하신 대로 정말 다른 소리 하시면 안 돼요? 아셨죠?"

숙현이 아버지를 부축하며 한 소리 했다. 한 걸음씩 아파트 입구를 향해 걷던 노인의 눈가가 잔뜩 찌푸려졌다. 못마땅해 한 소리했다.

"애비한테 재갈을 물려!"

"그런 말씀이 아니잖아요. 여기 온 걸 지석이라도 알면……."

외조부에 대한 깊은 믿음이 깨져 가장 상심한 이가 지석이다. 그런 만큼 분노도 컸으리라. 그러니 그 성격에 그들이 이곳에 왔다는 것을 알면 가만있지 않을 터였다. 어쩌면 다시는 발도 못 붙이게 할지도 모른다.

"아이만 잠깐 보러 온다고 한 거예요. 정말 다른 말씀 하시면 안 돼요."

"쯧쯧."

숙현이 아파트 계단 앞에서 재차 다짐을 시켰다.

자식 하나에 안절부절못하는 딸자식이 한심스럽다가도 본인을 생각하면 똑같은 처지이니 다른 말을 할 수가 없다. 철훈은 못마땅한 표정을 갈무리하고 숙현이 안내하는 대로 엘리베이터를 탔다. 비서가 연락을 해두었는지 엘리베이터에서 내리자, 열린 현관문 앞에는 이연이 서 있었다. 그리고 그녀의 품에는 아기 윤이 함께 있었다. 낯선 사람들 봤는데도 싱글싱글 웃는 아기의 표정에 철훈의 눈가가 움찔거렸다.

해후 두 번째 이야기

"안녕하셨어요, 할아버님?"

꾸벅 인사하는 이연을 흘끔 한 번 보았을 뿐이었다. 먼 산을 바라보듯 멀뚱하니 선 철훈의 팔을 숙현이 지그시 잡았다.

"아버지!"

"흠."

"새아가. 어른이 오셨으면, 우선 안으로 모셔야지?"

숙현이 어른으로서 한 마디 했다. 지석의 외조부님께서 오신다는 소식을 들었을 때부터 굳어 있던 이연이 서둘러 그들을 안으로 청했다. 철훈에 대한 두려움은 사라졌다 해도, 마주 대하기 껄끄러운 건 사실이다. 이연이 살짝 고개를 숙였다.

"들어오세요."

"집이 좁구나. 누가 구한 것이니?"

"볕도 잘 들고 아담하니 좋잖아요. 조만간 서울로 올라갈 텐데요. 그렇지, 새아가?"

윤을 보행기에 앉히고 주방으로 마실 거라도 준비하러 간 이연에게 숙현이 조심스럽게 물었다. 지석에게는 아직 숙현이 왔었다는 얘기도 하지 못한 이연으로서는 대답하기 곤란한 문제였다. 서울로 올라간다? 그녀는 숙현과 시선이 마주치자 머쓱한 웃음만 지었다. 그러다 문득 보이는 광경에 시선이 멎었다.

그녀를 따라 주방으로 올 줄 알았던 아기 윤이 보행기를 타고 슬금슬금 소파 쪽으로 다가갔다. 새로 등장한 남자 어른이 신기한지, 아기는 상대를 멀뚱멀뚱 보다가 헤벌쭉 웃었다. 그리고 이내 안아 달라고 두 팔을 번쩍 들었다. 잔뜩 힘이 들어간 눈으로 윤을 마주보고 있던 철훈이 한 일자로 다물렸던 입을 열었다.

"이 녀석. 네 애비와 똑같은 얼굴을 하고, 할애비한테 똑같은 걸 요구하는구나. 고얀 녀석……."

경직된 음성의 철훈이 무서울 만도 한데, 아기는 오히려 까르르 웃어버렸다. 이보다 맑은 소리가 있을까. 바라보고 있던 철훈조차 표정을 풀 수밖에 없었다. 그리고 이연의 심장이 묘한 박자로 뛰고 있었다. 자신이 끊어놓을 천륜은…… 없어 보인다.

한낮 내리쬐던 태양의 열기도 해거름이 되니 산들 부름 바람이 선선하다. 길어진 해도 이제 완전히 모습을 감추고 가뭇가뭇 어스름이 내렸지만, 저녁을 먹고 나온 산책길은 아직 가로등이 밝혀지지 않을 만큼 환했다. 아파트 단지에 보기 좋게 구성된 산책길을 따라 지석이 윤의 유모차를 몰고, 이연이 그의 팔에 팔짱을 꼈다. 반바지에 티셔츠, 샌들 차림으로 나온 젊은 부부의 모습은 자연스러웠고, 평화로워보였다. 만약 행복이 보인다면 이런 모습이 아닐까 싶을 정도로.

해후 두 번째 이야기

시간은 정형화된 일상처럼 흘러갔다. 학원을 정리한 이연은 아이를 돌보고, 남편을 챙기는 일상적인 주부의 모습이 돼가고 있었다.

"오늘 끓인 된장찌개가 어제보다 맛있었죠? 그죠?"

이연이 수다쟁이처럼 종알대며 지석의 의견을 구했다. 골똘히 생각하는 척하던 지석이 한 마디 했다.

"응."

"머예요. 그런 성의 없는 대답이라니."

"맛있다니까."

"정말요? 진심이에요?"

이연의 요즘 하루 최고 고민은 아이의 이유식 만들기와 어떻게 하면 가정요리를 잘할 것인가에 있었다. 언제까지 지석이 해주는 밥만 먹고 있을 수는 없지 않나.

"정이연, 진실을 듣고 싶어?"

지석이 비교적 진지한 얼굴로 이연을 돌아봤다. 그의 의견을 듣고자 반짝이는 눈동자에 심장이 쿵 내려앉는다.

"조씨 할머니 댁 된장이라 했지? 원재료는 맛있는데 말이야."

이연의 표정이 바로 시무룩해졌다. 지석의 말뜻을 그대로 알아들었다.

"결과물은 형편없다는 얘기군요. 에이. 내일은 더 잘해야지."

그러자 바로 지석의 한숨 소리가 스치듯 들려왔다. 그럴 줄 알았다면서. 칭찬하지 않으면 한 달이고 일 년이고 끓여댈 기세다.

　　"이연아."

　　"네?"

　　"일주일째 된장찌개만 끓였다는 거, 알고 있나?"

　　"어……."

　　그랬나? 이연이 큰 눈을 끔뻑거렸다.

　　"집중이 도가 지나쳐. 그런 집중은 나한테만 쏟아."

　　큭큭대며 웃던 지석이 이연의 머리를 쓱쓱 쓸어 올렸다.

　　"우린 그냥 서로 잘하는 것 하면 어때?"

　　"그럼 지석 씨가 계속 밥해야 하는데요."

　　이연이 시무룩하게 대답했다. 자신이 이 남자보다 잘 하는 것이 무엇일까, 지금은 내세울 것이 없다.

　　"좋아. 내가 계속 밥 담당하지."

　　"지석 씨가요? 어머, 어떻게……."

　　이연의 눈이 또 커다래졌다. 입을 딱 벌렸다.

　　"난 상관없어. 네가 잘 먹어주면."

　　뒷말을 조금 흐린 지석이 먼저 앞서 걸었다. 뒤따르는 이연의 입가에 슬며시 미소가 지어졌다. 돌쇠는 정말 잘 뒀단 말이야. 쪼르르 그 뒤를 따라 걷는 이연의 발걸음이 가벼워졌다.

해후 두 번째 이야기

"방학하면 바로 들어갈 거야. 이것저것 준비할 게 많아."

한참을 말없이 걷던 지석이 입을 열었다. 우뚝 멈춘 이연이 걸어오지 않자, 앞서 걷던 그가 유모차를 돌리고 그녀를 바라보았다.

"왜?"

"저도 많이 생각하고, 생각도 좀 정리했어요."

결심한 듯 이연이 입을 열자, 지석의 표정이 굳었다. 안 그래도 요 며칠, 이연의 생각이 많아 보였다.

"나가서 공부 계속하기로 했으니, 나가는 문제는 아닐 것 같고."

지석이 집에 대해서는 한 마디도 꺼내지 말라고 으름장을 놓은 후였다. 당분간 피할 거라 하면서도 더 이상 미룰 수 없어 이연이 결국 얘기를 꺼냈다.

"피하는 것만이 최선은 아닌 것 같아요."

"그 얘기라면 듣기 싫다. 피하는 게 아니라 무시하는 것이니까."

완고하다. 누가 외조부 성격 빼닮지 않았다고 할런지.

"할아버님 그리고 어머님, 저와 우리 윤이에게 모질게 하셨다 해도, 지석 씨를 낳아주신 분들이세요."

"하고 싶은 얘기가 뭐야. 넌 그 기억 잊을 수 있니? 난 못해. 그 기억 갖고 자손 노릇도 못하니, 처음부터 없는 자손 치시면 돼."

지석의 표정에 불쾌감이 서렸다. 단정 지어 결론을 내렸다.

"아뇨. 저도 잊진 못해요. 하지만 시간이 가면 기억은 흐릿해질 거고, 가끔씩만 생각날 것 같아요. 하지만 그 정도야 우리가 행복하게 사는 것으로 모두 보상할 수 있어요. 그러니 당장 연을 끊겠다고 단정 짓지 말고 지석 씨도 여유를 가졌으면 좋겠어요."

이연의 투명하고 맑은 눈빛을 들여다보던 지석이 이내 피식 입가를 말아 올렸다.

"어머니가 다녀가셨다더니, 무슨 얘기로 설득당한 건가? 네게 사과는 하신 건가?"

이연이 대답 대신 고개를 끄덕였다. 그리고 입술을 삐죽이며 덧붙였다.

"어머님 때문만은 아니에요. 저도 잘못한 게 있는 걸요."

더 얘기해보라는 지석의 얼굴을 흘끔 보고 이연은 가볍게 한숨을 내쉬었다.

"지욱 도련님 일도 그랬고, 어머님 만났을 때도 그랬고. 오해를 풀려고 노력하기보다는 당장 눈앞 현실이 힘겨워서 자포자기하듯 일찍 모든 것을 포기해버렸어요. 내가 겪는 고통이 가장 크다고 생각했으니, 주변을 돌아볼 엄두가 나질 않았던 거죠."

"그런데 이제는 돌아볼 수 있다?"

언제나 한 일자로 다물렸던 지석의 입가에 희미한 미소가 서렸다. 아내의 얼굴을 사랑스럽다는 눈빛으로 바라보았다.

"저도 조금쯤은 컸으니까요. 마음의 여유도 생겼고."

이연이 싱긋 웃었다. 그녀의 말대로 여유가 생긴 그녀는 싱그럽게 피어나는 여름꽃 같았다.

"어머니는 몰라도 할아버지는 굉장히 완고한 분이야. 포기도 모르시는 분이시니, 어쩌면 다시 우리 기본부터 흔드실지 몰라."

그의 말이 맞을 수도 있지만, 며칠 전 윤이와 대면한 그분을 생각하면 분명 달라지실 거라는 예감이 든다. 아니, 아마 그럴 일은 없을 것이다. 그날 이후 이연에게는 그런 믿음이 생겼다.

"당장 힘들 수도 있어요. 하지만 지석 씨 당신과 우리 윤이……, 언제나 함께할 거라는 믿음이 있잖아요. 당신이 내게 믿음을 줬으니, 이제는 견딜 수 있다고 그 말 하려고 했어요. 그리고……."

"그리고?"

"불경한 말이지만, 할아버지께서 우리보다 오래 사시진 못하세요. 그때까진 그래도 지석 씨가 곁에 있어드려요. 나이 드신 분이시잖아요. 자손들이 많은 것도 아닌데."

지석은 아무 말이 없었다. 그들이 멈춰 서자 이상한 듯 유모차 안에서 밖을 내다보려 몸을 일으킨 윤을 안아주었을 뿐이었다.

"정이연."

"네."

"속된 말로 같은 사람이 되고 싶지 않다는 뜻인가?"

이연이 눈을 크게 떴다. 생각을 하는 척 음……, 목울림 소리를 내며 싱긋 웃었다.

"착한 척했죠?"

"응. 그것도 많이."

"나 원래 착해요."

이연이 코를 찡긋거리자, 지석이 알았다는 듯 피식 웃었다.

"범생이를 못 벗어나."

"제가요? 아니라니까요. 이런 건 여우라 하죠."

이연의 함박웃음에 지석의 심장이 쿵 내려앉았다. 시간이 지날수록 더 미안하고, 사랑하지 않을 수 없는 반쪽. 볼수록 예쁘다. 세상 어느 꽃보다 귀하다.

"만나 뵈면 제가 먼저 인사는 드릴 수 있고, 때마다 며느리의 본분은 지키겠지만, 효부 며느리가 될 자신은 없어요. 아직은 매일매일 전화도 못 드릴 것 같아요."

그걸로 되었다. 충분히. 그와 가족들의 단절을 염려한 이연의 배려라는 것은 그가 제일 잘 알고 있다.

"키스해."

"네?"

약간은 뜬금없고, 당황스런 지석의 요구. 이연은 사방을 둘러보았다. 가로등이 하나 둘씩 켜지고 있는 아파트 단지는 호젓하기만 하다.

"지석 씨 가끔 너무 뜬금없는 것 알아요?"

이연이 웃음을 머금은 채 한 마디 핀잔을 줬다.

"알아. 본론만 얘기해서 그럴 거야. 난 감정 설명 같은 거, 별로 안 좋아해. 하지만 지금 당신과 키스하고 싶은 내 감정은 진심이야. 그러니 덮치기 전에 하라고."

지석의 입술 위로 빙글거리는 웃음이 떠올랐다. 요즘에서야 가끔 볼 수 있는 장난기 서린 표정. 이연이 그에게 바짝 다가서 쪽, 입술을 맞췄다.

"나머지는 몇 시간 뒤 침대에서."

그의 귓가에 여운 남긴 속삭임도 잊지 않았다. 하하, 거침없는 남자의 웃음소리 뒤로, 한적한 초여름 저녁이 여물어간다.

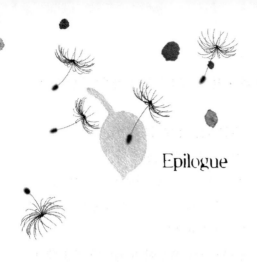

Epilogue

한낮의 열기가 물러난 정원에는 싱그러움이 가득했다. 분수가 쏴아, 시원한 물줄기를 뿜어냈고, 정원에 놓인 테이블들의 중심에 놓인 버진로드를 따라 풍성하게 놓인 흰 장미꽃들이 달콤한 향기를 허공으로 퍼트렸다.

신랑 한지석, 신부 정이연.

직계 가족과 친한 친구들만 부른 자리였지만, 순백으로 꾸민 결혼식장은 고급스럽기 이를 데 없었다. 결혼식의 모든 것을 주관한 김 여사의 취향이 맘껏 발휘되었다. 꽃값만 해도 어마어마하게 들었다는 김 여사의 공치사가 헛말이 아닐 정도로 그녀는 아들 지석의 결혼에 그즈음의 관심을 모조리 쏟아 부었다. 아무리 지석에게 잘 보이려 한다는 목적을 떠나서라도 이연이 시어머니 김 여사의 수고에 진심으로 감사할 정도로 그

해후 두 번째 이야기

녀는 자신의 온 힘을 쏟아 이들의 새출발을 준비해주었다.

가장 큰 반전은 외조부였다. 모른 척, 못 본 척 외면하시던 분이 딸이 정식으로 며느리 맞을 준비를 하자, 못 이기는 척 결혼식 장소 및 비용 일체를 내겠다고 나서신 것이다. 그리고 지금도 근엄한 표정으로 가족석에 앉아 계셨다.

"엄마, 좋은 날 왜 울어요?"

주례단상에서 가장 가깝게 놓인 가족 테이블에 앉아 있던 지욱이 어머니 김 여사의 손을 슬쩍 잡았다. 신랑신부가 동시 입장으로 들어오기 시작한 순간이었다. 슬쩍 슬쩍 눈가를 훔치는 어머니가 안쓰러워 보인 것이다.

"윤아, 이리 와."

지욱이 어머니 품 안에 안겨 있던 윤을 받아 안았다. 아이는 제 엄마아빠의 결혼식 날인 것도 모른 채 눈이 휘둥그레졌다. 사방을 둘러보며 제 엄마를 찾고 있다.

"얘는. 누가 울었다고 그래?"

"거기 눈 화장 지워졌구먼요, 사모님."

"흥."

"형수님이 아직도 미워요?"

"누가 밉대?"

슬쩍 눈을 흘기는 어머니를 보며 지욱이 씩 웃었다.

"우리 아들 때문이지. 난다 긴다 하는 며느릿감 다 제쳐놓고 내가 좋아서 받아들였을까. 아들이 그렇게 좋다 하니 어쩔 수 없잖아."

아직도 아는 사람들을 만나면 그렇게 말하는 김 여사이다. 그리고 꼭 이런 덧붙임도 잊지 않았다.

"당신도 손자 하나 낳아서 재롱 보고 그래 봐. 미운 며느리도 다시 보게 돼."

"우리 엄마 못 말려. 누가 보면 꼭 딸 결혼시키는 줄 알겠다. 아들 장가보내면서 왜 우셔. 나 결혼해도 우실까?"

"넌 속 썩이지 말고 결혼해. 아니면, 끼고 살 테니까."

"총각귀신 되라고? 엄마는 꼭 나만 갖고 그래."

지욱이 낮은 목소리로 툴툴거리던 그때였다.

"맘마, 맘맘맘!"

천천히 버진로드를 걸어 들어오던 이연을 알아본 윤이 제 엄마를 향해 팔을 뻗었다.

"으악! 윤아!"

삼촌의 품에서 격렬히 몸부림을 쳐 바닥으로 내려오더니, 그대로 잔디밭을 뽈뽈 기어 이연에게로 가는 것이 아닌가. 안 아달라고 드레스 자락을 잡고 매달리니, 결국은 옆에 있는 지석이 안아 들었다.

"아, 네. 한윤 군도 결혼식에 한몫하겠다는군요. 들러리라도

해후 두 번째 이야기

세울 걸 그랬습니다. 한지석 군! 그대로 안고 가십시오! 오늘 밤은 신부쟁탈전이 심해지겠네요."

사회를 보던 현호가 너스레를 떨자, 테이블에 앉아 있던 사람들의 웃음소리가 와 하고 터졌다. 그의 말대로 윤은 엄마 아빠 사이에 안겨 있었다. 이연이 머리에 쓴 화관이 신기한지 툭툭 건드려보다가 기어이 주례단상의 장미꽃 한 송이를 덥석 집어 뽑았다. 보다 못한 지욱이 슬금슬금 나가서 윤을 안아왔을 정도이다. 왕, 하고 우는 아이를 김 여사가 받아 안았다.

"윤이 우리 귀염둥이! 엄마 아빠 결혼한다고 네가 다 고생이다."

김 여사가 얼러주니 윤이 눈물을 뚝 그쳤다.

"윤이 이거 줄까?"

근엄한 표정으로 앉아 있던 철훈이 양복 안주머니에서 무언가를 꺼냈다. 알록달록 색깔이 예쁜 막대사탕이다. 아이는 신기한 듯 그것을 받아 들고 이내 좋아라 웃었다.

"아버지, 윤이 좀 안아보실래요?"

"됐다. 날씨 더운데 뭘."

흠흠 헛기침을 하던 철훈의 시선이 다시 단상을 향했다. 마주친 숙현과 지욱의 눈빛에 슬쩍 웃음이 서렸다. 주례사가 계속 이어지고, 막대사탕을 손에 든 윤이 아빠 엄마 다음으로 좋아하는 지욱과 김 여사 품을 왔다 갔다 하는 사이, 결혼식이 끝나가고 있었다.

───※───

인천국제공항 출국장은 오늘따라 한산했다. 스쳐 지나가는
아무 사람의 뒤에라도 숨고 싶은 이진의 마음을 아랑곳하지
않고 이훈은 그녀의 팔을 억세게 잡아끌었다.

"뭐해? 안 갈 거야?"

어떻게 한 날 세상에 나왔는데, 이놈은 이렇게 힘만 세졌는
지. 그에게 끌려가면서도 이진은 한숨을 푹푹 쉬었다.

"도망갈 생각 마라, 정이진. 거기까지 와 놓고도 얼굴 안 보
고 가려 했다는 게 말이 돼? 넌 열 번 죽어도 할 말 없지만, 누
나한테 축하인사 한 마디는 해야 할 거 아니야?"

적어도 이연의 결혼식에는 참석하고 싶었다. 아무리 얼굴에
철판을 깔았다고 이훈이 비난해도 그 정도 양심은 살아 있었
다. 그리고 이연이 자신을 언제까지 내칠 만큼 마음이 모질지
못하다는 것도 알고 있다. 그래서 더 언니인 이연을 그리 만만
하게 보았으리라.

그렇다 해도 결혼식 장소가 지석의 외조부 댁인 것을 알고
나서는 차마 들어설 엄두가 나질 않았다. 언제 어디서 그 무
서운 목소리의 주인공이 호통을 치며 튀어 나올까 두려웠던
것이다.

해후 두 번째 이야기

결혼식 내내 들어갈까, 말까 망설이다 돌아선 그녀의 발목을 탁 잡은 것이 이제나 저제나 그녀가 오길 기다리고 있던 이훈이었다. 결혼식 끝나고 바로 공항으로 출발한 그들의 뒤를 따라 막 도착한 후였다. 그런데 이훈이 이렇게 수다스러웠나? 잔소리가 정말 비교할 곳이 없다.

"우리가 남이야? 누나한테 이제 누가 있다고 그래? 힘은 못 돼줄 망정."

"알았으니 그만 해라. 누가 도망간대? 이 손 좀 놔 봐. 아파 죽겠어."

"난 창피하니까 소리 좀 지르지 마."

누가 보면 도망 간 부인 잡으러 온 남편의 모습으로 이훈이 으르렁거렸다. 휴대전화로 시간을 확인하고, 사방을 둘러보며 이연의 모습을 찾았다. 그러다 이제 막 출국장으로 들어서고 있는 이연과 지석의 모습을 발견했다. 두 사람 모두 가벼운 캐주얼 차림으로 이제 막 결혼한 신혼부부라는 티가 물씬 났다.

"누나!"

질질 끌려오는 이진은 아랑곳하지 않은 채, 이훈이 이연을 향해 달려갔다. 지석과 무슨 얘기를 했는지 입가에 웃음이 가득했던 이연이 동생의 목소리에 고개를 들었다. 이훈과 이진을 발견하여 놀란 표정이 다분했다. 특히 못 갈 거라 연락을 해온 이진이라 더욱 놀람이 컸다.

"언니, 결혼 축하해. 결혼식 참석 못 해서 미안해."

이훈이 옆구리를 쿡 찌르자, 차마 고개를 들지 못한 이진이 입을 열었다. 풀 죽은 목소리는 그녀를 한참이나 왜소하게 만든다.

"바보같이 결혼식장 앞에서 이러지도 저러지도 못하고 있더라고. 누나랑 매형이 좀 이해해요. 애가 철이 없잖아."

"야!"

이진이 면목없어 더 기가 죽을까, 이훈이 오히려 나서서 그녀에게 뭐라 했다. 아무리 그렇다 해도 기분은 좋지 않다. 발끈한 이진을 보며 이연이 천천히 고개를 끄덕였다. 많은 일을 겪으며 마음이 여유로워진 탓일까. 이진에게 못마땅한 시선을 보내는 지석을 알고 있기에 오히려 자신은 감싸 안아야 한다는 생각 때문일까. 서운했던 마음을 접고 이연은 전보다 한층 부드러워진 시선으로 이진을 바라봤다.

"약속 지키려 노력 중이지?"

"응. 노력하고 있어."

이진은 지금 공무원 시험을 준비 중이었다. 고시에서 한 단계 내려왔지만, 그것도 이제는 경쟁이 치열하다고 한다. 하지만 2년 안에 결론을 내겠다고 그녀 스스로 결정했고 벼르고 있다. 무언가 보여주겠다고 이를 물었으니 그 약속을 지키기 전에는 이연 앞에 떳떳하지 못하다.

"네가 와줘서 기쁘다, 이진아."

"언니."

이연이 이진의 어깨를 꾹 잡았다 놓았다. 시간이 없다고 눈치를 보내는 지석의 얼굴을 흘끔 올려다보고, 그의 손을 꽉 잡았다.

"갔다 올게. 이훈아, 이진이 잘 데려다 줘."

"걱정 마, 누나. 매형, 우리 누나 잘 부탁해요."

이훈이 서글서글하게 인사를 했다. 지석에게 부탁의 말도 잊지 않았다.

"서울로 이사 가면 연락할게."

지석의 손을 잡은 채, 출국장 안으로 사라지는 이연의 뒷모습을 쌍둥이 남매는 오랫동안 보고 서 있었다.

"정이진, 부럽냐?"

안 부러울 수 있을까. 흥, 하는 콧바람 소리와 함께 이진이 고개를 돌렸다. 밖으로 나가기 위해 성큼 성큼 걸었다.

"부러우면 지는 거다."

"알아! 안 부러워!"

이훈이 앞서가는 이진의 약을 살살 올렸다.

"나 다음 달부터 TV 출연하는데, 안 부러워?"

"뭐? 네가? 왜?"

큭큭거리며 웃던 이훈이 이진의 등살에 사실을 털어놨다. 헬스클럽에 나오는 신인 배우의 몸을 만들어줬는데, 어느 날 눈 떠보니 그 배우가 스타가 돼 있더란다. 그 배우가 이훈의 이름을 한 번 언급한 후 덩달아 그의 몸값도 막 뛰고 있었다.

"이야, 정이훈. 그 배우 몸 만든 게 너야? 이제 보니 너 대단하구나?"

이진의 칭찬에 이훈이 어깨를 으쓱거렸다.

"그러니까 너도 누나나 내가 부러워할 정도로 성공하라고."

"칫! 다들 잘 나간다 이거지? 알았어. 두고 봐."

흥흥거리며 앞서가는 이진의 눈매에 슬쩍 물기가 들어찼다. 미안함과 고마움이 함께해서일 것이다. 그녀의 마음을 알고 있는 이훈이 툭툭 치며 장난을 걸었다. 한적한 공항의 한쪽. 남매의 투닥거리는 소리가 조용히 들려왔다.

~~~❖~~~

"윤이, 안 울고 잘 있겠죠?"

태평양 너머로 태양이 지고 있었다. 드넓게 퍼지는 붉은 석양의 향연. 풀빌라의 거실 소파에서 바라보는 석양은 마치 영화의 한 장면과도 같다. 지석의 어깨에 머리를 기대고 그 광경을 바라보고 있던 이연이 문득 물었다. 그런데 그녀의 어깨를 감싸 안고 있던 지석은 순간 미간을 찡그렸다. 신혼여행 1일차. 남편은 기분이 나쁘다.

"정이연."

지석이 고개를 돌려 그녀의 얼굴을 내려다 봤다. 강인한 턱선이 단단히 굳었다. 흠. 지석이 또 질투한다는 생각으로 이연의 한쪽 볼 위에 볼우물이 팼다. 요새는 그가 이렇게 무서운 얼굴을 해도 귀엽게 보일 뿐이다.

"신혼여행 와서는 내 생각만 해주면 안 되나?"

"매일 지석 씨 생각만 하는데요?"

"아니. 100퍼센트를 원해. 셰어하기 싫단 말이다."

그를 올려다보던 이연이 손을 뻗어 얼굴을 쓰다듬었다. 흐뭇함으로 눈매가 둥글려졌다.

"우리 큰아들 어쩜 좋아. 이제 경쟁자가 또 생기게 됐는데."

지석의 미간이 확 일그러졌다. 무슨 소리인지 바로 감이 잡히지 않아 눈에 힘이 들어가고 코에 주름이 생겼다.

"무슨 소리지?"

"윤이 동생 봐요."

"뭐?"

여전히 잘 못 들은 눈치이다. 지석이 재차 되물었다.

"윤이 동생 가졌다고요."

이번에는 지석의 몸이 딱 굳었다. 듣고도 믿기지 않는 표정으로 헉, 짧은 숨을 토해냈다.

"그걸 왜 이제 말해!"

소파에서 벌떡 일어선 그가 안절부절못하고 거실을 서성거렸다.

"진작 말했으면 이 먼 곳까지 비행기 타고 오지 않았잖아. 젠장! 위험한 거 아니야? 어떡하지?"

머릿속에는 퍼뜩 첫아이를 가졌던 그때가 떠올랐다. 아무 것도 모르던 그때, 무턱대고 일본행을 감행했던 그때가 말이다. 지석은 성격답지 않게 안절부절못했다.

"미안해요. 저도 지금 알았어요. 조금 전에."

이연이 멋쩍게 변명했다.

"예감이 있어서 사뒀는데, 혹시 해서 검사해봤어요. 오늘 정말 바빴잖아요."

결혼식을 마치고 바로 비행기를 탔으니 이연에게 뭐라 할 것만은 아니었다.

"괜찮은 거지? 아픈 데 있는 거 아니지?"

"응. 괜찮아요. 내 컨디션 지금 최고예요."

이연이 활짝 웃자 못 말리겠다는 표정의 지석이 성큼 다가와 그녀를 번쩍 안아 들었다.

"그런데 표정이 왜 이래요? 괜찮다니까. 좋아하는 티 내도 되는데. 하나도 안 좋아요?"

"좋아."

"그런데 표정이 왜 이래요? 괜찮다니까. 좋아하는 티 내도 되는데. 하나도 안 좋은 것 같아."

이연이 서운한 표정으로 입술을 내밀자 침실로 들어가 그녀를 내려놓은 지석이 무릎을 꿇고 그녀와 눈높이를 맞췄다.

"얼떨떨하고, 분해서 그래."

"풋. 왜 분해요?"

"우리 명색이 신혼여행이야. 나보고 어쩌라고!"

쿡쿡거리며 웃던 이연이 지석의 목에 팔을 두르고 그를 끌어안았다. 아이처럼 보채는 남편의 등을 톡톡 두들겼다. 그러다 귓불을 살짝 물며 그의 귓가에 속삭였다.

"조심하면 괜찮을 것 같은데……."

움찔. 지석의 몸이 단숨에 불편함을 호소했다.

"당신 열정을 반의반만 줄여주면."

"날 죽으라 해."

지석이 툴툴 거렸다. 싱긋 웃음을 머금은 이연이 그의 입술에 입맞춤했다.

"그럼 참으시든가."

"유혹인가?"

"몰라요? 언제나 먼저 뛰어드는 불나비 정이연."

"이제 불나방이야, 아줌마."

"아줌마?"

이연이 쿡 웃었다. 눈꼬리가 예쁘게 말렸다.

"아줌마를 보는 아저씨의 눈빛은 너무 뜨거워 익을 것 같은데요."

"내게는 세상에서 가장 사랑스럽고 섹시한 아줌마니까."

조심스레 이연을 침대에 눕힌 그의 눈매가 가늘어졌다. 아찔한 유혹의 열기가 냉방 잘 된 침실에 넘실거린다. 뜨거워 숨이 막힐 것 같다. 빨라지는 맥박, 그리고 거칠게 섞이는 호흡.

지석이 탄식처럼 고백했다. 심장을 뱉어냈다.

"사랑한다."

"저도요."

"정이연……, 내게 와줘서 고마워."

살짝 고개 든 이연이 키스로 화답했다. 조금 더 짙어진 젊은 부부의 열기. 창문 언저리에서 머물던 남국의 밤이 훌쩍 찾아들고 있었다.

Fin.

작가 후기

　후기를 쓰고자 파일을 열었다. 연일 이어진 장마와 폭염. 뜨거운 날씨에 생각도 함께 엉겼는지, 무슨 얘기부터 꺼내야 하나, 머릿속이 하얘진다. 언제나 후기가 더 어렵다고 느끼는 것은 본 글에 대한 떨치지 못한 아쉬움이 많아서일 것이다.

　지석과 이연. 간혹 독자분들에게서 듣는 '작가님 여주인공은 고생을 너무 많이 해요.'에 또다시 한 힘을 실었다. 지석 또한 연재 때는 나쁜 남자의 한 획을 그었다는 말을 들었는데(웃음;;) 출간 작업을 하며 순화된 느낌이다. 너무나도 맘고생을 시킨 것 같아 다시 한 번 그들에게, 특히 우리 여주인공 이연에게 미안함을 전한다.

　이들의 얘기에는 내가 전해 들었던 현실의 얘기들이 몇 가지 섞여 있다. 우울하게도 현실은 결코 해피엔딩이 아니었지만 글에서나마 나는 희망을 전해본다.

블로그에 달아둔 날짜 위젯을 확인하니 둘째 아이가 우리 가족에게 온 지 오늘로 D+489일이 된다. 일 년 반의 시간. 나의 세상은 여느 엄마들이 그렇듯이 아이를 중심으로 돌았다. 그 덕분일까. 기존에 써두었던 것을 제외하면 그 동안 제대로 완결점을 찍어본 글이 없었다. 감을 잃은 것은 아닐까, 섣부른 예감에 한동안 초조하기도 했었다. 그런 면에서 내게 D+ 카운트가 시작된 이후 처음으로 완결한 이 '해후'는 나를 다시 로맨스 장르로 돌아올 수 있게 만든 어떤 전환점을 만든 글이 되었다.

글을 쓴다는 것은 언제나 즐거운 일임은 틀림없다. 일상에 지쳐갈 때, 쓰고 있던 글의 파일을 열면 마치 사막을 헤매다 오아시스를 만난 것 같은 느낌이 들 때가 있으니까 말이다. 물론 글이 잘 풀릴 때의 일이지만. (웃음)

이 글을 읽으시는 분들도 자신만의 오아시스를 만나실 수 있기를, 이 무더운 여름의 한복판에서 감히 빌어본다.

2010년 작열하는 태양, 8월의 어느 날.

이서윤 배상(拜上)

해후 두 번째 이야기